U0111253

香港短篇小説選

2006~2007

潘步釗 編

責任編輯　林澧珊　程豐餘
書籍設計　陳務華

書　　名　香港短篇小說選2006~2007
編　　者　潘步釗
出　　版　三聯書店（香港）有限公司
　　　　　香港北角英皇道 499 號北角工業大廈 20 樓
　　　　　Joint Publishing (H.K.) Co., Ltd.
　　　　　20/F., North Point Industrial Building,
　　　　　499 King's Road, North Point, Hong Kong
香港發行　香港聯合書刊物流有限公司
　　　　　香港新界大埔汀麗路 36 號 3 字樓
印　　刷　美雅印刷製本有限公司
　　　　　香港九龍觀塘榮業街 6 號 4 樓 A 室
版　　次　2013 年 11 月香港第一版第一次印刷
規　　格　大 32 開（137 × 210 mm）256 面
國際書號　ISBN 978-962-04-3166-1
　　　　　© 2013 Joint Publishing (H.K.) Co., Ltd.
　　　　　Published & Printed in Hong Kong

香港藝術發展局
Hong Kong Arts Development Council 資助
香港藝術發展局全力支持藝術表達自由，本計劃內容並不反映本局意見。

序一：都會生活的萬花筒　　◎ 宋詒瑞
——喜讀《香港短篇小說選2006-2007》

　　細細閱讀選集中一篇篇故事，眼前展現出二十一世紀初期香港的社會面貌，各階層的形形色色人物、那幾年內香港社會上發生的一連串大小事件、人生的喜怒哀樂種種經歷……都通過短篇小說的藝術形式重現出來，真正是「一幅展開城市閱讀的卷軸」（編者語）。

　　由於城市讀者的閱讀條件所限，短篇小說大行其道，散見於本港報章雜誌，數量可謂不少，其中不乏佳作。如何從這些琳琅滿目的故事中精選出一些確能反映社會現實、又具獨特藝術價值的作品以饗讀者？確實不易。編者聰明地集中從本港幾本重要的文學雜誌《香港文學》、《城市文藝》、《字花》、《作家》、《月台》、《滄浪》中挑選，這幾本雜誌對文學愛好者來說是耳熟能詳的純文學讀物，作風樸實、內容健康，長期堅實穩定，在極其艱難的境況下苦苦支撐，努力保持一定水準，在物慾橫流、燈紅酒綠、急近功利的社會意識影響所及的文學世界內，是人們心中的聖潔文學女神。尤其應提到《字花》，它從「不可能」的創刊嘗試，八年間掙扎求存，雖困難，仍堅持以「多變顛覆」為風格，企圖打破傳統文學刊物的局限，不斷革新，今次的革新號在書展暢銷，實可證明其受歡迎程度。因此，從這些文學雜誌中擷取的精品，其可讀性是不言而喻的。

　　人物和情節，永遠是小說最基本的兩個要素，尤是在短短的篇幅中，要以此兩點來構造一個故事吸引讀者、引發思考和共鳴，需要作者不少的功力。集子中的各篇在塑造人物形象、開展故事情節方面都有其不同的力度與特色。通過作品，我們見到了在生活重擔

下沉重喘息的公司職員、奔走兩地窮極潦倒的劇作者、不滿當今教育制度的教科書編輯、不得志的藝術青年、出賣肉體的三流女演員、突然從人間消失的眼疾患者、意識迥異而相處一室的中港女大學生、出盡奇招維生的失業青年、見不得人的黑勞工、以假離婚騙取綜援的男女、努力想融入社會的新移民中學生、掙扎在病母與繁忙工作之間的孝子、子承父業的封箱工人、不斷尋找生計適應形勢的雜貨店老闆……這芸芸眾生不就是我們身邊的人物嗎？是我們常見的、常聽到的人生角色。至於那些被現實生活可怕地扭曲了的愛情、男歡女愛的折騰、小街的變遷、純藝術的淪落、都市的拆遷重建給百姓帶來的困擾、父母離異帶給孩子的苦惱、眼見不平不敢出頭的心態、在生活重擔下的抑鬱煩躁、兄妹「恩仇」、母子親情……不也就是我們之中很多人的切身體驗嗎？這些題材紛雜的小說確實描繪了「我們生活在怎樣的香港」，縱觀全書，就猶如在窺視一個當今都會生活的萬花筒。

二十二篇小說的手法各異，給予讀者各種回味無窮的藝術欣賞。有平實的敘述，有蒙太奇式的跳躍；有不厭其煩的絮叨，亦有簡潔明瞭的隨筆速寫……最特別的要數《林木椅子》及《失蹤的象》，高度的懸念、強烈的魔幻手法，看得人屏息凝神，是少見的佳作，當今年青人的豐富想像和無比創意可見一斑。

值得一提的是編者的認真。親撰的一篇長長的序言內不僅分析了本世紀初期香港的政治經濟氣候、文學雜誌出版界的簡況，當然也闡明了編輯的心意、選文的意念，更難得的是把二十二篇作品逐一作了簡介，哪怕只是提綱挈領式的精闢一句，點出了作品主旨，道出了選擇的用意。使讀者對全書已有了個大概認識，引發起閱讀的興趣。這種編輯態度是對作者及讀者高度負責任的盡責心。編者嚴謹的治學風度可敬可佩！期待有更多這樣的有心人，從每年繁多的長、短篇小說中摘取精華介紹給文學愛好者。

統觀全集，雖然精彩，但讀來頗有些沉甸甸的感覺。固然，在

現實生活中尋找題材，描繪社會反映社會，歌頌或鞭撻、自嘲或譏諷、訴苦或憤怒，永遠是一切文學作品的永恆做法。文學作品要表現人物表現社會，雖是傳統的中國文學的文評心理，但何嘗又不是世界文學普遍的「放之四海而皆準」的準則呢。作品的沉甸甸，反映了我們社會和人們心態的陰沉沉，沒法子啦，誰叫我們生活在現時這樣的香港呢！「牢騷太盛防腸斷」，放開胸懷，活得開心些吧！

序二：展開城市閱讀的卷軸　◎ 潘步釗

一

　　2006及2007這兩年，是香港回歸後，政治社會和經濟發展產生重要轉折的兩年。回歸十年，香港實踐一國兩制，丟掉了殖民地歷史和位置的社會群體，如何思考和感受，意義甚大。

　　這兩年，董建華倉皇落任，曾蔭權一邊高喊「我要做好呢份工」，一邊踏著把香港更推向只有經濟的台板上場，恒生指數遠上三萬點，香港從此走上樓價永遠飆升、通脹無法回頭，貧富註定懸殊的蹇途。胡錦濤首次來訪，溫家寶曲折地教誨連任的特首治國安民，是「任重道遠，死而後已」的賢能擔當，抱著「打工」心態，就連守著宮門進出的當值小兵也不如。電視上看香港第一次的特首候選人同台辯論，這邊廂曾蔭權左支右絀，那邊廂梁家傑含糊在自信和輕佻之間。管他建制與泛民，我們不禁要問：人文中國歷史深處，那負手蒼茫、憂國憂民的知識文士身影，何以遠去得如此綿邈迷離！

　　政治背景和景深的掩映下，人物群像是構成社會的最基本而重要的組件，從這角度看，城市沒有虛構，也虛構不來。這兩年，除了胡錦濤、溫家寶和曾蔭權，我們還見到You tube出現，連自己也搞不清是被香港人嘲笑還是抬舉的巴士阿叔、昭示城市人潛藏魔性的徐步高、穿上衣不稱身大學袍、在想念小學校園裏玩伴的神童沈詩鈞、死守在皇后碼頭的保育人士、被責難干預學術自由，最後黯然而去的教育局高官，還有聯成那一圈復一圈排隊長龍的抽新股港

人。此刻回首，這些都真實，但朦朧。今天這樣的人物群像，似乎仍然在天天出現、天天討論，中間暗存的永恆，或許就是一切文學作品永恆的原因。

說到文學，2006和2007這兩年，同樣是重要而具轉折意味的時刻。《文學世紀》在2005年12月停刊，令人惋惜，可是幾本重要的文學雜誌相繼登場：綜合性文學刊物《城市文藝》以強調「踏實創新、和諧包容、百花齊放」（發刊辭）的宗旨接棒，2006年出現了《字花》，衝擊並扭轉了某些辦文學雜誌的方向和觀念，影響至今日仍可感可見，當然是應記的一筆；《文學研究》提供文學評論一片空間；還有堅持不申請藝發局資助的《月台》，每期手作編印一百本，延續數十年來全人雜誌的熱情，文學青年為文學交相奔走，胼手胝足又能砥礪相期，感動和推動著文壇。《滄浪》停刊一年，在這年復刊，雖只曇花一現，仍然可敬。加上老牌的《香港文學》和《作家》依然堅實穩定，長期保持一定的水準。可以說，這兩年，不論是否願意接受公帑資助，也不論是不是長期穩定的出版，推動文學的有心人，在不同空間和位置上，各領風騷，綻放光芒。

二

檢視這本雙年度小說選集的作品，二十二篇作品中，編者仍然在為城市數算人物群像，然後在形象和形象之間，層疊架構起這兩年內，香港社會種種流動與凝滯的思潮和心緒。挑選的過程，藝術水平和閱讀後的感覺最重要，編者也試圖努力透過塑造人物，形象身影的上溯與追尋，看出一段時間內，香港小說呈現的集體思維和個別風格。

和現實社會一樣，小說世界的人物，身份、角色、地位，自不

相同，自有位置，由其所屬的空間或環境所指涉的，也廣闊不同。個人出發，寫遭遇，發牢騷的自傳色彩濃厚作品不少。選集中陳汗的〈風子〉予人印象深刻，京港兩地的飄泊，經濟逼人，對生活難以把握，是自古以來文人士子天涯羈旅的現代版本，比他這兩年發表的其他佳作，如〈一人戰爭〉和〈初乳〉等更觸動讀者；麥樹堅的〈白〉在本土層面，有同樣的心事。作品寫年青知識分子在香港這不重視，也不大懂得分辨才華的社會，鬱結憂愁，小說主角看到吃別人剩下食物的「黑影」，「覺得自己的頭顱已移植到那男人身上：毫不羞愧地啖著別人咬過的炸豬排」，和〈風子〉裏潦倒困頓的編劇一樣，新舊世紀的文人飄泊，依然一樣，而且透過小說，隱隱看到背後作者的現實故事，故事即使不完全是真，但那飽含的憤懑卻不會是假。選讀的過程中，我隱隱含著傷感。

　　愛情故事始終是小說家愛用的三稜鏡，生活中的一切悲喜進退、憧憬和困頓，被藝術手法過濾排序。在每個人或隱或現的愛情故事中，默默訴說，問題是聽不聽得到，又或者是誰在聽，誰聽得最清楚！辛其氏的〈嘴皮上的柔詞〉（後更名〈嘴皮的柔詞〉）在純熟流暢的敘事過程和手法中，讀者感到愛情的離合、折騰，彷彿城市生活中聽慣了的節奏；胡燕青〈平台上〉，寫當今大學生的愛情，實感得好像就發生在我們身邊，也無怪後來結集時易作更親切的名字——〈鄰家女孩〉。少男少女，似乎隨便在地車便利店都看到的虛幻情事，寫的讀的，夾著我們此輩中生代對八九十後感情態度的無奈與喟嘆。《滄浪》在2006及2007這兩年，只出版了一期，鄭綺蓮的〈時間總會過下去〉，主觀呈現，帶點城市流行味道，即使我們看到其中的「輕滑」，或許認為作者可以有更多的寫法考慮，但這是這年代年青人看愛情的一種深信的角度，選入集中，幫助窺看全象。

　　如果說〈平台上〉和〈時間總會過下去〉的寫法是寫故事的人作出直接表達，黎翠華的〈世紀之約〉在愛情故事背後，就明顯有更多隱喻式的指謂。這種隱喻和象徵等複雜手法的間入，使選集

內許多平實故事，要求讀者閱讀過程，需作主觀的聯想和拼湊。小說末尾強調一條作者主觀上覺得變化極大的小街：「這條街，再不是我認識的那條街，雖然他們都說，這條街其實就是那條街。」政治隱喻在沒有干擾故事的表層情節，甚至是小說題目，都不難讀得出來。同樣，陳慧在〈春園〉強調的紅色，可以引導我們更容易進入作品的主題，躲在小說背後的作者，亦借此有意無意地現身；韓麗珠〈林木椅子〉保持風格，寫現代人的情感困頓，椅子魔幻式的亦人亦物描繪，風格強烈；陳志華的〈失蹤的象〉，在懸念和平實間，取得很好的調和。故事讀來，吸引中，產生一種推動讀者向前的力度。蔡炎培的〈最長的一天〉，老詩人仍是一片詩心，在小說的場景，用力展現詩化和精神層面的分裂與彌縫。

不是一切要以技巧和強烈來分野，平實的故事和真摯的關懷，是古往今來小說和戲曲等敘事文學叫好叫座的憑藉。除了個人和愛情，倫常親情當然是小說的重要題材。王璞〈一毛七〉的一段兄妹「恩仇」，把包裹在表面金錢利益中，人與人間不自覺、不經意的互相傷害，寫得深刻，值得細味；惟得〈十八相送〉，主角雖已移民加國，但母親來訪的一段失常日子，既寫親情，也寫出人生的無奈低沉，結尾的一段：「旁邊的門牌刻著『18』兩個金字，趁著晨曦，在紅磚牆上閃了一閃，重聚天倫，不也像流金歲月的一線亮光嗎？有意無意閃了一閃，眨眼已成過去。當然大家還會重聚，然而踏過時間荒原，彼此漸漸成長衰老，此時此地一個美麗的姿勢，再見已是記憶場上的一張硬照。他忽然被一股沉重的失落感籠罩，心裏不由自主著了慌。」深刻地浮出了主旨，十分感人。李維怡〈聲聲慢〉，寫青年在家庭發展史中的尋索，暗暗縮連著自己投入的社會爭取活動，當中有倫常的交感關懷，也有人與人間難以逾越的間阻。

另一群作者把目光投向社會，關注低下階層生活。黃茂林的〈我二伯是封箱工人〉和鍾國強的〈福盛伯〉都是這類作品。不過

下筆焦點不只是風雨柴門的生活逼人，而是無分貧富的生命感覺，有時複雜糾纏如封箱陳在兒子面前省視自己的生命和過去，有時又平實簡單如福盛伯在木門後慢慢吃飯的身影，〈福盛伯〉的故事中，那頭只負責繁殖的公豬，也暗示生命的簡單質樸，至少在尋常基層百姓的生活中，是如此解讀，穿插在描寫一個鄉野百姓的簡單自適的生活中，旋起了強烈的反諷力度。蓬草的〈兩串門匙〉為父母離異的孩子，寫出悵惘無奈的困難處境。平實、關情，配上冷靜而豐富的具象呈現，這些作品在任何時代、任何社會都有價有市。

另一種關懷社會的議題是教育。香港政府2000年初推出的教育改革，在人文香港的層面，引來不少知識分子參與討論和表達。我的看法是溝通不足，結果是肝膽成胡越。十年來，馮京馬涼，一片悲情，或者誰也怪不了誰，不過當中的文人擔當，我仍然欣賞尊重。余非的〈且把它⋯⋯埋葬〉，用層層花紙包裝簡單禮物，比喻教育的繁簡失度，見用心，下筆極力克制，萬縷激情藏在輕描淡寫的舊同學相遇之中；關麗珊〈笑話大王〉寫天水圍孩子的不幸，雖然有點被動跟從社會慣說的想當然，但丹心熱血，比她的〈旋轉木馬〉和〈從太古城到天水圍〉等相近時期作品，更惹人喜歡。我在天水圍從事教育工作接近二十年，接觸無數天水圍的家長和學生，參與中國語文和文學課程改革的工作也逾十五年，讀到這兩篇作品，實在萬千感慨，無從細說，不過編選集是藝術的場景，作者的用心和技巧，才是風神所在。與教育廝磨耳鬢，遇到這種題材的小說，難免有所偏愛。

鄒文律也愛談教育，愛用鳥的意象，而且運用得很有表現力。他的〈琴弓拉出的鳥〉是2006年中文文學創作獎小說組的壓卷之作，寫愛好藝術者的艱難和困倦。這樣的句子：「當鳥醒來後，你便可以和乘著牠到達另外一個世界。」「以音樂來想像飛行，在I城的天空裏滑翔。就在急速翻飛的瞬間，寧清楚地看見了鳥。」小說中對教育的變調和誇張，控訴社會遠離藝術和人性，雖嫌老調，卻

是叫人省思的事實。

　　選集中出現的社會上的各色人等，除了上述，還有一些徘徊在階層之間，或者是在時代變化發展中，突出了某種人與人之間相依相拒的關係。倪瑪麗的〈瑪麗瑪莉〉，在中港交流頻密，漸趨深層次紐結的社會現實和時代，凸顯兩地的差異和矛盾，卻又不忘點出本質的一致，結尾尤見趣味；陶然的〈出頭〉，對香港人和香港傳媒，諷喻中又豈無欷歔和無奈。葛亮的〈阿德與史蒂夫〉以南來的內地人眼光和感情，為一個持雙程證的逾期居留黑工，撰寫前傳。小說在黯淡傷感的氣氛調子開展、推進、結束，帶著濃重的悲傷，如作者描寫主人公阿德漠然與落寞的神態：「是認命後的陰影，沉甸甸的。」頗能感染讀者。

三

　　人物，是小說永遠的重要元素。任何時間和空間出現的小說，好看的地方始終在塑造了怎樣的人物形象。二十二篇小說，在本書中以大約發表時間先後為序；作者年齡差距，超過遙遙半世紀，藝術群像的組成和架疊，卻無老少新舊之分，而發表在2006和2007的作品，雖不一定完成於這兩年，但無損於我們用文學作品來認識和解讀這兩年，香港短篇小說展現了怎樣的情貌和氣息。

　　編選這部小說集的藝術心眼，其實只傳統地停留在兩個很中國文學的文評心理，一是表現人物，一是訴說社會。文學技巧理論自身的發展和摸索，成為考慮，卻相對模糊一些，那至少是對力求突破的藝術態度的尊重。年前動感清明上河圖成為滿城熱話，關鍵詞當然在人物、生動，閱讀一個城市和時代，看人在怎樣生活、怎樣思考、怎樣感覺，理所當然，也最深刻具體。讀2006和2007年的香港短篇小說，也如通過文字的描劃，展讀這座城市某時某刻的萬千民

生，構成一幅卷軸，在展讀過程中，完成了檢視和省思。

　　《字花》〈發刊辭〉說「我們的社會需要文學的介入」。《城市文藝》則力陳「必須關注精神文明的構築」。大家都在強調文字之外，尚有許多期望和使命，至少讓文學訴說出我們生活在怎樣的香港，說文學介入社會，在優秀的小說和小說人物拼合中，從來就是本質地內化完成。人物形象指涉向事和物的深層次交錯展現之中，不單小說世界如此，現實人生又何嘗不是這樣！這兩年的小說，從描劃層面看，廣闊之餘，算不上挖得很深入，至少許多香港人念茲在茲的課題，在小說中的反映和引來的思考，還可以再加強和深化。想深一層，這已經不單純是文學的技巧問題，作者對整個社會的思想深度和真實認識，都重要，缺一難竟全功。如果我們願意誠實，不獨小說，香港文學在這些方面的成就，仍讓人期待。

2013年10月

目　錄

嘴皮的柔詞

◎ 辛其氏

　　我對你的做法還是無法理解，為了移民，動搖婚姻，一紙簽證真的這樣重要嗎？莎蓮娜事件才過去不久，明月不計較你曾給她的傷害，願意重返家庭，修補關係，證明對你還有很深的愛意，岌岌可危的婚姻好不容易維持下來，但到底不會跟從前一樣，還需要小心護持，你竟在脆弱的復合期間向明月提出這個移民辦法，真不明白你打甚麼主意。家庭事夫妻要有共識，沒經過商討試探，就貿然提出這樣的要求，明顯沒顧及她的感受，教明月如何能夠相信你呢？

　　兩年多前你失去明月與莎蓮娜，在雙重痛苦中失魂落魄，醉遊蘭桂坊，一腳踏空，從高處滾下，撞得頭破血流，昏死過去，被好心人送進醫院，病床上還沒完全清醒的時候，倒曉得呼喚明月，可見你心裏仍有她。就虧有這一喚，明月回心轉意，你甦醒後第一眼看見離家半年的妻子，竟激動得在人前語無倫次，只顧牽著她的手，忘了傷口痛。今時今日，你究竟又著了甚麼蠱，硬生生要把難得的平靜再推回風眼裏去？

　　明月去三藩市之前，索性連工也辭掉，臨行跟我講：「光照，何曼麗的忠告看來有點道理。留港做傅森的所謂後盾，當初不是沒有保留，但既選擇重組家庭，得經常提醒自己要有信心。他對美國之行滿肚子計劃，為了支持他，也不敢隨意轉換工作，明知外匯交易員的壓力大，也勉強幹下去。可是，近日我改變了想法，有些事情我不放心，要當面去問個明白。如果證實我多心，就留在他身邊，考慮報讀一兩門短期的人事管理課程；假若這段婚姻已沒指望，就重新安排自己的生活，因為不知道下一步該怎麼走，傅森又

十萬火急催著要錢，免得兩頭牽掛，先把房子賣了再打算。」

　　顯而易見，你再次傷了明月的心，她很快就跑回來了，在一個朋友家暫住，變得非常沉默，連我也不大願搭理，電話留言又不常回應。朋友都說她太輕率，辭工賣房子，不給自己留一條退路。我倒不認為她輕率，她不過用頑強的意志，破釜沉舟的決心，在一切的不確定中為自己打氣。自美回來，她情緒低落，找工作也提不起勁，我引薦她到電視台當秘書。那天面試後，陪她默默走一段路，快到地鐵車站時，她忽然開口託我找相熟律師，我這才曉得她要千里迢迢去弄明白的事情。明月離婚的態度異常決絕，她反常的冷靜使我有個奇怪的想法，與其說因心死而中止你和她的一段夫妻關係，倒不如說她對你的愛，要以另一種方式去成全。

　　傅森，現在遂了你的意，你一定非常高興。本來朋友的家事，我沒有發言權，你一向以來的作為，我亦極少有意見，但在這件事上頭，總覺得難過，對一個願意摒棄前嫌重回身邊的妻子來說，守著你的結果竟然是一紙離婚書，未免殘忍。雖說是移民部署，但你有不忠的前科，誰敢保證不會再出差錯；再說美國移民局絕不是省油的燈，事情發展未必盡如人意。如果你還認我作朋友，快打消這樣的念頭，趁法律手續還未辦妥，安撫明月，讓她撤消離婚申請想必仍來得及。明月是個好女子，她的安靜，正好消解你天生的狂躁，失去她，並不會讓你的人生更順遂，相反，前面等著你的可能是更大的顛簸。

　　溫煦的加州陽光灑遍電影圖書館外的回廊，每條廊柱的陰影構成規則的圖案，翠綠的草地上有人看書，有人睡覺，有女子俯臥大地，把臉深藏在粉白的臂彎之中，一頭金髮從頸後散向腰旁，裸背上的每一點雀斑正享受著日光浴。傅森倚坐在羅馬風格的石柱座上，觀察建築物外牆的光影，思考著如何運用「開麥拉」眼捕捉它微妙的變化。日影慢慢轉移，他看一眼手錶，約瑟芬已經遲到半個

小時。夏理遜博士廣受學生歡迎，是出名踏上講台就不願下課的電影系導師，知道約瑟芬要修他的課，傅森有心理準備她會來得稍晚，但一定不會爽約，除非她改變主意。

約瑟芬需要錢，傅森需要移民簽證，兩人一拍即合，計劃的內容條款前晚經已敲定，就等傅森調動頭寸，今天正是傅森答應先付約瑟芬一半酬金的日子，依約定三天後他們登記排期結婚，婚禮會盡快舉行，跟著約瑟芬再辦理配偶的移民申請。為了對付精明的移民官，以傅森名義租一個小公寓，佈置成小家庭模樣，兩人同居而各自過活，做一對有名無實的夫妻。移民手續審查繁複，快慢沒個譜，如果不節外生枝，說不定一年兩載，傅森就可以取得綠卡，餘下的酬金到時再付。傅森對移民美國有不可理喻的熱切，以為無法說服明月，計劃準得泡湯，倒沒想到明月回港後會依計而行，使他重新有了希望。

散坐在圖書館周邊草地上的人，去去來來，金髮女子也翻身坐起，瀟灑地拍拍身上的草頭泥屑，穿回小背心，揹起布包走了。隨著裸背女郎離去，圖書館外的春色驟然暗淡下來，廊柱間光影的對比亦沒有先前強烈，傅森對在虛空中模擬的鏡位推移再沒有興致，他取出剛收到的分場劇本，專注地翻起來。那是香港一間獨立電影公司製作的港越黑幫片，月底會到三藩市取景。光照與電影公司老闆有交情，想到傅森既身處外景場地的城市，又在越南餐館工作，對在美越南人和華人的社交圈有認識，就游說製片，與其派人生路不熟的先頭部隊去做前期工作，不如由留學當地，影視經驗豐富的傅森負責，單是機票食宿，就有可觀的減省，提到製作預算，光照的說辭果然奏效，順利為傅森爭取到一份三藩市外景統籌的兼職，賺一筆生活費，對為了搞移民而元氣大傷的傅森來說，多少有點幫助。

傅森遠遠看見約瑟芬，一顆心才算篤定，只奇怪她身邊多了位亞裔男子，態度親暱，兩人站定在水池附近講了些話，然後約瑟芬

獨個兒向傅森走來，互打招呼的同時，約瑟芬已從傅森疑惑的眼光中，意識到他對同來男伴不放心。她開門見山，告訴傅森那人叫傑克，是她的男朋友，假婚計劃，傑克是同意的，絕對不會出問題。傅森沒說甚麼，早在牽頭人面前談細節的時候，二人已講定要尊重對方私隱。傅森看一眼站在不遠處的傑克，沒想到他還衝著自己招了招手作回應。約瑟芬沒好氣地講：「他想看一眼我到底『嫁』了甚麼人！」她一邊取過傅森手上的支票，核實銀碼，一邊重申「結婚」當晚會搬去他新租下的公寓同居，臨走時還調皮地跟傅森握手，用半鹹不淡的廣東話笑著說：「合作愉快。」傅森目送約瑟芬離去的背影，腦海閃出四天前坐她順風車時的情景，跟當日的沉重相比，此刻約瑟芬心情極佳，也許愛情教人迷醉，也許剛到手的支票及時為她解困。約瑟芬把支票交給男友，傑克馬上湊在嘴邊親了親，兩個人手拖手歡快地離開。傅森對自己和明月辛苦經營的部分家當，輕易地押在一對男女身上，忽然有點擔心，莫名地覺得這水池邊的愛情，與自己相干，又似乎不與自己相干。

4

　　越南餐館「西貢小姐」老闆娘銀姨，早年從廣東開平遠嫁越南，做一個中國餐館老闆的續絃妻，為他照顧元配所出的一對小兒女。打越戰時，一家更吃盡苦頭，在西貢失守前夕，銀姨雖懷有身孕，但為著逃難，不理擔心她身體狀況的丈夫反對，用全數身家與三個華僑家庭集資買了條船，經歷風高浪急來到香港，以政治難民身份全家輾轉去了美國。銀姨夫婦在陌生的國度適應生活，學習語文，用僅餘的三個金元寶重操故業，從小飯館捱起，終在三藩市灣區闖出名堂，「西貢小姐」的道地越南風味菜，不單吸引思鄉、懷舊、嘗新的各類食客，連續兩年得過灣區最佳餐館榮譽，還是越南難胞或大陸鄉親來美的落腳點，七十年代全盛期，在餐館同時掛單出入的合法與非法移民總有七八個。有鄉親視落腳點為中轉站，站穩腳跟後再出去闖天下；亦有腳踏實地，在「西貢小姐」從頭學

起，滿師出身，再到其他州府打工或者創業。初來乍到有瓦遮頭有口飯吃，得人恩果千年記，銀姨夫婦因而在華僑與越南人的圈子中備受尊敬，很有江湖地位。

銀姨丈夫前年病故，他與元配所生的兒女早在東岸定居，有自己的事業家庭，只有最小的兒子願意操持父業，這是銀姨最感安慰的，母子二人不想做壞「西貢小姐」的招牌，分外用心。她雖裏外要兼顧，仍一如以往般樂於助人，只是沒有丈夫生前的孟嘗風，她把錢看得緊，兩餐一宿沒問題，賒借免問，經歷過把人家債務攬上身的慘痛教訓之後，更不肯再做經濟保人。但親朋行家之間有甚麼疑難糾紛，只要不是殺人放火，銀姨人面廣，能幫便幫，分文不取，甚至介紹可靠的假婚對象，好讓人鑽空子解決居留問題，傅森與約瑟芬，就是她牽的線。

傅森得同學介紹，到「西貢小姐」學做調酒員，偶然從同事口中，知道有假婚這種移民方法，雖有風險，無妨一試，老闆娘可能有門路。一晚打烊後，傅森約銀姨密談，她知道傅森的想法後，問他兩個問題，一是他可曾結婚，二是否拿得出約莫五萬塊美金付女方酬勞，分兩期支付；傅森暗自籌算，還沒來得及回應，銀姨又緊跟著講，如果不為錢，誰願意無端擔一段霧水姻緣，除非有親戚肯幫忙。再說，錢的問題可以解決，人選還要慢慢物色，最好是熟人，容易摸清底細，萬一出事故也可以跟查。這類交易見不得光，白紙黑字的合約更不會簽，省得留下證據，全憑雙方口頭承諾，單講一個「信」字，而且愈少人知愈穩妥。銀姨並且告訴傅森，有人得了首期酬金不知所終；亦有取了綠卡不付餘數，隔不多久暴屍街頭。成功失敗要賭彩數，被騙一方啞子吃黃連，極難追究，所以，物色一個有誠信的可靠對象至關緊要，銀姨著他先搞清楚與香港妻子的婚姻關係，備妥酬金，有機會一定為他安排。

傅森在美國沒有親戚，親屬移民肯定行不通，留美一年，才找

到一個靠裙帶關係的移民辦法。他興奮地寫信告訴明月，決定再修讀一個為期兩年的電影文憑課程，爭取時間留在當地，連移民酬金和新增的學費生活費，暫需五六萬塊美金，怕一時周轉不來，可先匯一半應急；又囑咐明月去電影公司追收影片分紅，不足之數再另想辦法。明月不禁發呆，《梨花劫》票房差，沒有紅利可分；《草簽》第一二期分紅雖可觀，卻大部分讓傅森帶去美國了，電影公司交給她最後一期分紅的支票，金額很少，根本無補於事，除了賣掉房子，還有甚麼辦法。傅森信中急迫的語氣，搞得明月心煩意亂，賣房子可是個重要的決定，她對傅森的所謂門路充滿疑惑，更怕事情的背後，有不為人知的隱情。

這些年來，她不是沒得過教訓，親朋好友見她不斷受傷，老勸她不要再把感情放到一個浪子身上，但她狠不下心，哭過鬧過，又犯賤地在一起。當初愛情路上委實經歷過一點波折，傅森唸大專期間，無意中讓明月發現他跟一個叫高夏妮的女孩子來往，疑似的三角關係令人身心疲倦，明月的耐性遭受極大考驗，她要求傅森作出取捨。等待宣判是一種感情的折磨，患得患失的心情絕不好受，雖然傅森最終選擇了她，為安撫明月，更許諾一畢業就馬上結婚。對於緊張的三角關係忽然得到紓緩，峰迴路轉有了一個喜劇的結局，明月曾經軟弱地靠在何曼麗身上，哭笑得一塌糊塗。就憑這一點打敗對手的虛榮，無論日後在飄忽的婚姻關係中如何提心吊膽，明月總不相信他會捨棄她，有時連自己也懷疑這其實與愛無關，只不過心底下不服氣，不服氣曾經戴在頭上的勝利花環，轉眼就悄然萎謝，她害怕聽到別人訕笑，笑一個在愛情遊戲中自以為已操勝券的強者，卻原來同樣脆弱得不堪一擊。明月知道不理性的行為，極可能令她一無所有，但愛情不是從來都無理可講嗎？她竭盡心力為自己尋找一意孤行的藉口，每次考驗一來，總用超乎常理的堅忍與寬大把底線逐步下移，終至於後退無路，餘下刻骨的傷痕。

1997香港回歸，明月為了順丈夫的意，竟招來這個似是而非的

假婚提議，無來由地陷進一個荒謬的處境，她反覆揣摩，在「真離假結」的表象下，是否透露點點不忠的蛛絲馬跡？她不期然想起在東大島與傅森一夜纏綿的何曼麗，想起她在維多利亞公園痛悔的眼淚，想起她勸自己要跟丈夫同行赴美的肺腑之言，可惜在盛怒之中，她根本聽不入耳。何曼麗也許是對的，她的確猜不透丈夫的心，移民竟比親密的夫妻關係更為重要，明月不理解，決定去看個究竟，面對面溝通，畢竟比一個人胡想瞎猜來得實在。由於在修補婚姻關係的無數次糾纏中，明月老佔一點上風，因而樂觀地認為只要傅森見著她，明白她的感受，就會另想移民的法子，整件事不過是一個無傷大雅的玩笑。明月終於聽取何曼麗的話，決定不再與傅森分隔兩地，她賣掉房子把屋款全數匯走，對傅森另修課程而增加的學費和今後幾年兩人的生活費，盡量作出精確的估算，可惜她低估了傅森要用非常手段移民的決心。

當明月在三藩市灣區親耳聆聽傅森的周詳部署，馬上意識到計劃事在必行，打算留下陪伴丈夫的熱切心驟然冷了半截。傅森對剛下飛機就去「西貢小姐」見他的明月殷切地講：「你來看我，我當然歡喜，但為了將來，三年兩載的分離，我們總得要忍耐，兩個人膩在一起最為不智，對事情全無幫助，試想想，匯款用來支付了學費和假婚酬金之後，雖不至於囊空如洗，但美國的生活和醫療費用高昂，坐吃容易山崩。再說，為了計劃開展順利，我與合夥人經常要假戲真做，有你在也不方便。」明月一臉茫然，覺得事情似乎顛倒過來，彷彿自己成了第三者，是個亟須掃除的障礙，傅森溫柔地握著明月的手，理直氣壯繼續講：「離婚手續辦得愈快愈好，免得夜長夢多，綠卡到手後，付尾數辦離婚，與合夥人兩無拖欠，那時候我馬上回來，跟你再婚。明月，我愛你，你一定要對我有信心。」此刻眼睛發亮、情緒高漲的傅森，使明月心驚，純粹耍嘴皮的柔詞，聽在明月耳裏，只覺空洞無物，她懷疑所謂愛情，經受彼此都無法掌握的時空阻隔與歲月淘洗之後，到底還剩下多少真情實

意。她不能接受將會有一個不知名女子在丈夫居所進出的現實，再也無法說服自己盲目相信有過裂縫的婚姻，她感到疲倦，決定棄守，任由僅餘的情愫自裂縫的缺口逐片瓦解，在「西貢小姐」搖曳的燭光中分崩離析。

明月把匯款留下，沒留一句話就走了，對她的不表態，傅森急得如熱鍋螞蟻，曾經用盡方法聯絡明月，她避著他，光照幾次受傅森囑託，硬著頭皮去做中間人，結果惹得明月生氣，不歡而散。傅森自知對婚姻曾經的背叛，無法贏得明月的信任，他對光照發誓，整個計劃從頭到尾不存半點蒙騙的意圖，他是真誠的。但為了顧全大局，他不想放棄，免得兩頭不到岸，只要明月願意走第一步，以後一切都好辦，大功告成之日，他和她還是夫妻，到時就會曉得他絕不是個輕諾寡信的人。光照後來回了傅森一通電郵，通知他明月決意辦離婚手續，傅森吁了口氣，可是，光照電郵上有兩句話，他讀著覺得揪心，「與其說因心死而中止你和她的一段夫妻關係，倒不如說她對你的愛，要以另一種方式去成全」。他何嘗不知道明月對他好，單是一毛錢都不跟丈夫計較的離婚女人，已屬百中無一。但在香港回歸這種大時代的風雲變幻裏，拍過敏感題材的傳媒人，未雨綢繆尋找一個安身之地，個人的情愛才有立足的處所，他要光照轉告明月，請耐心等待。可惜，明月的寬大與耐心早早消磨殆盡，越南餐館一聚之後，兩人從此沒再見面。

明月的律師給傅森寄去正式離婚通知書，對妻子的成全，傅森既傷感又焦慮，傷感明月的合作建基在對他的不信任，焦慮適合的假妻人選，仍然毫無頭緒。銀姨勸他這事急不來，為了減低風險，要在熟人圈中物色，範圍窄選擇少，事情並不太順利，及至傑克和約瑟芬雙雙出現在餐館的賬房，請銀姨幫忙解決棘手的經濟問題，才開始有點眉目。

傑克的父親是銀姨的老夥計，幾年前已經退休，傑克母親和兄

姐在越南內戰時死去，只有他跟著父親逃到泰越邊境的難民營，得國際救援組織安排赴美。傑克在美成長，電影系畢業，約瑟芬實習期間，在片場跟他認識，兩人年紀相若說話投契，自然走在一起。

這年復活節假期，傑克接到老父電話，他拜把兄弟的孫兒和姪孫女，從越南偷渡來美，成功上岸，蛇頭要求四萬塊美金，三天內見錢放人。人蛇軟禁在環境惡劣的貨櫃裏，缺糧缺水缺氧而死的消息經常上報，想到拜把兄弟的兒子許多年前偷渡失蹤，現在貨櫃裏焦灼地等待贖身的兩個年輕人，正肩負整個家族投奔自由的期望，因而囑託兒子一定要想辦法施予援手。傑克對這突如其來的要求全無心理準備，他的工作以包拍形式計酬，入息沒一定保證，他去哪兒籌措這大筆資金？三天限期，更是強人所難，傑克費盡九牛二虎之力，只借來一萬五千元。他在電話裏頹喪地告訴約瑟芬，他到底是越南人，了解父親的想法，不忍心老人家為此事心焦如焚，去唐人街的財務公司借高利貸，似乎是唯一方法。約瑟芬極力反對，認為高利貸是個緊箍咒，絕對碰不得，最後他們想起銀姨，銀姨念舊，或許可以幫忙。

銀姨婉轉表示丈夫生前借出的款項，幾乎全收不回來，她定下自己的原則，不再外借金錢，對老夥計的兒子亦不會破例。她同意借高利貸是個下策，如果他們願意考慮，眼前有一個假婚計劃，分兩期付出總數五萬塊美金的酬勞，但對方是個男的，徵求妻子，傑克自然不合適，銀姨的目光邊說邊停留在約瑟芬臉上，她沒有再說下去。

傑克與約瑟芬離開越南餐館的當天午夜，銀姨接到約瑟芬電話，她同意參與，銀姨連夜約定傅森與約瑟芬翌日打烊後在餐館見面。傅森睡夢中得知找到人選，興奮得無法再睡，空中樓閣忽然變得實在，綠卡唾手可得的日子似乎不遠了，只是他對將會同居的陌生女子有點好奇，不知能否相處。所以，當他在「西貢小姐」初會合夥人，約瑟芬在銀姨的陪伴下出現眼前，彼此都嚇了一大跳。

傅森第一天上電影理論課，約瑟芬就坐在他斜對面，以後在「解構蒙太奇」的分組討論中又同屬一組，傅森以為大家都是班上僅有的兩名黃皮膚學生，打開話匣子應該不難，可約瑟芬下課總是匆匆忙忙，講幾句應酬話就禮貌地分手，只兩次碰巧同路，她邀傅森坐順風車。

　　第一回同車，正值開課後不久，約瑟芬駕駛時十分專注，話並不多。為打破沉默，傅森少不免東拉西扯，兩個人才慢慢聊開來。她告訴傅森可留意學生會佈告板或者互聯網上賣二手車的廣告，買車代步，是美國人的生活文化。又談到她是美籍華人的第三代，曾祖父是被賣來美築構鐵路的華工，胡金銓計劃籌拍華工血淚史時，曾徵求有關資料，她提供過自己家族的第一手辛酸史，對胡導演最終拍不成華工血淚還感到惋惜。

　　另一次是感恩節假期結束後頭一天上課，創作小組的討論一完，傅森就趕去灣區的「西貢小姐」接班做調酒員，那時候他已買車，但二手車不爭氣，半路拋錨，約瑟芬車子經過時見他狼狽，順道接了他。傅森邊扣安全帶邊多謝幫忙，約瑟芬並沒答話，車廂內的氣氛有點異樣，除了引擎聲，還有錄音帶播出小提琴拉奏〈綠袖子〉的悠揚樂聲。跟上次不同，約瑟芬滿懷心事，傅森對她在煩惱中仍願意載他一程，心生好感，換了自己，鐵定做不到。正胡思亂想之際，約瑟芬忽在加油站的公共電話亭前停車，她要打電話。電話機就在旁邊，傅森在車上看見約瑟芬手指不停繞著電話線轉圈，聆聽多說話少，掛線前高聲地叫：「傑克，別去，讓我想辦法！」響亮急促的高調門女聲，重複了三遍，傅森覺得尷尬，佯裝甚麼都沒聽見。車子轉入灣區大道後的第三個橫街路口停下，下車前傅森問：「有甚麼事我可以幫忙？」約瑟芬搖搖頭，「有空可到『西貢小姐』嚐一下我調的雞尾酒，賬算到我頭上。」約瑟芬回應：「改天吧。」隨即腳踏油門絕塵而去。站在街頭的傅森，沒想到他一句社交客套話，竟使煩惱中的約瑟芬突然有了一絲希望，「西貢小

姐」不就是傑克父親退休前工作的地方嗎？而更令傅森想不到的，是那一刻絕塵而去的約瑟芬，一個月後會成為他的第二任妻子，又在多年以後，才曉得她還為他生了個女兒蘭絲，後來改名傅小月。

約瑟芬間中相約妹妹羅烈姐茶敘談天，回家看寡居的母親時，很少談論自己的事情。女兒任性獨立，母親時刻擔心她會吃虧，對她的私生活，又不便過問，只暗示不喜歡她的同居男友傑克，卻又說不出甚麼理由。一天約瑟芬忽然帶傅森回家，宣佈一星期後舉行簡單的婚禮，約瑟芬母親對女兒的決定有點難以置信，且對婚禮安排倉促，亦有微言，但想到女兒沒嫁越南人，也沒給她找來黑人女婿，已感安慰，也就歡歡喜喜在唐人街多喜樓訂下兩席酒筵，心安理得當新丈母娘，傅森倒也戲假情真，一頭半月陪老人家吃頓飯，直至離美返港為止。

約瑟芬與傅森同屋共住，客客氣氣，二人作息時間湊合的話，也會同檯吃飯，東拉西扯，閒聊後再分別回房做自己的事情。約瑟芬的房間放一張闊落的雙人床，衣櫃掛滿她與傅森的衣服，窗台上有幾張兩人的親熱照，還有一張婚宴上親朋歡聚的大合照，婚宴照片在整個計劃中起著重要作用，因而掛在房間當眼處。約瑟芬起初還遵守協議，少讓傑克留宿，以免移民官半夜突擊，懷疑她與傅森的夫妻關係。隨著時間過去，傑克有時忘了顧忌，纏著約瑟芬要過夜，約瑟芬愛他，爭拗幾句也不再堅持。人家男女情事，傅森不好干涉，兩個人的「小家庭」，經常挾帶一個「第三者」，雖然大家心知肚明是裝假的婚姻，傅森還是覺得彆扭，怕出差池。

隨後一年暑假，傅森利用學校長假期，跟香港一間獨立製作公司合作，拍攝一個探討香港移民在美加的專輯，製作公司的兩個股東都是電視台出身，與傅森曾經共事，雙方一拍即合，他負責美加部分。為配合安排，傅森先去溫哥華與香港的攝製隊會合，然後卡嘉利、多倫多逐個香港移民熱門地逗留五天，再經紐約、波士頓

返回三藩市。工作進程開展順利，但加拿大最後一個拍攝地點多倫多，卻因為與受訪者聯絡上的誤會，原定採訪要改期，工作組無端多出一天，有人忽然提議去看望移民當地的莎蓮娜。

莎蓮娜的名字，在不設防的狀態下重新入耳，去還是不去，傅森有一刻遲疑，最後還是去了。莎蓮娜已經結婚，嫁了個法國助理導演，住在巴黎，她趁丈夫有個難得的工作空檔，結伴回士嘉堡看望父母，順道收拾要帶走的私人物件，竟湊巧接到香港舊同事的電話，相約一行人到她家敘舊。莎蓮娜大方介紹法籍丈夫跟傅森認識，她烏亮的頭髮已經剪短，霧一樣的眼神，依然教傅森神迷。莎蓮娜與丈夫態度親暱，傅森別是一番滋味，如坐針氈，把目光避得遠遠。

傅森後悔去莎蓮娜的家，痛恨自己放不下，也沒能守住對明月許下不見莎蓮娜的諾言。明月說得對，他從來都管不住自己，只有教深愛他的人不斷受到傷害。見過莎蓮娜後，傅森心神恍惚，有時收工後就獨個兒到酒吧解悶，想到第二天工作安排緊湊，不能誤事，連喝酒亦不能盡興。攝製組從多倫多轉去紐約，比原來進度稍微落後，傅森勉力奮起精神，趕拍餘下的美國部分，還有剪輯工作要在開學前完成。在一個風雨天的夜晚，傅森終於身心疲憊地回到三藩市，一下飛機，先買啤酒紅酒，再火急回家，他需要找一個私密的地方好去治療新傷舊痕。

屋裏靜悄悄，沒亮燈，傅森以為約瑟芬出去了，他把行李拿到自己的房間，就去廚房取開酒器，卻遍尋不獲，飲酒意欲高漲的人竟找不到開酒器，還有比這更倒霉的事嗎？傅森感到無奈，坐在椅子上嘆氣，忽然就看到水從洗手間門底流出來，他本能地把門撞開，隨手亮燈，一室的水蒸氣迎面撲出，浴缸的水龍頭並沒關好，水線仍汨汨注入滿瀉的浴缸裏，傅森趕忙把它旋緊。約瑟芬淚痕滿面，目光呆滯坐在廁板上，洗面磁盆裏放倒半瓶拔蘭地，腳邊還有幾個空了的酒瓶，開酒器的螺旋嘴輕戳住她的手腕，劃出一道淺淺

的血痕，幸好傷口並不深，傅森立即用消毒藥水替她清洗傷口，他邊拍打約瑟芬的臉頰，邊問她還有沒有服食其他安眠藥和鎮靜劑，約瑟芬猛搖頭，伏在傅森身上大哭。

傅森為莎蓮娜和明月，有說不出的沮喪，以為回家自斟自飲，可解一時煩悶，竟又陷進約瑟芬與傑克的感情糾紛之中。傑克電話留言要分手，沒有說出原因，事出突然，約瑟芬失魂落魄，追查之下，才知道傑克最近跟一個富有的韓國女子打得火熱。約瑟芬為了傑克財困，才「嫁」給傅森，他竟然拍拍屁股先行告退，真夠得上無情無義，傅森自愧不如，他坐在床邊，講不出半句安慰話。離開三藩市前兩人仍舊好好的，他還設想傑克趁他不在，定會留夜不走，臨行前叮囑約瑟芬要小心，不要為私情誤了他的事，想不到會有這出人意表的結局。

屋外風雨交加，約瑟芬不想獨處，傅森顧慮到她的情緒還未安穩，就留下來陪她。孤寂的男女各有心事，一個坐約瑟芬床邊的搖椅裏，一個盤膝靠在床上，悶飲起來。兩人對付完啤酒紅酒之後，再來拔蘭地，然後通屋亂翻，找到甚麼喝甚麼，約瑟芬與傅森慢慢神志不清，女的開始胡言亂語，不斷重複她已經嫁人，丈夫叫傑克；男的醉眼矇矓，身搖步顫，趴在床頭櫃前看他與約瑟芬的親熱照，他指著相中人叫明月，又纏住床上的約瑟芬喚她莎蓮娜。室內熱氣加酒氣，兩個人經過半夜折騰，早已捽弄得衣衫不整，沉重的鼻息與含糊的囈語，在光線暗淡的房間迴盪。窗前間斷劃過閃光，持續的雷響由遠而近，傅森與約瑟芬的臉上，光一陣又暗一陣，疲倦得依偎在一起，無意識地擁吻。

13

2012年7月全文修訂，定名《嘴皮的柔詞》

原刊《香港文學》2006年1月號

福盛伯

◎ 鍾國強

一

　　未看到福盛伯的雜貨店前，先看到從裏面伸出來的龍眼樹。

　　這樹不高，只不過福盛伯的店子比路面矮了一截，顯得樹高罷了。樹從屋頂的鋅片中吃力地鑽出來，無可無不可地展示著暗啞的皮膚和沉靜的枝葉。枝葉並不茂密，微微斜落一邊，想伸向它渴望到的地方，又力有不逮似的。

　　遠遠望去，這樹，往往教我想起邊鎮的酒旗。酒旗要有風才好看，所以我常盼望颳點風，讓福盛伯的旗吃得鼓脹，蕭蕭颯颯，不枉了樹一場，也好讓他的店子受到較多的注意。不過，風從來不打那兒過似的。

　　我流著汗停在福盛伯的店前。午後的陽光攔也攔不住，在店前空地上一瀉無遺。簷影下木門半掩，悄無聲息。兩邊瞪著木條間隔的窗口，光差的關係，裏面看上去一片漆黑。我握著數枚硬幣，打量了一回，心中有數，便如常輕輕推門進去。

　　陽光隨著我的身影進來，逐點逐點照亮架上雜陳的東西：酸薑蕎頭浸在蓋緊的玻璃瓶子裏，彷彿一群擠在子宮裏的胎兒；接著是五顏六色的酸瓜，露出血絲的腐乳，扭得像汗衣似的鹹酸菜……片

刻工夫，物件的光就消失了，回復我慣常所見的面貌。門旁的木飯桌，連油光也省得閃耀。旁邊一隻矮凳子，斜斜瑟縮著，彷彿要掩飾一條短了的腿。廳的中央橫放一台電冰箱，我拉開趟門，拿出一瓶青島啤酒，放到櫃台上，又放下該付的錢。然後，我走進店後的房間，輕輕推著板床上一個背向著我、動也不動的老人。

「福盛伯。」

沒有反應。我稍稍提高了聲音，手的力度也逐漸加強。

二

福盛伯轉過頭來，給我一包沒濾嘴的駱駝，不忘加上一盒安全火柴。

「還愛甚麼東西無？」

他站在櫃台後，沉濁的客家話慢悠悠的，問，好像不是為了一個回答。

「無。」我多麼希望說有。但叔父叫我買的就這麼多。

那時，我為甚麼總喜歡到他的店買東西呢？村裏的雜貨店有三家，論距離，它不是最近；論價錢，它不是最便宜；論貨品種類，它絕不齊全；在趨時騖新的商品潮流中，它不但瞠乎其後，而且顯得敗落寒酸。最初，我真不明白為甚麼叔父總是叫我到他的店去，雖說同姓三分親，但對面店舖掛著很多明星照片啊，還有紅彤彤的

火燭車、亮晶晶的玻璃球、七彩繽紛的公仔紙……這些，福盛伯的店子都沒有，他甚至連宣傳商品的海報、吊旗也不掛，門口的「維他奶」商標鐵牌，也邊角起鏽，漆油剝落。我常想，福盛伯是以甚麼心態經營他的生意呢？這麼少顧客，可以一直維持下去嗎？

但漸漸，我便喜歡上他的店了。原因，或許就是那裏沒有顧客，我可以不必等待，可以慢慢看清楚裏面陳列的貨品，可以拿起一包米粉看一看成份，轉一轉醬油的身體慢慢了解它的身世。還有，在那裏買啤酒可以「回樽」。當我把一個空酒瓶遞上去，福盛伯便會瞇著細眼撿出一枚五仙硬幣，問我要不要換一塊小吃。我看著糖膠纏綿的花生糖、螢光閃爍的花塔餅和轉著七色旋紋的鉛筆糖，搖了搖頭。我不知道我為甚麼不換，選擇把零錢交回叔父，也不會換來甚麼讚許，但我每次還是這樣做，保持著我和那些小吃的距離。

「好食啊，愛換無？」我離開店子，隱約還聽到背後福盛伯的聲音。

三

福盛伯的吃相我是如何也忘不了。那是傍晚大約五點鐘光景，我到了他的店，逕自進去拿啤酒。福盛伯不在，黃昏的陽光像潑水般肆無忌憚地灑在店中央凹凸不平的水泥地上，有些則在電冰箱底沿漾漾反照，彷彿將一下午的燠熱收在那裏慢慢蒸鬱，然後慢慢撫平化去。我伸手摸了摸冰箱裏的一瓶青島，不凍，再往裏面摸另一瓶，也不凍。我摸遍了裏面每一瓶啤酒，也摸遍了維他奶、屈臣氏哥喇、可口可樂、玉泉忌廉和七喜，全不凍。比它們稍凍的是平躺

在冰箱底那四吋來深的水。我把手探到水裏，漫無目的地撥撥著，然後停下，看著漩渦慢慢散去，感覺手指的冷度逐漸消失。

當我放下錢，拿起一瓶不凍的青島回頭時，赫然發現福盛伯。他坐在木門後的飯桌旁，慢慢吃著他的飯——對的，是吃著他的飯，他一個人默默吃著他的飯，木門也不吱一聲。他是甚麼時候坐在那兒的呢？我來之前，還是在我挑揀啤酒的時候？

「不凍的。」我說。

「嗯。」他沒有抬頭看我，好像啤酒凍不凍與他完全無關。陽光移到他臉上暗處，把皺紋照得清晰了許多，彷彿旁邊門把上的木紋。

「不凍的。」我又說。

他還在專注地吃飯。我看到他碗裏的飯泡著湯，還剩下小半碗，發脹的飯粒浮浮沉沉，夾雜削得薄薄的菜脯。而桌上，只有一小碟豆腐。他橫著筷子夾起一磚，顫顫巍巍的，眼睛瞇成了縫。這時我便想起陶侃運磚的故事，只覺得他的豆腐比陶侃那些還要重。一不小心，他的磚塊碎了，跌在陽光已然退走的木桌上。

「不凍的。」我心裏嘀咕，拿著青島，回頭看著窗格子後他低頭吃飯的剪影。

四

說福盛伯是一個人，因為很少見到福盛嬸。他的兒子在城裏住，更是難得一見。每回見到福盛伯，都好像一天比一天衰老，店子也一天比一天寂寞。有時，店子靜得真有點兒害怕進去；其實，我也不是怕靜，怕甚麼呢？木門後，板床邊，隨時躺著一個無比沉重、一動不動的身影，要是推他不醒，該如何是好呢？

那年夏天，蟬在不斷鳴叫，似乎預示著一些甚麼。福盛伯鋅片屋頂鑽出來的龍眼樹，反常地結了一樹果實。村裏的孩子都聚在福盛伯店前，指指劃劃，有些更趁他不注意，爬到窗沿，甚至屋頂，攀椏拉枝，把可以摘到的、熟與未熟的龍眼一股腦兒摘下，然後哄然散去。

其實，福盛伯即使看見了也不介懷，他正忙著弄他的菊花茶哩。他把汽水空瓶洗得裏外一乾二淨，便用漏斗把文火煮了一整個下午、並已擱涼了的菊花茶慢慢斟進去，再用水松塞子小心封好。當他把所有菊花茶放進了冰箱，便拉了一張藤椅坐在陽光燦爛的門庭。以前，我好像不曾見過他坐到外面來呢。當我來到他的店前，或只是經過的時候，他都會叫住我，咧著差不多掉光了牙齒的嘴說：「噯，菊花茶！」

菊花茶比汽水便宜，所以家人有時也讓我喝。福盛伯的菊花茶特別凍，令我忘了那電冰箱也曾有過不凍的時刻。我不大喜歡用可樂瓶來盛的菊花茶，我只挑屈臣氏哥喇瓶的，貪它直挺挺沒有曲線，容量較多，福盛伯也沒有因瓶子容量大了而不把菊花茶盛滿。現在回想起來，這可能也是我喜歡上福盛伯店子的一大原因。

福盛伯的菊花茶熱賣了好一段時間。孩子們一邊喝菊花茶，一邊吃附送的龍眼，喝完吃畢，咂著滋味，便是福盛伯最樂的時刻。也不知道是菊花茶的甘，還是龍眼的甜，我們都愛到他的店子去，即使喝的不是菊花茶而是汽水，他也會高興，因為又可以多一個空瓶，去盛他的菊花茶了。

然而不久，福盛伯便發現菊花茶越來越多，不僅冰箱裏塞滿菊花茶，連盛汽水的木盤也擺滿了，剛剛封裝好的，便不知放在何處好了。孩子們忽然變得不大愛喝菊花茶了，要喝，也多會到對面的店子去。他們在背後說，福盛伯冰糖放得太多，菊花茶甜得過了頭。

「哪兒過甜呢？你嚐一下！」有次他忽然捉住我的手，硬塞給我一瓶菊花茶。

我喝了幾口，看著他一臉凝重的望著我，只好訥訥地說：「不甜，不甜。」

五

福盛伯把菊花茶都撤去的時候，龍眼樹又變回原來的樣子。炊煙從鋅片屋頂冒出的時候，再也嗅不到菊花的香氣，取而代之的是玉米糠濃烈的味道。原來福盛伯在廚房養了一頭豬，每天午後，都忙著升火，把吃剩的飯菜連同飼料放在一起煮，害那體形龐大的豬不斷嗷叫，把柵欄撞得叮咚亂響。

豬養大了是拿去賣嗎？還是宰了吃？我不知道。因為福盛伯的豬養得肥大，也還在養著。不過有一次，我卻發現福盛伯把豬趕了

出來，好像要帶牠去散步的樣子。那豬昂著頭，在石子路上邁開肥大的腿，嘴角垂著一把長長的白沫。福盛伯拿著一條幼藤，緊緊跟在豬屁股後⋯⋯猛地一聲吆喝，把豐腴白膩的豬背打出一道血痕來。

後來我才隱約知道那是怎麼一回事。福盛伯給人叫作「趕公豬的」，誰家的母豬那個了，他便趕著公豬赴會，收了錢，便引著公豬爬到母豬背上，為豬隻的繁衍和自己的生計努力。有時我在上學途中看見地上斷斷續續的涎沫，便知道是他經過。有時到他的店發現關了門，便知道他又出差了。他出差的時間總也不定，誰又知道何家母豬何時那個呢？我吃了閉門羹，只得改到別家店去；後來甚至一早打定主意光顧別家，一來保險，二來別家店舖新裝了無線電視，人影綽綽的，熱鬧多了。

六

後來我家遷到村裏較遠的地方，便跟福盛伯漸漸疏遠了。只聽說他的元配妻子從大陸出來了，還帶同兩個成了家的兒子。我想，那店子可從此熱鬧起來吧。但聽母親說，多了一個福盛嬸，原來的一個便走了，兒子也從此不再回來。母親又說，大陸來的福盛嬸對福盛伯瞞她另娶一事，一直耿耿於懷，後來住久了，兒子又有條件了，便遷到外邊去了⋯⋯後來呢？我斷斷續續地問，母親斷斷續續地答。風來的時候，我家的黃皮又熟了，聒噪的蟬聲響起又靜下來，我知道福盛伯的店已不存在了。剷泥車將那木門、磚牆和鋅片屋頂推倒的時候，有沒有發現裏面一棵頑強的老樹呢？在樹根深處，幽暗的房子裏，福盛伯側臥而起，緩緩吃完他的泡飯和豆腐，便趕出那頭垂著長串白沫的公豬，做起他的營生來。筆直寬闊的公路上，遠遠看去，福盛伯傴僂的剪影好像路旁一株剛植上去的瘦

樹，那公豬身後兩球碩大的陰囊，彷彿記憶裏纍纍的果實，仍在盛
夏的風中不斷晃盪……

原刊《作家》2006年1月號

21

十八相送

◎ 惟得

　　提起機場，他便聯想到越劇選段〈十八相送〉裏，合唱之後一句直上雲霄的簫聲。機場總愛鋪陳片場的喜怒哀樂，完全是戲曲片的格局，遊人不遠千里而來，充當臨時演員，毛遂自薦排練迎送的悲喜劇——這邊廂，一個遠行的女兒正與同學有說有笑，登機時刻一到，摟著送行的父親，哭得像個淚人，一分鐘的感情變化，活像川劇的變臉；下一層樓，更像樂團試音，人群爭相吊嗓子，唱給剛從機艙裏釋放出來的遊魂聽，猛然四目交投，兩把嗓音頓時吊高八度。每次出外旅行，他總提早到機場，拖曳著從行李箱上拔出來的把手，讓輪軸在地板上跳動，冷眼觀賞一幕幕的好戲。到底在溫哥華住了二十年，不免接送，他情不自禁也扮演了一個配角，與親人客串幾幕折子戲。

　　出洋留學的第二年，他返家探親，回溫哥華時，壯著膽子把母親和外甥女也從香港帶過來，當時他剛買了一部二手車，對溫哥華的路並不熟，憑著幾部旅遊指南提燈引路，倒也化險為夷，因為每天都有新的挑戰，總不覺得會有完結的一天，直到駕車送母親和外甥女到機場，醒悟到快將酒闌人散，這才黯然神傷，辦妥登機手續，三人同坐在長椅上，沒話找話說，心裏都明白彼此竭力用指頭按著傷口，不讓血滲出來，離別的時刻始終來到，外甥女當發起人先掏出紙巾拭淚，紅眼症便像傳染病擴散開去，離開機場繳停車費時，心情仍未能平伏，收銀員好奇地打量著他，他有種被識破姦情的羞恥，一時又不能控制大局，漲紅了臉。回家途中，有一次他甚至要把車停在路旁，實在看不見前路，幾乎要勞駕窗前的水撥澄

清視線。誰把「天倫」與「樂」連在一起？縱是喜劇開始，總是悲劇收場，這樣的苦果，不如不吃，然而親情豈容斤斤計較？寧願分不清甜酸苦辣，也要放到心裏攪拌翻騰，四年後他大學畢業，又找來團聚的藉口，母親在父親陪伴下，到來參觀他的畢業典禮，機場上，他挽著母親的手，幾乎把她當作搪瓷娃娃，不小心便會摔破，剛在樓下接機，轉眼又到樓上送行，以為經過歲月磨練，已經鐵石心腸，與父親握手言別，還可以擺出主人送客的泰然，輕拍著母親的手說珍重，鼻子竟又酸起來，為免歷史重演，他找來一張椅，平定情緒，透過窗玻璃，雙親乘坐的飛機徐徐上升，美好的記憶似乎也乘風而去，他更是悲從中起，在機場一坐，竟是兩小時。

歲月真是沖淡濃情的一壺水，就算盛在小杯子裏輕嚐淺酌，總有味同嚼蠟的一刻。下一次雙親到溫哥華參加他的婚禮，感覺已不一樣，可能他被婚宴弄得暈頭轉向，兼且籌謀蜜月的行程，無暇料理親情，與妻同去送機，和雙親揮手道別，腮邊似乎有淚，轉過身來抹去淚痕，又是沒事人一個，在妻面前強充好漢。其後母親單人匹馬又來了一次，她到多倫多探望新移民的妹妹一家，順道在溫哥華停駐，說好逗留兩星期，臨時又惦記剛割了膽石在香港靜養的父親，住了五天便嚷著要回家，妻與他帶母親到機場更改行程，母親收拾行李後，又匆匆把她送到機場，航空公司倒體恤母親獨自旅行需要人照顧，召來一部小型座駕車，他照顧母親坐上車，來不及說再見，座駕車已經載著母親絕塵而去，事情來得太倉促，他目送母親漸行漸遠，雙眼竟擠不出一滴淚。

這天與妻再到機場迎接母親，又是另一番懷抱。屈指算來，已經有六年沒有和母親見面，這六年來，他入了加籍，找到穩定的工作，略有積蓄置業興家，也算稍有所得，並不言悔。車子駕近機場，遇上交通阻塞，他不像往日那般鳴號鼓噪，心平氣和地搖下車窗，讓初秋的微風送來淡淡的歡喜，因為塞車延誤，來到接機處，從香港來的旅客已經魚貫而出，不一會，一個小婦人也推著行李車

出來，雖是六年不見，他們一眼便認出是母親，三人執手言歡，母親倒沒有老生常談問他為甚麼又瘦了，反為他覺得母親的面頰不像以前那麼豐腴，背也有點傴僂，精神尚算飽滿，身穿碎花長袖恤衫棕色西褲，倒看不出她已屆八十，當然她一頭染黑的髮，也義不容辭負起粉飾太平的任務，只是當他接過行李車，右手搭到母親的肩膊，猛然發覺母親的後腦禿了一片，他彷彿一腳踏空踩進時間荒原的黑洞，一顆心直往下沉。

今次母親來溫哥華小住兩星期，其實只是同場加映的短片，正本是護送母親到多倫多參加外甥女的婚宴，回想當年外甥女初來溫哥華，還是個愛哭的小丫頭，轉眼已經紅鸞星動，實在舉家歡騰，唯獨父親推說年事已高，不適宜搭長途飛機，拒絕前來，他與父親雖已分隔多年，倒熟悉他的脾性，父親年輕時自營生意，收山後沒有退休金，只靠積蓄和政府發給的體恤金度日，經常提心吊膽量入為出，面對龐大的旅費，相信令他裹足不前。然而母親數十年來當家庭主婦，毫無入息，依然大手筆地籌措旅費，僕僕風塵前來，想想更對她多了一份憐惜。因此特別熱心安排她的行程。他知道母親只喜歡吃中菜，平時他少和妻出外進食，特別請求同事提供一些最新的中菜館名字，列成一張清單，準備帶母親一一去品嚐，母親患有糖尿病，依然喜愛吃甜，有一天路過一間雪糕店，打聽到他們出售沒有糖分的雪糕，也在心中做個記號，趁著一個明媚的秋日，把行程包裝成一個驚喜獻給母親。母親來溫哥華的頭六天，是三人的蜜運期，把最上鏡的一面對準攝影機，透過蒙上棉紗的鏡頭看現實，瘡疤都像俏皮地浮游的蚯蚓：母親喜歡在車上夢遊，每經過一處名勝，他們費盡唇舌講解，母親虛應了兩句，倒頭便睡，他們心念母親舟車勞碌，惟有相對苦笑；母親喜歡揮霍，每進商場，總不肯空手而歸，雪櫃廚櫃堆滿多餘的水果餅乾，然而購物既是母親的嗜好，他們也不忍掃興，妻還經常搶先付賬。

在他們毫無準備的情況下，母親忽然拒絕進食，那是她來溫

哥華的第七天，彷彿遵從勞工法例，辛勤工作了六天，需要一天例假。事前卻沒有任何通知，那晚他們還興致勃勃帶她到一間中菜館吃自助餐，面對滿桌佳饌，母親卻只渴望吃一碗鯪魚球粥，琳琅滿目，偏又少了這一款，他鼓動如簧之舌與櫃檯小姐商議，幾乎聲淚俱下請她向廚師討個人情，破例烹粥，然而廚師實在沒有配料，折衷辦法，是煮一碗雞湯麵，將將就就，母親總算也應允了，熱騰騰的雞湯麵端出來，母親像剪綵般用筷子挑起最幼的一根麵條碎成兩段送進嘴裏，勉為其難加上一塊薄薄的雞片，便把碗筷推開了，結果他們原封不動把雞湯麵帶回家裏。

夜半無人，兩夫妻難免竊竊私語，追究母親絕食的原因，近年母親幾乎把自己改造成一副饞嘴的機器，吃過雪糕不久便進晚膳，一晚到唐人街逛夜市，買了半打番石榴回家，一口氣便吃了三隻，隨著大家圍看電視，母親捧著妻買給她的一袋腰果，不一會便全數報銷了，腸胃沒有喘息的機會，索性罷工。和妹妹通長途電話，她卻猜想母親心繫牌局，茶飯不思，母親喜歡聚賭，來溫哥華前的一星期，每晚都出外搓麻將，上機前的一晚也不例外，可能想到來加拿大後被逼戒賭，便貪婪地爭取一分一秒玩個痛快，對比溫哥華清茶淡飯的生活，只覺食而無味。妻卻從心理學的角度看事物，上半年他們歐遊，用了年假的一半，母親來訪時，請假陪了她六天，便要返回工作崗位，上班的第一天，還要受訓，不能陪母親午膳，妻知道母親喜歡吃點心，已經帶她上茶樓，兩人面面相覷，母親吃了一籠蝦餃，便意興闌珊，回家後倒頭便睡，大概千里迢迢到來，卻被兒子冷落，心有不甘，於是絕食抗議。

面對現實，他發覺自己簡直變了一個窩囊廢，生命裏總有一些無可奈何的時刻，就算找到了問題的癥結，未必可以迎刃而解。平日他以奉公守法贏得上司的信任，總不能因為母親來訪便摧毀自己的聲譽，引致失業的危機，衡量親情與事業，後者的重量還是無可比擬，況且妻與他都不喜歡賭博，也沒有這方面的朋友，不知怎

樣向母親提供刺激，左右為難，唯有在第二天早上母親起床服食糖尿藥時，假裝鄭重其事，宣佈中午會和她共進午膳，母親果然喜形於色，她近年患了輕度老人癡呆症，他特別找來紙筆，像背默般請母親寫下字條，提醒自己準時梳洗更衣，筆墨幫助母親的記憶，卻沒有促進她的食慾，他只好提醒她空肚吃藥，可能引致反胃，她才勉為其難接過他親手烘的一塊牛油多士，也只像蠶蟲吃桑葉般啃了兩口，便推說肚飽腹滯不能繼續，中午大家吃飯時，情況也未見好轉，想來母親已是下定決心，義無反悔。

　　束手無策，他只想到靜觀其變，妻卻另有主張：在溫哥華逛商場已經變得公式化，倒不如帶母親到花枝招展的域多利，或者改變環境，可以刺激她的食慾，妻對域多利情有獨鍾，一廂情願為它冠上「花城」的雅號，一提起域多利，心中湧起一陣溫馨，想到布卓花園排山倒海席捲而來的花浪，帝后酒店外牆藤蔓牽牽纏纏的歐陸情調，更別提市中心像耳環般懸掛在燈柱的花籃，溫哥華也到處懸掛著花籃，可是燈柱沒有粉藍色襯底，只見花容失色。乘搭輪渡到域多利，妻已經腳步輕浮微有醉意，母親卻別有懷抱，自從絕食之後，昏睡症更趨惡化，一上船便蒙頭大睡，由溫哥華一直睡到域多利，車到布卓花園，仍然酣睡未醒，妻猶豫著可要把她喚醒，母親倒識趣地睜開雙眼，向四周掃視，跟著接二連三打了幾個噴嚏，驚破了妻想帶母親遊園的美夢，在帝后酒店一個櫥窗看首飾，母親忽然心血來潮，要買一瓶消滯的成藥，藥海茫茫，妻一時手足無措，只好帶她到唐人街一間中藥店，起碼母親可以用廣東話向店員講解病情，方便人家對症下藥，出了藥店，母親追問何時返家，長途跋涉來到域多利，收穫就是一瓶養胃丸。

　　藥瓶裏一顆顆藍色的藥丸像寶石，悠悠發著綠光，母親看得高興，果然按著藥方，早午晚各數了七顆藥丸服用，只是吃了數次，始終未曾見效，第二天傍晚，他偶然掀起垃圾筒蓋，赫然發現藥瓶躺在廢物間，起初他以為母親放錯藥瓶，追問之下，母親只輕

描淡寫說藥物無效，不如放棄，母親是個有潔癖的人，平時把家裏收拾得一塵不染，為了拭亮「整潔」的牌匾，難免犧牲很多仍然有用的物事，他倒不是珍惜買藥的幾塊錢，想到妻的一番心事算是枉費，深為痛惜。母親始終與妻劃清界線，到底不是親生，妻知道母親喜歡吃粥，特意煮了一窩，母親卻說白粥淡而無味，只想吃鯪魚球粥，妻專程駕車出外買粥，端回來時母親又嫌太冷，不肯送進嘴裏，妻把粥煮熱，母親還是對著它發呆，說是太熱，總之找尋種種藉口，避免進食，三人在飯廳裏僵持不下，他無助地望出窗外，看見對屋的電視正在播映一部粵語長片，雖說很多香港人移居溫哥華，在華洋雜處的環境下，驀然聽見鄉音，他只感到亂夢顛倒，飾演媳婦的南紅「卜」一聲跪下來，當家姑的黃曼梨別轉身體，泥塑木雕般不肯放寬一張陰沉的臉。

　　陪伴母親看醫生，卻是五天後的事。人都喜歡逃避現實，分明家裏多了一個病人，卻掩耳盜鈴般渴望奇跡出現，病人不藥而癒，潛意識裏，可能他們都不想面對母親急功近利式的揮霍，她始終不肯入加籍，又沒有買旅行保險，真要延醫診斷，固然所費不菲，倘若到頭來母親覺得藥石無靈，都當垃圾般倒掉，她倒得可輕鬆，扔掉的卻是他們多年積蓄的一部分，思前想後，得過且過。直到有一天妻忽然發現母親的西褲管下露出睡衣褲，最初他以為母親精神欠佳，追問之下，原來母親需要多穿一條褲保暖，他們才體會到事態嚴重，與妻商量到哪裏求取良醫。平日頭暈身熱，他們倒有預約一位西醫，只是加拿大西醫診症過程迂迴曲折，未開藥方，先要病人奔波勞碌，到多間化驗所拍攝X射線照片，母親在溫哥華時日不多，實在遠水救不了近火，妻倒想起妹妹提過，上次母親在多倫多，也曾試過食慾不振，妹妹帶她看中醫，服過一帖藥便胃口大開，不如照辦煮碗，只是他們並不認識中醫，惟有翻查電話簿，撥了好幾個電話，都無人接聽，妻正要放棄，搖最後一個電話時，對方居然拿起電話筒，因為已是星期六傍晚，約見時間安排

在星期一下午。

母親和妻推門進醫務所，門扉發出清脆的一聲響，她們以為會踩著一隻隻候診的腳，迎接她們的卻是L字形擺設的兩張長長的空椅，還未到下午二時，可能醫生和接待員都午膳未回，她們正猶豫著，不知該坐下來等候，抑或暫時離去，一個穿白袍的女子從白漆格子裏探出頭來說：「請坐一會！」妻便乖乖地坐下來，怯怯地張望牆上一張人體穴道圖，旁邊一張中醫執照，母親卻不安本份地四處躑躅，探頭進接待窗口，看見一個個堆疊整齊的小抽屜，才坐下來，放心地把自己交到醫生手中。

「甚麼時候開始你不想吃東西？」醫生送走上一個病人，把母親迎進診斷室裏，探知病情，開始一連串的發問。

「不記得了。」母親答得倒爽快，懶得翻查記憶。

「有沒有吃過不潔的東西？」

「不記得了。」

「事前有沒有屙嘔肚瀉？」

「不記得了。」

「有甚麼你是記得的？」醫生身材矮小，卻包容著火山的氣焰，伺機準備爆發，也不知道是因為母親不合作，還是門可羅雀。

「我記得搓麻將算胡子。」

「幸虧你還曉得搓麻將，不然可變了個白癡。」醫生嘴角掀起冷笑。

「是啊！」母親笑得像個搪瓷娃娃，陽光透過室內的一扇窗射進來，讓百葉簾在她腳下織成一張網，只待她跳進去。

也許當中醫師一人分飾兩角先開藥方再撿藥材時，妻便應該帶母親離開現場，然而日常生活裏你我不也同時扮演多個角色嗎？想想妻便多了一份忍讓，直到中醫師兼職推銷員，游說母親買一個藥煲，她才後悔沒有拂袖而去，她向母親示意，母親只狠狠地還她一眼，她只好忍氣吞聲地付賬。從診所裏出來，母親的心情似乎稍為

開朗，在粥店裏吃了小半碗粥和兩個鯪魚球，回家後又監督著妻浸藥煲洗藥材，明知藥苦，也一口一口喝下去。

　　和母親相處，真沒有一刻沉悶，中藥還未調理她的腸胃，倒引發老人癡呆症——翌日傍晚，他下班回家，母親喜孜孜地迎向他說：「中醫師的藥方真見效，下午我忽然覺得肚餓，自己到廚房煮了滿滿的一碗麵吃。」妻聽得目瞪口呆，午茶回來，母親便呆在房裏，不久便發出鼻鼾聲，幾曾踏出房門半步？不禁諷刺地問：「你吃的麵是甚麼味道？」問話像開了一道鎖，母親翻箱倒櫃般搜尋記憶，就是想不出來，忽然靈機一觸，一邊踱進廚房一邊說：「即食麵的包裝紙掉在垃圾筒裏，看看不就知道了嗎？」妻知道自己闖了禍，連忙到後花園撿來一根枯枝，幫忙著挑動垃圾，自然找不到包裝紙。

　　「算了！吃過便算了！管它是甚麼味道！」他連忙打圓場，以為事情告一段落，午夜裏，卻聽見廚房裏傳來一陣騷動，妻和他披衣起來探望，只見廚房裏亮著燈，母親鋪一張報紙在地板上，把垃圾筒裏的廢物都傾出來，母親是個有潔癖的人，平時與紙屑有不共戴天之仇，一定要拋棄才肯罷休，這時卻戴著膠手套，蹲在地上，手掌像兩尾魚般在臭氣熏天的垃圾間穿來插去，燈光在她的髮間閃動著黯淡的光，她努力追尋記憶，證明自己健康正常。

　　他打電話向中醫師請教母親的病情，對方卻支吾以對，一會兒說母親患了流行性感冒，一會兒又說她腸胃濕熱，就是理不出頭緒，被他逼得走頭無路，索性推卸責任：「令壽堂年紀這樣老邁，不要浪費時間了，還是趕快帶她去看西醫吧！」放下電話，他有點啼笑皆非，幾曾遇見一個醫師，向人推薦同行的敵人，只怪自己當初有眼無珠，然而，西醫就可以治好母親的病嗎？目前醫學界誇耀種種發明，奇難雜症往往偷步衝刺，把它們遠遠的拋在背後，他走回飯廳，坐到母親身旁，妻端來一碗粥，放到母親面前，母親卻只托著腮，對著騰騰的熱氣發呆，這個姿勢可會成為永恆？想到簡簡

單單說服母親吃一碗粥的任務也未能達到，他自己也失去胃口。

　　因為母親堅持不肯進食，三人乘搭飛機到多倫多赴外甥女的婚宴，都有點提不起勁，母親來訪，以為只是一次茶餘飯後的公園散步，卻演變成上山下坡的體力勞動，他們感到心力交瘁，親情原來可以是一件貼身的重磅行李，交替著手攜帶，依然兩臂酸軟。上飛機前，他們顧慮到航空公司近年開源節流，不會供應膳食，先找點東西填塞肚子，為了遷就母親，他們踏遍機場找來一間中式食肆，卻只販賣炒飯炒麵，時間緊逼，來不及找鯪魚球粥，只能為母親點了一客雞絲炒麵，果然母親挑了兩下，便把筷子放下。機艙裏，空中小姐倒慷慨地派發三文治，母親卻嚷著要吃青菜沙律，等到人家從冰箱的暗角找來殘餘的一盒，她又抱怨菜葉乾得像紙屑，冥頑不靈，空著肚子坐畢全程，來到多倫多的機場，母親一見妹妹，便滿懷委屈地撲過去，他只覺得順利達成護送的任務，包袱易手，如釋重負，一到妹妹家，倒頭便睡，母親來訪兩星期，要算這一晚睡得最酣。

　　妹妹的時間安排精確得像裁縫師的紙樣本：早上陪伴母親到髮型屋洗髮，中午出席女兒的婚禮，晚上在酒樓裏大宴親朋……母親偏要扮演反叛的角色，不依時間表行事，從髮型屋回來，忽然說頭痛，也不更換衣服，回房便睡，一家人只好把她留在家裏，趕赴婚姻註冊處。

　　觀禮完畢，母親仍在沉沉入睡，妹夫體諒她多日來奔波勞碌，提議多讓她休息一會，四人便在客廳裏枯坐，下午的電視節目並不吸引，看了一會，四人各自打起瞌睡來，等到外甥女與伴娘從新郎家回來，屋裏被沉沉的暮氣籠罩。

　　硬邦邦的繡花新娘服強逼外甥女飾演成人的角色，她依然像個小女孩般躡手躡腳探頭進外祖母的房裏，一見有點動靜，索性整個身子鑽了進去，隨即面青唇白地從房裏衝出來求救：「不得了！不得了！婆婆神志不清，快去把她救醒吧！」

四個人衝進房裏，只見母親在床上蠕動，掙扎著想說些甚麼，卻又有心無力，妹妹連忙掏出藥油，替她在額角輕揉。

　　「我們要不要把婆婆送進醫院？」外甥女張羅著找電話徵詢新婚夫婿的意見，等到伴娘遞過手提電話，她卻又改變主意：「還是喚救護車吧！你們一定會說：喜慶的日子喚救護車會召來不吉利，但是婆婆的安危要緊，我不會介意的，只要你們應允，我這就去打電話。」

　　「你冷靜一點好不好？」妹夫依然擺出臨危不亂的姿態。

　　「婆婆這個模樣，教我怎能冷靜？」外甥女不顧臉上的濃妝，一任淚如泉湧，伴娘盡忠職守，也伴著新娘飲泣。

　　妹夫像個犯規的小學生，怯怯地望向屋裏幾個成年人，他們似乎都默默俯允，他也就說：「好吧！」

　　救護車送來緊急醫療組，領袖是個高頭大馬的女人，深藍色的制服發放著軍服的神采，率領著兩名壯漢，如臨大敵地衝進母親的房裏，與病魔糾纏，起初她還探問病情，到底身經百戰，量過血壓，抽血檢驗，已經知道來龍去脈，建議的解藥是一包葡萄糖水，但要用針從母親的手背插進血管，很痛，她用英語提出警告，請他用廣東話向母親翻譯，然而母親已在昏迷狀態，家鄉話也成了外星人的語言，馬馬虎虎便開始了急救行動，但見葡萄糖水吊在臨時搭建的架上，純淨得像普通人家飲用的食水，透過膠管輸進母親體內，竟有起死回生的作用，母親徐徐張開雙眼，好奇地環顧四周，雙眉緊皺，似在抱怨旁人騷擾她一場清夢。

　　歸根究底還是血糖的故事，糖尿病患的胰臟未能好好吸收糖與澱粉，引致體內失調，治病的方法是戒糖，再服藥控制血糖值，然而人體始終需要一定的糖份，靠日常飲食提供，一旦絕食，截斷了糖的供應，加上空腹吃藥，血糖值降得更低，容易引致虛脫的現象……領袖循循善誘向他們解釋母親的病況，兩名手下忙碌地收拾工具，說是衝鋒陷陣，更似拆建樓宇，一家人自覺站在新的地

平線瞭望。

經過下午一場擾攘，晚間外甥女的婚宴倒是反高潮，迎賓的時候快到，一家人忙著裝扮，請來化妝小姐，專誠為新娘與伴娘服務，妹妹與妻卻上前湊熱鬧，一會兒母親從房間更衣出來，也不耐煩地問：「甚麼時候輪到我？」既是注意自己的儀容，相信已經不藥而癒。下一天上午喝早茶，一家人圍坐一桌，面面相覷，平時甚少相聚，難得見面，卻又不知從何說起，母親得病，反為大家找來藉口，默默權充她的保鏢，監察著她的一舉一動，彷彿她隨時會倒下來，母親卻神態自若，喚來一客又一客的點心，趁著熱氣騰騰，催促各人進食，自己卻只像試食般拈來一兩件，吃得不多，總算恢復胃口，大家都不明白當初她為甚麼失去食慾，但人都不喜歡把目光放遠，既然母親暫時安然無恙，就懶得追本溯源。

很快又過了兩天，母親終於乘晚機返港，妻與他未能隨行，因為上班，一早便要返回溫哥華，早上七時的機，天剛放亮便得趕赴機場，前一夜他們叮嚀一家人不用起來相送，清晨起來，躡手躡足走過母親的房間，她還是推門出來了，分派他們每人一封利是，祝他們一路順風，隨手牽來一件毛衣，披在睡衣上，隨著他們出去，妻與他坐進計程車裏，回頭張望，母親倚著大門揮手告別，旁邊的門牌刻著「18」兩個金字，趁著晨曦，在紅磚牆上閃了一閃。重聚天倫，不也像流金歲月的一線亮光嗎？有意無意閃了一閃，眨眼已成過去，當然大家還會重聚，然而踏過時間荒原，彼此漸漸成長衰老，此時此地一個美麗的姿勢，再見已是記憶牆上的一張硬照，他忽然被一股沉重的失落感籠罩，心裏不由自主著了慌。

母親去後，他打了一次電話回港，知道母親安全抵埗，只覺大功告成，過去兩星期多少擾攘，都像喜慶後灑落一地的彩紙屑，掃到一旁等待清理，日子安穩寫意，倒像一揮即就的素描，缺乏畫龍點睛的神采。一個午夜，妻與他睡得正酣，電話忽然響起來，子夜的鈴聲有股奪魄驚魂的威力，彷彿不待通傳便闖進屋內的信差，上

氣不接下氣地傳達口訊，多不是好消息，好一會他才分辨到鈴聲來自電話，踉踉蹌蹌地從床上爬起來，走到衣櫃前接聽。

「喂！」話筒那邊母親呼喚他的乳名：「這裏是香港時間下午五時，你那邊是不是下午二時？」母親像個愛搗蛋的小女孩，擾人清夢，還擺出一派無知的樣子，八十年來如一日，他含糊地虛應著，妻已披衣下床，按亮電燈，在他的睡衣上加一件晨褸，端來一張椅子讓他坐下，還遞來一杯熱茶，妻張羅著，一顆小小的紅痣在她頸項晃動，一向他竟沒有留意。

原刊《香港文學》2006年2月號

春園　　　　　　　　　　　◎ 陳慧

　　春園討厭紅色。春園還未懂得喜歡，就知道了討厭。春園不常想起老家，想起了就只記得那些陰晦的日子；就是春節過去之後的光景，又冷又濕，空氣裏的油墨氣息受潮漚著，揮之不去。春園穿著洗白了的棉布睡衣和破棉背心，腳上是膠拖鞋，在舖裏幫忙。春園永遠覺得身上不夠暖和，手腳冰冷一直抖索，常常把捧著的物件打翻，又誤踏著壞脾氣的貓；貓老而臃腫，每次被踏著尾巴，就伸爪去抓春園的小腿。夏村和冬莊都會裝著沒看見，春園只覺份外的痛。

　　春園把腿弓起，腳擱在男人跟前的摺椅上。男人沒法把眼光移開，春園的腳幼滑蒼白，跟她的人很不一樣。春園看著男人，緩緩地把寬鬆的褲襬提起，說，從前家裏養貓，老是抓我⋯⋯除了春園自己，沒人看得出來腿上有貓的抓痕。男人的眼光沒移開過，不知道在甚麼時候，男人發現自己的手掌覆在春園的小腿肚上。春園的皮膚冰涼冰涼，男人把自己嚇了一跳，只是並沒有把手挪開。

　　春園臉上妖嬈的神情與她的舞姿極不相襯。春園的小腿輕輕離開了男人的掌心——動作仿似魯鈍其實帶著機敏——春園的腳在男人的頭頂上劃了一道半圓，然後落在男人的肩頭，停住。春園問，是這樣嗎，導演？男人點頭，唇乾喉緊。

　　春園的角色是一隻胖而膽小的蜘蛛，雄性。

　　男人好不容易才說清楚，其實我更願你扮演甲蟲⋯⋯甲蟲思春，而且有點笨，老是愛上不該愛的人；飾演甲蟲的舞蹈員，要揹上巨型的紅色的殼，追在螳螂的身後，自尋死路。

　　春園說，我不喜歡紅。男人繼續游說，觀眾會記得甲蟲⋯⋯春

園斬釘截鐵，我來演蜘蛛，觀眾就會記得蜘蛛。男人還在嘀咕，春園的好心情都被打擾了，恨恨地扯下身上的蛛絲，像從前要刷去手上的猩紅。

那些猩紅從封包上褪落。賣不去的紅封包堆了滿坑滿谷，還有退回來的喜帖；有些是印刷程序上出了錯誤，有些是不小心把新郎倌的名字印錯了。退回來的喜帖不會褪色，不過套喜帖的紅色封筒會褪色。賣不去的紅封包和退回來的喜帖都由春園負責整理。春園一邊整理，一邊聽著父親在舖後的工場裏罵夥計。父親的聲音叫春園緊張，春園緊張起來就一手是汗；手腳依然冰冷，卻抖索著一手是汗。也不知道是汗水還是潮漚的緣故，猩紅染滿春園的指頭。夏村常常皺著眉問，春園你為甚麼一直在洗手……？春園把雙手的皮膚都洗得起了皺，只是指頭上依然像塗了一層淡淡的桃紅。

春園的紅指頭把同學的白襯衣也染紅。同學動手打了春園，春園哭了，抬手抹眼淚又把面頰染紅。同學們——都是女的——說，咦，你要討好男生嗎？你幹嘛化妝？雖然稚拙，也是嘲諷。春園從此把雙手藏在口袋裏。

春園就是在那時候明白了冬莊比她聰明。冬莊一直穿紅——好像紅色就是她專屬的顏色——冬莊從來不必擔心衣服上沾了封包上的猩紅，很無所謂的樣子，在店裏進進出出都一臉從容，不似春園老是緊張兮兮。顧客來了，都揀冬莊侍候。他們說，辦喜事就是要這樣的嘛。他們喜歡一身喜氣洋洋的冬莊。

春園一直不明白喜事跟紅色的關係。

然後春園就聽見父親跟母親發牢騷——我早跟你說有了夏村、冬莊就夠，一子一女不是很好嗎？春園是多餘的，你看她一點都不像這家裏的人……

那時候春園已經知道男人壓在女人身上之後，女人就會生孩子；春園就是不明白為甚麼她的出生只是母親的責任……？

春園還沒有向母親問清楚，母親就死了。母親吞了工場裏藏著

的砒霜。父親和夏村對街坊們說，事情發生得很快……春園想，他們是在說從吞下砒霜到死亡嗎？還是母親要尋死的經過……？

母親的喪禮有點簡陋。一些領過母親上教堂的女人就來跟冬莊、春園說，我們為你母親安排了一場彌撒。春園、冬莊依時出席。冬莊很體貼，應該唱詩歌的時候就唱詩歌，應該哭的時候就哭。春園卻是渾身不自在，她在母親的喪禮上也沒哭過。春園後來裝作上廁所，離開了小教堂就再沒回去。小教堂在學校裏，星期六晚上的學校沒有學生，只有幾個女孩在禮堂一角，隨著錄音機放出來的音樂在跳絲帶舞。

春園的眼光沒離開過那些絲帶。絲帶像悠悠的雲彩，又像夢。夢中日月長。後來春園常常跟人提起，那是她第一次嚐到了感動的滋味。好美，春園說，我從來沒見到那麼美好的東西，好得值得我掉眼淚……

認識春園的人都有這樣的印象，就是春園是有潔癖的。她甚麼都不要碰到。春園剛學跳舞的時候，最大的考驗不是她學藝比別人遲，春園的四肢，彷彿生來就是為了跳舞；春園的艱難在於她要把雙手從口袋裏掏出來，還有就是她要去碰人家——碰人家的身體、碰人家的衣服……剛開始的時候，春園受不了。有一次，導師硬生生地抱緊春園不放，春園的喊叫聲讓大樓裏的人以為出了事，春園用摔的、彈跳的、旋轉的、滾的，都不能令導師離開她的身體。最後春園累了，軟癱在導師的懷裏。

春園在回家的路上恨恨地自語，我以後再也不要跳舞……回家之後，冬莊就出事了。

開始的時候，大家以為無非就是又把喜帖上的字稿搞錯了——是夏村最早發現的，新娘的名字印上了「嚴冬莊」。

冬莊甚麼都沒說，一直坐在店門前淺淺地笑。

春園認得新郎的名字，確是跟冬莊來往過，談過一陣子戀愛的，只是後來不知如何就不了了之……

夜半，春園醒過來，耳畔有奇怪的小小的聲響，像鋸子在鋸東西……春園回過頭來，看見冬莊站在床前，身子搖搖欲墜著。春園把冬莊抱住了，人有點糊塗，說，姐，怎麼你衣服上的紅色都褪到我身上來了……？這才看見冬莊手上一把軋紙用的刀。

後來春園就打開了自己的身體。導師沾沾自喜，以為是自己的功勞。春園甚麼都沒說，只是她心裏明白，一切都無所謂了，還有甚麼是不可以染在身上的呢……？真的。

從此之後，春園甚麼動作都能做，甚麼角色都能演。春園說，只要不用穿紅就好。渾身解數。其中一次演出之後，監製交給春園一張支票。春園瞄了一眼銀碼，就把支票收起，那動作好像她素常慣了在演出之後收下支票。春園沒想過演出會帶來收入，也沒打算讓人發現她的喜出望外。春園回家匆匆收拾了小量衣物，放下了前舖和後門的鎖匙；只是沒留下字條，沒人可斷定春園是否離家出走。

春園租住的小房間很接近她常常演出的地方，其實跟家裏的店還算是在同一個區裏的，相隔了三條大馬路，卻讓春園有到了外國的感覺。春園漸漸就有了一股異鄉人的氣息；她好像隨時準備離去，於是常常讓人有滿不在乎的感覺，份外的吸引。

事情就跟春園自己說的一樣——我來演蜘蛛，觀眾就會記得蜘蛛。果然，散場之後，大家都在談蜘蛛。工作人員告訴春園，有人在門外等你……春園走出後台，就在甬道上看見夏村。春園常常想像這樣的情景，只是沒想過如此平靜。

春園打量了夏村好一會，不明白從前為甚麼巴巴地渴望得到夏村的疼惜。夏村沒把卸妝之後的春園認出來，他只知道她飾演蜘蛛。春園叫夏村，大哥。夏村怔怔地看著春園，春園知道自己沒看錯，夏村的眼圈紅了。

多年之後，夏村問春園，你不要家了？

春園說，我的一切都是家裏給我的。這句話春園曾經反覆說過

多次；喃喃地，獨自。

夏村告訴春園，要搬家了，店要關門，你回來看一下。

春園後來就去了。春園站在街角，看著被圍板封起來的建築物。沒多久就見夏村從已關門的店裏走出來，夏村停在春園身邊，甚麼也沒說，只是陪著春園，抬起頭來不知道在看些甚麼。

良久，夏村終於開腔，你以後打算怎麼樣呢？說不出的憂忡。

春園回過頭來，說，那又有甚麼相干呢？我總可以重新來過的。

夏村聽了，臉上忽然是一種悲從中來的表情。春園捧住夏村的臉頰，無限憐惜的樣子，夏村反應不過來，想要掙開，春園的力氣卻很大，夏村不明白。

春園說，你知道嗎？我特喜歡看人家拆房子……

夏村好不容易終於掙開了春園的手，漸漸生出了一股被戲弄的情緒。最後夏村恨恨地推開了春園，不顧而去。

春園笑了。

38

原刊《香港文學》2006年2月號

出頭

◎ 陶然

　　眼看那人手起刀落狂斬一名幼童之後奔逃，鬧市途人化成了凝鏡，他也沒細想，拔腳便追了過去，畢竟是練過短跑，他橫身一撲，便將那人扳倒；那人持刀揮了過來，他避無可避，才知道驚慌，閉目等死，卻聽到哐啷一聲，睜眼但見一個大漢已把那人反手扭住，按在地上，同時大喝一聲：咪郁！CID！

　　他抹了一額的汗，那大漢橫了他一眼，你是不是李小龍啊？咁勇！差點連命都沒有！

　　但他滅罪有功，獲頒「好市民獎」。

　　有驚無險，大難不死，必有後福！南亞海嘯之後，人人見到他都這樣說。想想也是，這世紀大災難竟然給我碰上，而且居然可以死裏逃生。

　　聖誕之夜拖著阿瓊的手在布吉的酒吧街上徜徉，彩色小燈泡一閃一閃地眨眼，狂放的音樂轟炸夜空，酒氣極性感地誘惑蕩漾，半醉的洋漢擁著嬌小而衣著暴露的泰國年輕女郎，在街上踉蹌橫行，一頭撞到阿瓊身上，他大怒，但阿瓊一把將他拉開，你同醉貓一般見識，那你也是的啦！看一下那個身形先啦，講真的，你打得過他呀？

　　他一驚，酒也給嚇醒了，我不想妳吃虧嘛！

　　不自量力！阿瓊丟下一句。

　　他強笑，妳不記得我也練過空手道？

阿瓊冷笑，招式都未學全就放棄那種！

他一把摟住她，街頭格鬥不行，床上功夫天下無敵！

她白他一眼，鹹濕佬！

警方高調頒獎，強調警民合作，齊心滅罪的重要性。他面對鏡頭，春風得意。還是那位漂亮的Elaine，她媚眼流轉，黃生，又是我，我們真是有緣！

他的心一動。

但正式訪問時她就一副公事公辦的模樣，請問是甚麼動力令你甚麼都不理，飛身撲過去擒兇？

他笑，撲滅罪行，守望相助，人人有責！我只不過盡市民的一份義務罷了⋯⋯

Elaine又問，你學過功夫？

少少啦！

你的偶像是⋯⋯

當然是成龍啦！他的「警察故事系列」，我部部都看，不止一次！所有情節都倒背如流。

那你是不是想當武打明星？

他立刻興奮起來，是呀是呀，妳怎麼知道？

他似乎瞥見她嘴角露出一絲嘲諷的笑紋，連忙收聲，眼睛無目的地四望，沒有一個焦點，滿腦流轉的，是那張俏麗的臉孔。好市民只有錦旗，哪有獎金實惠？但如果能夠拍戲，那又不同講法。

但阿瓊卻說，也好，有名便會有利，你現在有了小小名氣，跟著就是利，明未？

他不以為然，上次大海嘯死過翻生，傳媒不是熱鬧過一陣，我同妳都出過風頭啦，大大有名，好風光，但是好快就沉寂，結果不

是甚麼都沒有？發達？發夢都沒這麼早！現在還有誰提起？

她說，上次的驚險故事也賺了一點啦！你不記得啦？這次是滅罪故事，你看著吧，更勁，輪不到你不信！

2004年12月29日的報紙，在頭版頭條以大字標題寫著：「25歲香港夫婦怒海求生七小時」，同時刊出他和阿瓊劫後擁吻的相片。

逃出生天還不忘在鏡頭前恩愛，是情不自禁是受人擺佈他也記不甚清楚了，但看到自己成了新聞人物，卻也得意了好幾天。他對阿瓊說，想不到我們會成為明星！阿瓊哼了一聲，明星？你以為拍戲呀？他們有給你錢麼？他訕訕地說，有風頭出，好過沒有呀！阿瓊懶懶地回了一句，出甚麼風頭哇？一張相罷了，有鬼用呀，你以為是支票呀？給你一張支票，那又不同！

看到自己在電視熒幕上的形象瀟灑，他頗為得意，阿瓊，妳看看，我做明星都行！她扁了扁嘴，你做傻豹就差不多！

但街坊卻把他奉為偶像，哇！良少，你這次是第二次上鏡了呀，一個不小心你好容易就變成小生，做鄭伊健！

他嘴上打哈哈，不要嘲笑我呀兄弟！心中卻歡喜得緊，有朝一日我黃繼良……

真的有人要來買他們的漂流故事，說必須採訪，每天三個小時錄音，三天的時間，代價一萬元；但要求內容必須震撼。他問，甚

麼用途？對方說，甚麼用途你就不用理了！

他不知道應該如何出位，阿瓊卻說他傻，理得那麼多，有錢拿，作個古仔也要的啦！

他想想也是，於是便隨口加了一幕陷入鱷魚陣的驚險場面。

報紙娛樂版透露，有電影公司準備開拍《海嘯餘生》，阿瓊手指指，嘮嘮嘮！拿我們的故事去拍戲，有沒有給你編劇費先？

他想想也是，便跑去交涉，但那人一味冷笑，大佬，你不是燒壞腦吧？我們已經一手交錢一手交貨。不信，你儘管查一下合同！

也是沒經驗，糊裏糊塗便簽了名；如今想要反悔也不成了。

阿瓊呆了一呆，那你可以要求當男主角，故事是你的，你又有親身經歷。

對方大笑，你以為你是劉德華，還是梁朝偉呀？電影是靠「卡士」賣座，不是靠那些不等使的東西！

甚至連要求署上編劇的名字也不行。你識分鏡頭劇本呀？你只不過賣故事給我們，交易已經完成，我們如何處理，不關你的事！對方聲大夾惡。

他只好軟磨，加個「故事提供」都行吧？方便我日後搵食。

對方拍檯，你都幾大想頭！你以為現在是在街市買菜，有得講價呀？

他落荒而逃。

黃生，我叫Elaine，是電視台女記者。

穿一身白色長褲，披一件米黃的風衣，長髮在寒風中微微飄

舞，她不時用右手去撥好稍亂的頭髮；是那種風情寫在眉眼間的漂亮女孩，好像天生就該吃這碗飯。

一站位，她便一本正經，請問你們是怎樣逃過大難的？

想想還是心有餘悸，那叫不叫樂極生悲？

早就策劃度假之旅，聖誕那天到達布吉，嚐嚐串燒，吃吃芒果，待要將榴槤帶進酒店，卻被大堂經理制止，對不起，先生，榴槤不能帶進酒店。

據說有的房客不適應那味道。

唯有在酒店外吃完再說。

阿瓊憤憤然，世界上最好吃的水果，他們都不懂得欣賞，死蠢！酒店也是，不讓我們帶進去，就是侵犯我們的人權，告他們！

告甚麼告？你別那麼多事了，這是泰國，不是香港。他們不識欣賞是他們的事，我們吃我們的。來旅遊就好好玩，開開心心就是。

阿瓊也只是嘴上發發牢騷而已，一轉眼便又忙於計劃次日的遊玩大計。明天不如去玩海上摩托咧？

聖誕夜在燈光調暗的酒店餐廳吃聖誕餐，紅酒芳香，火雞卻味同嚼蠟，幸好聖誕樹閃爍彩燈，聖誕音樂輕柔迴盪，檯面蠟燭在玻璃罩內搖曳跳著無定向的靈魂舞，那氛圍，簡直叫他靈魂出竅，飄飄然好像又回到熱戀的時候。阿瓊嬌笑，本來就是重度蜜月嘛！不浪漫怎麼行？想想也是，孩子都有了，還從來沒有跟阿瓊這麼浪漫過，有錢真好！阿瓊瞥了他一眼，當時你還捨不得丟下孩子來玩呢！如果不是我堅持……

補度蜜月在布吉海畔，說不盡的波翻浪湧，那是怎樣的一個甜蜜溫柔之夜？

次日起床吃過早餐，睡意朦朧，回到房間，和阿瓊相擁著倒在床上，慾念又起，正待再續夜來纏綿之夢，忽聽到呼嘯的海濤聲鋪天蓋地而來，還沒弄明白是怎麼事，「哐」的一聲，裂帛似的，

他驚見落地玻璃窗給砸得粉碎，海水潮湧而來，他也顧不得套上上衣，只穿著短褲，趕忙抓起一件T恤往阿瓊一丟，快穿！便拉著她的手，跨過露台的圍欄，大喝一聲，攀上屋頂！可是阿瓊乏力，怎麼也爬不上去，他死命頂住她的雙腳，用力把她推上去；他待要自己再攀上去，一個浪頭驀然捲來，將他拖進洪水中，嗆了他一大口鹹水。四顧茫茫一片汪洋，無窮無盡，海面上漂著許多雜物，還有浮沉的人頭，耳畔盡是帶著哭音的呼喊聲。很冷。他努力睜大眼睛，望到阿瓊在張口呼叫，但他甚麼也聽不到，意志漸漸有些迷亂，忽地一驚，他看到阿瓊奮身從那屋頂跳下，嚇得他大叫一聲，阿瓊卻已經游到他身邊，這才記起，婚前她拿過中學校際游泳比賽冠軍。死，我們也要死在一起！她喘著氣。他又氣又急，如果我們都回不去，阿玲以後誰照顧？她才三歲……

這時漂來一塊床板，他連忙抓住當救生圈，才稍微安心，可是卻身不由己地越漂越遠，回望酒店，已成了火柴盒那麼一點。這毫無目的的漂流，何處是終點？他有些絕望，肚子又咕咕地叫了起來。剛才趕甚麼趕？回房親熱，甚麼時候不行？何必急於一時？早餐吃不到一半便豪氣地離開，現在要能用那另一半充飢就好了！那悔意，令他更渴更餓，正萬般無奈，身邊漂來一個雪櫃，他慌忙抓住，打開一看，喜見浸濕的蛋糕，也不管味道如何，便一口咬下去，又甜，又鹹，軟塌塌的，幾乎想要吐出來，他急忙擰開一瓶礦泉水，喝了一大口；這個時候，再難吃也不顧了，保命要緊，不要說難吃，遲些只要能吞進肚子的任何東西，恐怕也照吞不誤，哪容得你再挑揀？他這樣勸告阿瓊，自己也才知道，飢渴是這麼可怖，像蛀蟲似的咬噬他的心肝肚腸，直至靈魂。是一種莫名的疼痛，渾身無力，好像隨時都會虛脫，他自我安慰：才過了午餐時間沒多久，不至於餓得這麼厲害，這一切只不過是心理作用而已；可是他越這麼想就越餓，腸子就絞得越痛。阿瓊叫道，你不要去想了，心理作用！我沒吃一口，都……還沒說完，一個浪頭打來，又將他們

分開，在漂浮的人群中，他找不到阿瓊了。

　　這時，夕陽正在西下，他暗想，一旦天黑，只怕逃出生天的機會就愈發渺茫，一種恐懼感悄悄爬上心頭，他打了個冷顫。就在這時，他望見阿瓊就在三十米外抓著船板漂浮，他大喊，老婆！老婆！但沒用，他忽然想到，滿海都是老公老婆的淒厲叫聲，誰知道誰是誰呀？他改喊，阿瓊！阿瓊！但她還是一動不動，一個恐怖的念頭浮了上來：莫非她……這時才想起，他剛才只顧自己的肚子，沒擔心過阿瓊！他鼓足全身力氣使勁大叫，阿瓊！阿瓊！終於有了回應，他看到阿瓊慢慢抬起頭，嘴唇好像在蠕動，但他完全聽不到她的聲音，他將手中的那瓶礦泉水往她那邊丟過去，但差得太遠，他也沒力氣了。挺住呀！阿瓊，挺住！他聲嘶力竭，也不知道她聽到沒有。這時他才體會到，甚麼叫咫尺天涯。

　　夕陽把逐漸暗淡下去的海面映得閃閃發亮，可能都累了，但也可能是絕望了，再也沒有人呼喊，偌大的水域，一片死寂。那圓圓的橙紅色正向海平面下滑，以越來越快的速度，很快就要和它接吻；他暗叫完了，天一黑，遇救只怕更加無望。

　　但命不該絕，一艘拯救隊的快艇突突駛了過來，好像雷霆救兵一樣，硬是把他從絕望的深淵拖回人間；他心一寬，便昏了過去。

　　再醒過來，他腦海裏一片空白，一股難聞的藥味瀰漫著整個空間，原來是躺在醫院的病床，旁邊竟是阿瓊。

　　他一直以為碰到大漲潮，這時才知道，原來是世紀大海嘯。他全身好幾處擦傷，已經包紮好，還隱隱作痛。

45

　　大難不死，必有後福！人人見到他都這麼說，他也相信。可是一切都不順利，叫他沮喪。阿瓊安慰他，小小磨難當激勵。可是他不能淡然處之。一閉眼，他便覺得身現鱷魚陣中，群鱷一條一條地

滑了過來，為搶奪人肉搏鬥，尾巴互掃，水花四濺。男男女女活活地被撕成好幾塊，血染紅周圍的海水，鱷魚們流著眼淚，在周圍游弋，然後像看準了目標似的，朝他游來；他看到那可怖的眼睛，一眨一眨的，不知在傳遞甚麼訊息。他看到那大張的鱷吻，露出上下兩排利齒。他大叫一聲，暈了過去，迷糊中還以為身陷電影《鱷魚先生》的鱷魚場面中，不能自拔。

悠悠醒轉，全身都是冷汗，卻弄不清楚是白日夢，還是午夜夢魘？

他對阿瓊說，可能我胡亂編造故事，得罪了鱷神，如今是報應，給牠追殺？

生人不生膽！阿瓊安慰他，你定是神思恍惚，元神離身，所以老發惡夢。我明天去給你拜神，包你安寧。

那時拄著枴杖用單腿走路，有如從戰場歸來的傷兵，卻意氣風發，因為一時之間他成了傳媒追蹤的公眾人物，自我感覺良好。沒想到也就是一陣風吹過，很快的，媒體就轉移目標，不要說是他了，連南亞大海嘯也成為過去，有幾個還會舊事重提？

香港人健忘呀！他嘆息。

阿瓊卻另有高見，不健忘又怎麼樣？人總得生活下去，總不能活在過去的陰影裏。你不想給人忘記，就得不斷有新聞，你看那些大小明星，有哪個不是不斷製造新聞，爭取曝光率？

他不知道勇擒賊人，是不是有博見報的潛意識？

阿瓊拍著他的肩膀，是你東山再出的機會了！

週刊果然又熱情萬分地用他作封面人物，給他做專訪，大字標題是：「海嘯餘生再做罪惡剋星」，他又抖起來了。

　　阿瓊說，你看看，我猜的沒錯吧？這回你做明星都不過份！

　　他也飄飄然，特別又是Elaine再約他訪談的時候。

　　一回生，兩回熟，這次我們可算是老朋友了，請你幫幫忙，爆第一手內幕資料給我們。她說。

　　當然當然，他滿口答應，心中卻疑惑，這條靚女，今天說話怎麼有點怪怪的？擒賊就擒賊，有甚麼內幕可爆？

　　Elaine問他，聽說你們拿綜援，怎麼有錢去泰國旅行？

　　他嚇了一跳，新近捉賊你不提，卻提去年的陳年舊事，甚麼意思嘛！他意識到大事不好，心咚咚亂跳，有些緊張，哦，那是我賭馬贏來三萬塊，去鬆弛一下。我們從來沒出過埠，去玩玩也應該是不是？

　　當然，Elaine似笑非笑，但我們收到風，說你們假離婚，騙取政府更多的失業綜援數目，不知你有甚麼回應？

　　他發覺她詞鋒愈發尖銳，猛然記起好多年前讀武俠小說有一句話：「善者不來，來者不善」，莫非這條靚女來者不善？好在他反應還不算慢，我們是離了婚，分開住。

　　離婚還一起去旅行同住一間房？

　　再見也是朋友，那朋友也可以一起旅行吧！人權喔！

　　當然可以，不過好似不是朋友那麼簡單，比方那張熱吻的相片……

　　過了大半年的事情，自己幾乎都忘了，她還記得，看來是做足了準備工夫；他頓時語塞。

　　你會不會覺得對納稅人不公平，對其他確有需要獲得綜援的市民不公平？

　　旁邊的阿瓊突然插話，我們這一區有好多人都這樣做的啦！

　　好多人做，不一定就對，何況騙取綜援是犯法的！Elaine的口

氣漸趨冷硬。

他一口氣吞不下去，哼道，我們放棄綜援，全家餓死算了！看富足的香港有人餓死，會不會成為國際新聞！

說罷拂袖而去，在尖沙咀鬧市亂逛，夏天的太陽猛烈，迎面碰上一大漢，笑著和他打招呼，喂！李小龍！做了英雄不認得我了呀？他定睛一看，是那個CID。大漢指了指一間茶餐廳，一起去喝下午茶吧！他擺了擺手，橫過馬路，頭也不回，逕自走了。

原刊《城市文藝》2006年2月號

平台上　　　　　◎ 胡燕青
——大學生的作文裏充滿了錯別字，他們的人生也一樣

早上十一點半

　　廢置圖書館外的大平台人來人往，到處都是聲頻極高的笑鬧。男孩女孩用書本打來打去，半迎半躲之間，好像總要發生一點點甚麼。不經意碰上的手，隨風翻動的多色頭髮，閃爍的笑容與眼神，都帶著信息；有的瞄準某人，有的亂放空槍。儘管含混而短暫，並且一直晃動著，這些模糊的勢語卻無法擊中不設天線的李家強。

　　李家強是誰？即使把最具體清晰甚至深入的資料詳列出來，他也不過一個叫人打呵欠的一年生，相對三百六十五天也難以讓教授們記得的那種：十九歲半，短髮偏左分界，髮線含糊，戴眼鏡，穿牛仔褲和鮮艷球鞋，輕度羅圈腿，身高一米七，寒背，電影上了畫才偷偷去租看漫畫的那種。

　　開學不久，大學生都刻意忘記高考的可怕，慣用的成績分類法再沒有作用了，家強在系中新生的角色就更為模糊。這樣的年輕人在校園裏多的是，一般絕對不會惹起甚麼女孩子的注意或男孩子的敵意。用大家的話說，他是透明的——如果他的透明沒有觸怒了樊芷葦。

　　樊芷葦也許不算絕色，她也無意如此自詡。年滿二十，自我感覺還是十四、五，走路稍微「八字腳」，頭髮過肩，稀薄、鬈曲而

瑣碎，劉海卻很整齊，像個洋娃娃。由於小腿既長且直，芷葦引以為榮，她不大穿褲子，連做運動都穿半截布短裙，領子衣袖更要偷偷綴上一點點Lolita味道。其他部分卻相當「潮」。斑馬長筒襪就是一例。對了，「很女孩」──不，是「很女孩」──是她給人的最明顯的印象。至於眼睛單眼皮的缺陷，剛好由遮遮掩掩的笑意充分彌補了。不過她最讓人難忘的，倒是那張「哎喲，如果你不幫忙，我這一次死定了」的皺眉扁嘴笑臉。一旦與之正面交鋒，你休想全身而退。她是這樣地喜歡自己，而且暗暗知道不是每個女孩子都擁有這一種可以無限延展、而且不能折屈的強大吸引力。換句話說，沒有男孩子可以在她的意志下擁有自己的意志。因為這個緣故，當半睡半醒、糊糊塗塗的家強沒去回應她那一聲友善的「早」，她就被深深傷害了。因為他笨得免疫，她無法不懲罰他，即使他只是糊塗、只是沒睡飽。

　　教室吐出一簇一簇的雙十少年，又深深吸納了另一大批。芷葦從學校正門的大樓梯跑著小步上來，希望不必遲到。可是參考書太重了，而剛巧走在前面的正是家強。芷葦走得太快，碰到了他的手肘。書給撞散了，三本落在平台上，三本落在樓梯上。說時遲，那時快，兩個男孩馬上從平台衝下梯級，把書一一撿起來。撿到第三本，兩人竟也拉扯了一陣。那是阿仲和森美。家強呢，竟然站在那裏遲疑了一陣，才睡眼惺忪地把平台上的其中一本撿起，撿起了還抬頭到處張望，希望找到物主，最後竟然把書胡亂交給了阿仲。芷葦給他氣個半死，馬上向著森美扁起嘴來。此時，阿仲和森美已把書送到芷葦懷中，還用手輕輕整理了一下。一個問：「沒碰傷吧？」一個伸手接過芷葦的背包。家強好不容易才看見了她，一副如夢初醒的樣子，含含糊糊地向著三人說：「Sor，Sor呀！」。這樣的橋段，老套得難以置信，家強卻連這樣的橋段都未曾聽聞，以致連一點點老套的遐想都沒有。沒有人知道，這正是芷葦下定決心

要征服他的原因。

下午兩點

阿仲和芷葦在飯堂講作業。兩人喝了總共四杯冷飲，檸檬給「篤」得稀爛，報告商量不成，但人人求仁得仁，森美得以伏在飯桌上睡個飽，阿仲得以單獨和芷葦聊天，芷葦可以說兩個鐘頭話。她說她喜歡上一個男孩子，但那個人對她一點興趣都沒有。患單思病的芷葦微笑著，清晰的唇線牽動著一個勉強可以稱為笑渦的小圓點。阿仲藏在「鍍金」髮裏的眼睛牢牢看著她的臉頰，用嘴唇壓住飲管，感覺很矛盾。那該死的傢伙是誰呢？竟然連芷葦也看不上眼。不過，這也很好，至少芷葦還坐在他對面。

芷葦也非常享受這段時間。她巴不得阿仲就留在身邊，因為比起家強來，阿仲的細心、殷勤和「有型」，使她很自在。一米八的他走得快，氣力大，戴藍色隱形眼鏡，扮演男朋友再好不過。如果不是因為他隨傳隨到、唾手可得，芷葦也許會比較珍惜他。

「這是甚麼年代啊，要你明示暗示傷心流淚的傢伙，扔掉了吧！」阿仲說著遞上紙巾。那包紙巾其實是芷葦放在桌上的。

「我有甚麼辦法？我的命運就是碰上笨蛋。我不相信他有女朋友。根本不可能。他只是不喜歡我。」芷葦接過了紙手巾，覺得是時候哭了，眼淚就形成圓點，滾滾而下。阿仲伸手過去摸她的頭髮，表達安慰，不巧手肘碰上了水杯。空空的塑料杯子飛滾到地面，正好落在路過的李家強的球鞋上。那鞋子也真難看，竟然是橙色和紅色組合而成的，鞋頭翹起，結得牢牢的鞋帶更是紫色的。阿

仲的眼睛給冒犯了，撿起杯子的時候，它們竟然刺痛起來。芷葦的眼睛也給冒犯了，如果不是女孩子送的禮，這樣難看的怪物，哪有拿來穿在腳上的道理呀？想到這裏，芷葦的心抽痛起來了。

「喂你，有了組沒有？」阿仲問家強。一面問，一面自覺良好。愛情就是這樣的了。為了成全對方，出手安排機會，犧牲自己在所不計。

「喔，我？甚麼組？」家強停住，看著自己濕了一半的新鞋子。這時芷葦也遞上了紙巾。家強沒注意，因為他要弄清楚阿仲的問題。芷葦見他沒回答，就伸手給他抹鞋。家強突然看見一隻手放在自己的鞋子上，嚇得大叫：「嘩，你！你要幹甚麼？」

芷葦給他喝了一聲，委屈之情驀然上湧，她霍地站起來，把紙巾扔在桌子上，丟下書包就離去。

「喂！」阿仲看在眼裏，心中冒火，一手執住家強的衣領，吼叫起來：「你這算是甚麼？你就是不喜歡她，也可以有點風度啊！想我揍你呀？」

家強的腦袋轉不過來。他的思緒被濕了的新鞋子、分組、一個給自己抹鞋的女孩和面前這個高大對手瓜分了，一時無法理出整全的圖畫。

「我⋯⋯你⋯⋯你們在說甚麼啊？」他明顯開始害怕了。

「別再讓我看見你！」阿仲的拳頭已經舉起。「你還要裝糊塗？」

晚上十點半

芷葦接到森美的電話。他說阿仲喝醉了，就在宿舍裏哭，一面哭一面不斷說粗話。森美還把電話挪近阿仲的嘴巴——這是一個同房能夠做的最體貼的事了。芷葦聽見他糊裏糊塗地賭咒，又恨恨地

說自己一生未曾試過這麼失敗，竟然會輸給那個叫做李家強的東西。

「李家強是誰？」說了半小時電話，這才問，真是。芷葦可以想像森美一直胡扯、說笑、扮旁觀者的樣子：他一定還是穿著過大的T-shirt和太長的短褲，拿著因此顯得太小的電話，盡量顯得輕鬆地問。

「不告訴你。」芷葦說，聲音輕軟，也很柔和。

「這回阿仲可慘啦，他從來未輸過啊。」

「我沒故意讓他不開心。我也很不好過啊。」

「總之沒有人好過啦。李家強是誰？」森美的話充滿暗示，而且，很明顯，他沒有放棄追逐那個答案。芷葦不回答他。她暗暗感到，清楚的答案會帶來某種難以解釋的羞恥。於是她把話題轉向阿仲。「我可以跟他說話嗎？」

電話裏的聲音又有了一點點變化，首先出現了阿仲的鼾聲，然後是森美的「怎麼啦？跟我說話不高興啦？」

「胡說！我只是想告訴你，我實在無意傷害任何人。任何人。」

「無意也好，故意也好，結果都一樣啦。」調侃的語氣：「報應。」

芷葦沒回答。幾秒鐘後，她輕微的啜泣聲開始像小蟲那樣，鑽進了森美的耳朵。一隻、兩隻、三隻……森美靜了下來。好長的一段靜默。森美說：「你在哪裏？」

上午十一點半

李家強是誰？就是坐在芷葦身邊的那個？「不會吧？」森美說。「正是他。我們還要跟他同組。」阿仲回答。「昨天晚上她借了我的肩頭哭了很久。」森美聳聳肩，不大介意的樣子。「可是沒想到是為了他。我們輸在甚麼地方？」

阿仲也聳聳肩，他的感覺好多了。森美說「我們」，說「輸」，說「不會吧」，真讓人舒服。他們又是好朋友了，忽然都感到了同房的幸福。「今天晚上要去做一次義務壘球教練，來不來？」「也好。」「最漂亮的是那個短髮的三壘。你不可插手。」

下午兩點半

遲到的李家強要走到教室最遠的角落去。他要越過許多人。教授皺起眉頭看著他，停了說話。同學們也皺起眉頭，但不看他。他越過芷葦的時候，很小心不要碰上她的膝蓋。芷葦也很識趣地把腿移往一方。下課的時候，他第一個走出教室，比教授還快。他那種垂著頭勇往直前的走路方法，讓大家都暗暗笑起來。芷葦扔下了書包，跟了出去。書包總有人會替她撿起，機會卻不可以錯失。

下午四點半

芷葦的書包還留在教室裏。回來找的，是家強。他敲了門，跟一個外籍教授說了一句蹩腳的英語，拿回了書包。他惘然離開，芷葦伸手過來拉住他的手。

晚上十點半

這是李家強第一次接吻。他感到很新鮮，有點髒，也有點肉麻。芷葦的唇很香，軟軟的，像嬰孩的嘴。但是那上面有鹹鹹的淚和口水。家強覺得看色情網頁時的感覺，比這次接吻更接近愛情。

然後，毫無預告地，他給面前忽然悔改的女孩打了一巴掌。

上午八點半

　　阿仲的手電響起來了。他抓來一看，關掉了電話。輪到森美的電話響了。森美連身都沒翻一個。

（本故事後來易名〈鄰家女孩〉，收錄於《更暖的地方》，

牛津大學出版社，2006年）

原刊《城市文藝》2006年3月號

世紀之約

◎ 黎翠華

　　這是一條真實存在的街，有它的名字，在這個城市的某個方位，測量得出來的，不是一個虛構或幻想。我來回走著，陌生的鋁質窗框一張張的浮在我頭頂，整齊冰冷的像鏡子。從街頭到街尾，人面不知何處去，桃花也不知何處去。這不是我認識的那條街，雖然他們都說，這條街就是那街。

　　原來的街有點上坡斜，盡頭是石級，因此不通車，成了天然的行人專道。兩邊低矮的樓房一幢挨著一幢，屏風樣的拉開。木窗框是屏風的圖案，繡著花花草草和晾曬的衣物。一向，我們隨意走過，有時是習慣有時懷有目的，譬如在無人的角落可以放肆地擁抱。每次見面，我們的腳總心意相通，不需我們的腦袋指揮就自動前行。街上隱約飄著電台的廣播節目，無風無浪的聲線，輕鬆地在吸飽了太陽能的空氣中遊蕩。日子滿滿的，撒播著茶葉味，炒菜味，米飯煮開了的香，想像得到沙鍋的蓋子在掀騰，燉著蹄膀或雞。我們邊走邊聊，不知何來那麼多話。我甚麼都想告訴愛麗絲，她也好奇，彼此都覺得對方的人生充滿趣味，是一個從未體驗過的世界，恨不得由頭到尾都了解清楚。落在街心的夕陽拉成一長條，像幅發亮發熱的地毯，誘導我們前行。我踩在上面，心神蕩漾，彷彿小貓用舌頭舔著我的神經。

　　我跟愛麗絲談起中學時代的足球隊。她專注地聆聽，目光緊隨當時的我在球場上奔跑，細視我漲紅的臉，盯著汗濕的球衣黏在我年輕的身體上。入了一球，我在昔日的陽光中快樂得爆炸。因為愛麗絲在生命裏的某一個時空欣賞著我，我的過去完全不同了意義。

我手舞足蹈，滔滔不絕的講，由幼稚園到大學時代，零零碎碎的瑣事，本是心底裏隨意擺放的雜物，如今一件件翻出來都是寶，教愛麗絲眼前一亮。

夜了，她的臉在街燈下浮起，像一塊柔潤的白玉。晚風吹過，涼幽幽的髮絲纏上我的脖子，散發著誘人的成熟果子氣息，不曉得是洗髮精還是香水的味道，或許是街上的水果攤飄來的。是蜜桃？芒果？還是番石榴？弄得我暈頭轉向。她以仰望天空的角度注視著我，偶爾浮起會心的微笑，那眼光像品鑑著博物館裏的圖畫。「你也得給我講些有趣的事。」我說。

「甚麼有趣的事？」她笑：「我的生活太平凡了。讀書、考試、工作……沒有去外國留學，沒有去過甚麼地方旅行，甚至從未搬過家，轉過工，跟所有人一樣的過日子，有甚麼好說的？」

她這樣說，眼神怔怔的彷彿泡在平淡無味的白開水裏。愛麗絲有意無意地把自己表現得像一張白紙，完全滿足了我在上面塗抹的慾望。我像個大畫家，這裏一筆那裏一筆的表演著，把普通不過的人生湊出無限精彩的畫面，連自己都得意洋洋的欣賞。

我在一個遊艇生日派對上遇到愛麗絲。那時我在英國唸完書回港不久，股市樓市皆旺，很快就找到一份好工作。有一個同學當了銀行高層，大家精力無窮，心情大好，時常約了一幫人開公司的遊艇去玩。我去了好幾次，因為我無聊，是到處問人有甚麼節目的那類人，半夜坐船去南丫島吃宵夜都不介意。

不知道愛麗絲是跟誰來的，後來她提過但我不認識那個人。船開到東坪洲，我急不及待的跳進碧藍的海裏。水非常清澈，水底的陽光銀蛇般在海床的石塊上亂舞，一鱗一閃，讓人迷惑。我小魚般穿過光，穿過影，游了半天，回到船上一眼就看見愛麗絲，錯覺她是美人魚。她穿著淡青色的一件頭泳衣，曬過的肌膚緊亮緊亮的閃著紅光，坐在一盤五顏六色的雜果沙拉後面。大概我的樣子很可笑，她笑一笑，遞給我一小盤沙拉。她不見得是一個美艷動人的女

子，小蛋臉，筆直的鼻子帶點傲氣，半乾濕的頭髮亂亂的掛下來，沒有大胸脯，但她就像新鮮水果那麼嬌爽。我隨意坐下，邊吃邊逗她講話。愛麗絲像所有女子一樣，感覺得到我的挑逗，臉上神情嫵媚。

愛麗絲在我十分需要一個女朋友的時候出現。姐姐結婚之後去了美國，爸爸媽媽也跟著過去了。多年來獨自生活，看似自由自在，然而天氣陰冷的假日，一個人醒了，寒而濕的風聲在窗外嘶嘶作響，每一刻都漫長得像一個乏味的人生。是那種空空洞洞的，甚麼實質都沒有的乏味，乏味得像一座沒有家具的房屋。我擁著被子發呆。鄰居傳來烤麵包的香氣，我想像得到那種溫暖愉快的、有血有肉的日子。當我一看到愛麗絲，我馬上知道，這就是我的烤麵包。

我們約會，很自然，像調油醋汁一樣，兩種物料放到一起，加點鹽，加胡椒粉，攪拌一下就成了美味。我幾乎天天接她下班，為此我放棄了喝啤酒，即是說升不升職加薪也不在乎。那時我的老闆是英國人，瘦長個兒，臉色淡白，看上去沒有甚麼人情味。但下班之後他那張冷臉就充滿英式幽默，或英式虛偽，時常請我們去喝一杯。照例幾個喝酒或不喝酒的工程師都跟著去，紅著臉或青著臉，圍住老闆聽他亂吹。我在英國唸過書，他特別喜歡跟我說一些倫敦舊事，扁著薄薄的兩片嘴唇講笑話，讓人聽了不知該大笑還是微笑。

愛麗絲的辦公室就在灣仔稅務大樓，我們隨著下班的人潮前行，沿著橫架在巨廈之間的天橋，飛越地鐵站，飛越電車和巴士，一直走到小街，從最現代的人工海岸線回到這個填海區的起點。低矮的建築物散發著一種不真實的奇異情調，它顯示尋常的日子但又不尋常，象徵一種恆久的生活，是經歷了很多喜怒哀樂再成為一個典範似的生活，裏面的柴米油鹽都帶著平和的舊畫報的顏色。牆上貼著溫柔敦厚的福字揮春，在時光裏退成淡淡的紅。它同時是一個城市的原型，可以察看到居民如何從開埠之初的種種艱難走過來，像蜜蜂做牠們的巢，一點一滴，經過許多風風雨雨，留下最凝練的

部分，像陽台上一排扭花鐵欄，沉默、堅忍、嵌在建築物林立的城市間。

　　我指指點點的叫愛麗絲看這看那，專家似的。她以嬰兒的眼神在觀察。我說多了，口乾，在一家小雜貨店買飲品。古老的雜貨店，天花板上有一串串顏色形狀都甚古怪的東西掛下來，米放在木桶裏，白花花的米堆起像冰淇淋。一半黑一半斑紋的蛋排列著，還有其它蛋的排列。一個束起頭髮，大概是老闆娘的女人跑出來問我們要甚麼。她對自己的店瞭如指掌，每一件物件都跟她有關係，總是準確無誤地找到需要的東西；也像魔術師，手一收一放就從無到有。我們接住了盒裝檸檬茶，她又問：「還要甚麼？」好像我們沒理由只買檸檬茶。「買榨菜吧，很好的榨菜。」我不知怎樣回答，我沒想到用檸檬茶來配榨菜。幸好愛麗絲買了一包話梅，我們得以解圍。其實我們可以到附近的7-11去買飲品，但我喜歡這小店。老闆娘在店裏的神色就跟我在這街裏一樣，因此有種說不出的親切。

　　這街上的生活也有煩惱，譬如颱風季節要用紙條在窗玻璃上糊個交叉，增加玻璃的抵抗力，即使碎了彼此也不離棄。我剪紙條的時候愛麗絲就去煮漿糊。夜裏點上蚊香，救火車經過愛麗絲一驚而醒，以為我們的紗羅帳著了火。我安慰她，擁抱她小貓般柔軟的身體。窗外月華如水，透過木窗框一格一格的印在地磚上。迴旋的蚊香升起縷縷輕煙，隱沒在高而深的屋頂裏，混在半空懸浮的夢境裏。因為有蜘蛛網，有蟑螂，愛麗絲寸步離不開我，我稍遲下班，她就心焦地在陽台上等，穿著旗袍。

　　「你最近是不是看多了粵語長片？」愛麗絲有點奇怪。她邊說邊整理我堆積如山的影碟。

　　事實上當政務官的愛麗絲時常穿褲子，因為她有很多男下屬，她覺得穿褲子比較威嚴。我住在太古城，不用糊窗玻璃也沒有蟑螂。冷氣差不多長年運作，即使開了窗也沒有多少風因為是低層單位，也看不到海景，為此愛麗絲不是很滿意。她說：「換房子

吧！」就像換衣服那麼簡單。那陣子人們確實忙著物業買賣，不少人換幾套房子就賺了大錢。我也喜歡錢但我更喜歡愛麗絲，不想錯過每一分秒，打算結婚之後才考慮換房子的事。

下班之後有幾個選擇：她陪我看影碟，或我陪她逛商場。之後我們拿著飲食指南按圖索驥發掘各家私房菜，或買點東西回家讓我一顯身手——愛麗絲從未燒過菜，因為她的媽媽安排得太好了，她連雞蛋都不會煎。我的廚藝在英國唸書時就打好了基礎，大煎大炒最能消滅寒冷和孤獨。為了請她上我家看影碟，午飯時間我邊咬三明治邊逛影碟店，天天都有新戲。為了讓電影更有吸引力，我煮茶煮咖啡，偶然跑去買她心愛的芝士蛋糕。後來她轉了口味，喜歡巧克力慕絲，我又到銅鑼灣的City' Super裏找。

週末有各種活動，因為有愛麗絲在身邊即使到山頂跑一圈都變得無限好。她成為我生活中不能缺少的一點點鹽，沒有她，山珍海錯都顯不出光輝。我這樣讚美她，當時我們在交易廣場，週末的黃昏，看完電影出來，有點冷，深秋的風令我們感到飢餓，準備上士丹頓街找家餐廳大吃一頓。她聽了哈哈大笑，說：「你以為你自己是山珍海錯！那是駝峰熊掌還是大水魚呢？」

我作勢要揍她。她抬起可愛的小臉，閉著眼睛，像個又香又軟的蛋糕，我忍不住熱烈的吻了她，在電動樓梯上。真奇怪，我們總聊到食物上頭，好像老吃不飽似的。別的戀人是有情飲水飽，但我們不，又有食物又有愛情的世界似乎更美好，我們都很享受，大家都想把這種快樂延續下去。我們的戀愛過程又順利又愉快，沒有一點曲折，沒有一點波浪，兩個人都增重了，沒有為情消瘦，簡直不像談戀愛。

我們一心一意在二千年結婚。雙方同意這是一個特殊的數字，適合做特殊的事情。我覺得2000是一個拖著長長的婚紗的新娘子，愛麗絲喜歡這個數字圓圓滿滿。「從零開始，」她說：「天天都知道我們結了婚多久。」我以為我們的婚姻會延長到下一世紀，真正

的百年好合。我們每天隨著電視倒數計時，度日如年，只盼剩下的那些分秒像彩紙碎般隨風而去。

雖然我們的官方儀式不是在這個世紀的第一天舉行，但我拉著她，冒著千年蟲和大塞車的險，穿過一街又一街的人群，在上一世紀和這一個世紀交接的火花裏，零時零分，在小街上交換了婚戒。一切從這裏開始。立刻，整個世界歡聲雷動，敲鑼打鼓，漫天煙花，無數的香檳噴出激動的泡沫。我們穿過新鮮的空氣，進入新時代。

二千年的第一天，第二天，第三天……

然後不知是第幾天，幸福的日子是天天一樣的。我們如常的上班、下班。我不用去稅務大樓等愛麗絲，因為回家就會見面。她依照各種中西食譜下廚，快樂地忙碌著，像發現一種新玩意，清補涼配西班牙海鮮飯或紅燒獅子頭，隨她翻到那一頁。她汗滲滲的臉上閃爍著光澤，拒絕菲律賓傭人參與，就像一個得了新玩具的小孩捨不得與人分享。我輕輕鬆鬆的跟老闆喝完啤酒回家，品嚐愛麗絲的勞動成果。當我從下著微雨的街上回來，看見我那繫著圍裙的妻子，紅光滿臉，隨著她衣衫而來的還有香香柔柔的雲喱拿甜味，我覺得我的家是個發酵著的麵團，實在太充實太溫暖了。

我邊吃邊衷心地讚美：「真美味！」不管是太甜太鹹太辣。愛麗絲非常高興，不停的在我盤子裏添菜，我也不停的吃。

愛麗絲是一個單純的女子，無論成長、讀書、工作、談戀愛、結婚，都按部就班的發展著，從沒出過亂子。以前甚麼事都有父母安排，如今有自己的家，也學會向樓下的管理員投訴走廊的電燈壞了之類，還得意洋洋的把過程告訴我。我摸摸她的頭髮，親親她，像跟小孩子說話似的稱讚她：「了不起！」

她不是鋒芒畢露的那類人，但也不容易改變，每一道菜都得依照食譜上的指示把材料買齊全，沒有紅椒決不會改放青椒，永遠用仙奴十九號香水，珠江橋牌生抽……新產品令她不放心，她的小字

宙穩定的運行著稍有變化就是天災人禍。我做家事比愛麗絲內行，喜歡試驗不同的工具和方法。我告訴她廚房和浴間要買不同的清潔劑，怎樣擺餐具，等等等等……這是我在英國唸書的時候訓練出來的，跟從未離開過媽媽半步的愛麗絲相比，顯然能幹多了。當然，這是我自己覺得的，不是愛麗絲說的。

「其實不妨嘗試以魚露代替醬油作海鮮的調味料，那是另一種風味。在英國我有一個越南同學就這麼做菜，非常有特色。」

「因為那是越南人。」愛麗絲語氣堅定，連想像一下這個味道的意圖都沒有，毫無轉圜餘地的說：「中國菜得要用醬油。而且書上也指明用醬油。」

有一天我喝完啤酒回家，愛麗絲還未下班。雖然有點不尋常但我不以為意，或許她突然決定上美容院或約了媽媽購物之類。我獨個兒去超級市場買了一大堆食物，回來看見愛麗絲，軟軟的攤在沙發裏，臉色極難看，像塊擱在冰箱裏好多天的肉，沒丁點活氣。

「生病了？」我問。愛麗絲沒有回答我，靜靜的，像沒有她這個人似的。

「究竟甚麼事？」我很奇怪。我從未見過愛麗絲這個樣子，伸手去摸她的額頭，她推開我，跑到睡房裏，大概是哭了。

即使我買了她最愛吃的鰻魚，那個晚上她沒有吃東西也沒有說話。後來才知道，她部門出了問題。其實也不是甚麼大事，是因為以前從來沒有問題所以一出現就成了難題。她的工作方式有點不一樣了，一個人要負責好多事，又沒有給她加人手，開會的時候上司語氣不好，她覺得很難過。我安慰她，說這不過是小事，結果給她轟出客廳。之後，我再沒有吃過愛麗絲做的晚餐。她時常加班。她的職級是沒有加班費的，即是說自動加班，還把未完成的工作帶回家。隨著她回家的還有辦公室的空氣，強迫我呼吸。

愛麗絲一輩子都沒有受過委屈。她不是考第一的尖子但也從來不包尾，她做的菜雖稍欠創意但也不會一敗塗地。我理解到這件

事的嚴重性，故意用輕鬆的語調說：「有甚麼關係！又不會扣工資的……」她生氣的說：「對於你不清楚的事情，最好不要表示意見。」這簡直不是愛麗絲。我再多說兩句，她竟越來越激動。我投降：「好啦！不要說這個啦！我不是特首說了也沒用！」

後來她不再管家裏的事。女傭很老實，不過是個蠢蛋，天下間再沒有比她煮的東西更難吃。愛麗絲提議：「不如去媽媽那邊吃晚飯吧。吃完晚飯回家不更省事？」我反對！這還算甚麼生活？這個家要來幹甚麼？結婚就是為了可以兩個人一起過，兩個人一起煮飯吃飯講話甚至吵架。雖然戀愛期蜜月期都結束了，我並不想把姨媽姑爹全加進來。我說我自己會煮。「那你不要一邊煮一邊抱怨呀！」我聲線有點誇張：「我甚麼時候抱怨過了？」「你說你這種態度不是抱怨是甚麼？」我很生氣：「那要怎樣？要又笑又跳嗎？我還沒犯上神經病。」「誰又有神經病了？」「大概是你的上司吧。」她不理睬我。

我擅長煎烤各式牛排豬排，配不同的醬汁或香草，偶然下干邑酒火燒，隨口味決定炒意大利粉或炸薯條，再加一瓶酒。說真的，這滋味不比星級酒店的餐廳差。吃了幾天，愛麗絲有意見：「你弄點別的行嗎？我在辦公室已經火氣重了，還不停的煎煎炸炸，嘴巴都起泡了！你想我講不出話來才滿意？」為了討她歡心我只得買材料煲湯。由於欠缺創意我就把這件平凡的事交給菲傭去做，豈料這個笨蛋總弄不明白何為火候，那湯清稀稀的像缸洗澡水，還有一股怪味，不知她自作聰明地加了甚麼調味料。生活出了問題第一時間可從食物上觀察到，心情不好的時候就做不出好菜，或食而無味或吃不下。

為了改變口味我偶然買外賣，或在外頭吃。愛麗絲總是不對勁，最後必須要回媽媽家吃飯不可。我陪她去了幾次，我不懂同是叉燒白切雞為甚麼在她媽媽的餐桌上就好吃些。「那感覺是不一樣的！」我終於明白是為了感覺。在媽媽家吃飯可能讓她重回少女女

孩甚至女嬰時期的老好日子中。隨著愛麗絲心情的好壞而決定在媽媽家吃飯的次數，即是說心情不好的時候幾乎天天都在那裏。另外一件我無法忍受的事，就是吃過晚飯她還坐在那裏看電視連續劇。大概從她咬著奶嘴的年代開始兩母女就這樣互相依靠著看電視。我只好坐到邊旁的單人沙發裏，看完報紙再看雜誌再跟她爸爸聊了幾句金融股票之類，到差不多睡著了她才肯走。

終於我也藉口加班不跟愛麗絲吃晚飯。我如釋重負，再次形單隻影的跟同事們去喝酒。這形單隻影跟以前有點不同，是再沒有期待、沒有驚喜的，預感到每天一模一樣地過。

後來我換了工作，這也是不得已。舊老闆要去上海發展，我不可能拋下愛麗絲跟他走。新老闆滿臉熱情，但一句就一句，絕對不會講笑話。工作很忙，幾乎連吃午飯的時間都沒有，更別說喝啤酒了。晚上在家碰頭兩個人都累得焦頭爛額，有氣無力的，只盼望往床上一躺。有天吃早餐的時候我發現愛麗絲改了髮型，隨口讚了她一句。她瞪我一眼：「你這時候才看到！」原來她都梳了好幾天。真是講多錯多，說少一句氣氛還好點。

她媽媽生日那天約好了在酒樓吃飯。公司裏大家都忙得抬不起頭，我不好意思說丈母娘生日要早點走，結果遲到，兩個人又大吵了一回。我不介意沒吃到乳豬拼盤和西蘭花帶子，連我的胃都不在乎不知為何愛麗絲如此氣憤。整頓飯魚又不新鮮菜又不夠嫩連紅豆沙都沒熬好，事無大小甚麼都觸著了晦頭。

在家裏沒趣，剛巧舊老闆路經香港，從前一群同事趁機聚首，昔日的好時光又回來了。我很久沒有這麼興奮過，情緒高漲，喝了一杯又一杯，後來到了老闆身邊，我以為他又要講笑話，準備著笑。他一邊搖著威士忌一邊意味深長的說：「歡迎你隨時過來，我那邊很需要人。」我呆住，慘然嘆息，一飲而盡，後來爛醉如泥，不知是誰送我回家。我連門都開不了，挨在牆上吐得昏天黑地。愛麗絲回家的時候看見我，氣得要命，像揪垃圾筒般把我扔到屋裏去。

「我真受夠了！」說完她就收拾了幾件衣服出門。

死沉沉的睡到第二天，是公司打電話來我才醒的。當時我的頭還在痛，因此沒有想到愛麗絲。回家的時候很疲倦，我也習慣了回家看不見她，爬上床又睡了。直到吃早餐，完全清醒過來了，才發現不見了愛麗絲！愛麗絲呢？菲傭說不知道。我驚惶失措地打電話給她媽媽，她很不滿意的說：「怎麼你這個時候才打電話來！」

「她究竟在哪裏？」

「上班去了。她在我這邊都兩晚了，你也不問一句。唉！真可憐！絞盡腦汁的忙了一天，回家也沒個人疼惜她。」

「嗯……的確是我不好，我喝醉了……」我忍著沒說出口，我也絞盡腦汁的忙了一天，不過我很清楚男人是沒有權利說這句話的。

「她瘦了好多，心情也不好，就讓她在我這邊休養一陣子，調理調理身體吧。」

那語氣，好像愛麗絲一直在地獄受苦受難。我無話可說，唯有掛線，繼續在地獄生活下去。

自此我的消遣方法是喝酒，找不到人作伴就一個人喝，而且喝得沒格沒調，甚麼破酒吧都無所謂。

有一天，是二千年之後的好多天，無意中經過小街，竟是另一個時空。它完全變了樣子。是街道改變了因而帶動一切的改變，還是我們令街道改變，真的只有天曉得。新房子在街頭街尾參差的冒出來，有些舊房子被拆掉了還未施工，像一排牙齒被拔掉了幾顆，空出缺口。我吃了一驚，好像掉失的是我的牙齒。地盤圍板滿佈污漬，空地荒荒的一片夕陽，幾灘淺水反映著天光，野貓在深淺不一的坑洞上飛躍而過，消失了。我呆呆的站在街心，忽然一輛車「呼」的經過，嚇了我一跳。以前街上從來沒有車，不知是否走錯了路。我所知道的不是這一條街，雖然他們都說這條街其實就是那條街。

「你醉了！」

他們總是這麼說。其實我沒有醉過。醉是有條件的，必須狀態良好，精神肉體皆壯旺，心境環境都是上揚的，興奮的，全身的微絲血管接通了電流，輕滋滋的震盪著，爆出歡樂的火花。

心情惡劣的時候不是醉，是找死。整個人不堪一擊，小小一瓶酒就掉進地獄。瞳孔散開了，胃在收縮，頭在爆裂，還一杯一杯的灌，真是死也不在乎，嘔吐的時候連心也嘔出來了。

不過，他們察覺不到這個分別。他們說：「以前你挺能喝，怎麼酒量越來越差了？」

我沿著我們昔日閒步的路線走，意圖重溫舊夢，一邊走又一邊懷疑那真的是個夢。

甚麼都拆了，都不存在了，好像我們的過去也不存在。就像愛麗絲，完全想不起以前我們在日落時分去海灘燒烤，我已經好久沒有吃到用炭火細心烤炙再塗上蜂蜜的雞腿，真的懷念。

小街的改變令我心驚。房子越蓋越高，變成參天大樓，窄小的街全沒在暗影裏。空氣涼涼的，我一陣暈眩，像沉到地底。抬頭一望，風箏似的一小片天空，飄飄渺渺，好遠好遠，沒有星，也沒有光。

這條街，再不是我認識的那條街，雖然他們都說，這條街其實就是那條街。

「唉，別跟他爭了，醉貓！」

今天的愛麗絲，也不是我認識的那個愛麗絲。雖然他們都說，這個愛麗絲其實就是那個愛麗絲。

這是二千年之後的不知第幾天。我像一個失去方向的糊塗蟲，團團轉，迷失在這個城市裏。他們說我醉了。其實，只要我找著那條街，我就知道該怎麼走下去。

原刊《香港文學》2006年3月號

白 ◎ 麥樹堅

　　難得F的助手終於接聽電話，我急於確認訪問的細節，很自然便忘記向服務員多要一份餐具。捧著那盤熱氣蒸騰的焗意大利麵，我看到Sai在座位裏托著下巴幻想。今天，她穿了一襲質料上好的杏色長裙，把頭髮攏到腦後夾好，塗抹了一點眼影和唇膏。

　　我們只買一客意大利麵，不是要節儉，而是我沒有食慾。近來完全沒有胃口，腦裏常常翻滾著F的著作要怎樣製造，而心裏著實覺得那是出賣尊嚴、賤賣創作的事。如此不安只為了討生活，但為了生活，不得不完成工作，又不得不再一次勉強自己放下身段——每逢想到「吃」是生活的一部分，就很有罪疚感。

　　「你慢慢吃吧，我不吃了……」我謝絕了Sai分吃意大利麵的好意，懶懶地歪著頭看快餐店裏的人。閒著無聊，我在她的熱檸檬水裏加糖——砂糖下沉，在杯底堆成一個閃著亮光的鑽石小丘。不知怎地，那些小小的閃光今天誇張得刺眼，令人顫慄。

　　Sai用叉攪拌著麵條，繼續從上午延續至今的話：「阿畢說，從籌備婚禮，到拍結婚照、租車、租場地，加上擺喜酒合共用了十萬多元……」

　　我點點頭，雖然不耐煩，但還是溫柔地叮囑Sai把握時間吃午餐。

　　初冬午間的陽光刺眼但不暴烈，將半間快餐店曬成白金鑄造一樣輝煌。一切仿如過度曝光，白得連輪廓都有點模糊，令眼睛好酸。我想，一會兒阿畢的禮服必定很白，他的牙齒也很白，在潔白的教堂前令人目眩。

阿畢是Sai的同事，我其實不認識他的。如果可以，Sai一個人去似乎較合適，現在則以「視察環境」、「偷師取經」為理由，把我拉到半山的那間教堂去。

　　快餐店真的熱得有點過分，我脫下西裝外套，稍稍修正坐姿，令西褲沒有繃得那麼緊。早就應該買新的西裝了，但因為少穿，薪水又不夠用，才被積聚在腰股的脂肪弄得狼狽不堪。假如阿畢不是Sai珍重的朋友，我想穿襯衫牛仔褲便算了。

　　Sai在咀嚼，但明顯心不在焉，嘴角有一抹櫻花的微笑。

　　愈來愈多食客在快餐店裏走動，服務員忙於透過廣播呼叫食客取餐。我托著腮，漫然觀察別人的食相。漸漸，我的視線被一個緊緊拉著上衣領口的男人吸引著，他步伐遲緩、目光散漫、頭髮蓬鬆，微彎的項脊令他看來不尋常。我看著他像鯊魚一樣小心游弋，追蹤他目光接觸的人和物。

　　巡視一圈後，他的行為變得離奇，故意在非通道的空隙穿過並停頓下來。他穿過我不遠處那個座位的時候，我看到他黑色風衣下的破舊牛仔褲，滿是油漬的褲管下，灰白色、腫脹的腳掌踩著一雙扁得像魷魚乾的人字拖。當他穿過我的座位，我用獅子一樣的眼神睨著他，他急忙躲開不敢靠近。

　　低頭吃意大利麵的Sai不知道發生甚麼事，還責怪我東張西望：「喂，皺甚麼眉？跟你說話，你就唯唯諾諾。我問你，剛才我說甚麼？」

　　「十萬多元嘛，」我盡量回憶，「阿畢嘛，結婚相片在……在黃金海岸拍的……」我支支吾吾。

　　「錯呀！」她眉心皺出一道深坑來，「你的心飄到哪裏去了？每次跟你說正經事，你總是心不在焉？」我想，我漫不經心的模樣，必定令Sai很生氣。

　　可是，我實在沒有閒情和精力，去管別人用多少錢結婚，拍了些甚麼照片，婚後住在甚麼地方。大學畢業後，我被迫將生命的八

成用於工作，無暇，亦無心去照顧一些很遙遠的事。我經常心不在焉、答非所問——你問我將來會否讓子女讀英中，我會反問你喜歡《Keroro軍曹》的Tamama還是Giroro；問我會在哪一區置業買樓，我會感嘆艾慕杜華許久沒有新作。難得放假，我會睡個飽才拎起魚竿去東涌人跡罕至的石灘釣一個下午的魚。看著海面的閃光，享受自然的和風，不期然想到的問題是：「要不要轉工呢？別的公司也有相同的情況嗎？一動不如一靜，以不變應萬變？哪裏有不刻薄、愛才的上司？」對岸飛機升降起落，記得曾經想過出國留學或生活，但轉眼成了幻想。Sai討厭釣魚，固然是嫌沙蟲又臭又醜，也嫌我看著飛機和海水也可以木訥一整個下午。對著她我愈來愈沉默，但願一切都是我敏感和多心。

同學和朋友都陸續結婚，致使「適婚年齡」這四個字令我覺得好混亂。起初我還熱心出席他們的婚禮，但熱情融化得奇快——往往耗了一整天，都不知道那天自己做過甚麼有意義的事，即使倦極但內疚感會令我失眠。然後，覺得自己愈活愈內疚；愈想令自己好過一點，愈是被殘酷折磨。逃避問題時，我愛把西鐵當作日本的JR來坐，緬懷在日本旅行的時光，但Sai覺得我有妄想症。

其後，交情不深朋友的婚禮，胡亂編個藉口推掉就算；推無可推的，就採取遲到早退的策略，縮短無聊發呆的時間；若要出席，堅持獨個兒去，免得Sai遽然提出難倒我的深奧問題。結婚及其相關的事，在我有限的時間和精力下相對地變得模糊，我寧願入戲院或游泳池，從影片和涼水中尋找興味。

「阿畢說，阿婷是他朋友的表妹，也算是一見鍾情。拍了兩年拖就結婚了，求婚時特地租了一輛裝飾著彩燈的電車……」談到別人的浪漫史，Sai就眉飛色舞，茄汁黏在唇邊都不知道。

「租電車這一招被阿畢用了，我可傷腦筋……」我一面陪笑，一面盤算著要不要辭職轉工，並留意著黑衣男人的行動。

Sai的臉上泛起幸福甜蜜的笑容，眼裏浮現憧憬的漣漪，一圈圈

向我擴散過來。我知道，她對我們的將來有不少期望，浪漫程度遠遠高於我能想像的。

然而生活裏無法預測和想像的事多得不可勝數呢——朋友結婚的喜帖就像冰雹，要來就來，毫無徵兆；打在身上很痛，喊出來又怕人家嘲笑。畢業後我跌跌撞撞，學習接受各種不公和不滿，對薪水超低工時超長作出妥協，唯一的好處是不用交稅。別人問起我的工作，我感到尷尬難以啟齒。一旦說出來，對方總是搖頭嘆氣，滿懷憐憫的拍拍我肩膊。

Sai不止一次問起結婚的事，每次我都用別的話題作出攔截。我意識到自己曾經引以為傲的寬容和忍耐已經生銹剝落，眼神變得冷峻猜疑，一點都不友善了。深夜下班坐公車時，我雙手發抖，虛脫的身子斜靠在座椅上喘氣。戴上耳筒，用聽不明白的日本搖滾樂令自己陷入更昏沉的混亂，就像誤入混濁水域的潛水員，前游時腦袋一片空白，卻別無他法。只有週日的美好陽光把我揪上水面，弄得我汗流浹背，像一隻瀕死的水母。

「喂，你閒著無聊，替我double check教堂的地址吧，免得坐錯車會誤時……」Sai說。

我仔細閱讀請帖上寥寥的文字，指頭無可避免地沾染金粉，在閃閃發亮。我嗅到請帖散發出來的淡香，憶起母親的一句話：「男人總得成家立室……」母親說這話的時候，喜孜孜收下我交給她的餅卡。今年第五張了，即使不去喝喜酒，即使那是泛泛之交，人情也得托朋友帶去。

黑衣男人在我斜對面的位置停留了很久，重新引起我的注意。我牢牢盯住他的手，只要一碰上別人的手袋或外衣，我必定會站起來喝住他。然而，他把兩根指頭放在嘴邊輕咬，目光徘徊在小孩子不情不願地吃著的豬排飯上。小孩用鐵匙敲打著金屬盛器，這聲音，和我鄉下老祖母每次餵狗前，用鐵兜敲打門檻的聲音一模一樣。小孩的父親發現了男人，放下馬報，像狼一樣瞪了他一眼，轉

頭吩咐兒子趕快吃。

我開始明白這是甚麼一回事。

「喂，今晚你真的不去嗎？阿畢的婚宴……」Sai咬著叉子，揚起一雙修飾過的眉。

想起婚宴裏吃到的食物，我就覺得胃脹難受。童年時常盼望有親戚結婚，只消有耐性陪父母呆坐到八時，就可以吃到豐富的食物。母親總會叫我吃清碗裏的魚翅，嚼清楚鮑片的味道，離開前不忘拿些甜橙和炒飯。現在我對珍饈美食失去興趣，吃只為了生存。以前只消陪著父母呆坐，讓長輩摸摸頭髮、禮貌地微笑就盡了本份，應得盡情大吃。長大後，朋友的婚宴是個不折不扣的應酬場所。朋友激烈討論的，不外乎汽車和物業，女人和賭博，關心對方的工作和入息……還有甚麼值得我們用一個晚上詳細談談呢？

我撫摸著手上的指環，為它的位置而沉默不語，想起公司附近花店的小盆仙人掌。我常常被那些仙人掌吸引，想把它放在辦公室的電腦上作裝飾。可是最終對自己的誠意欠缺信心而作罷，即使它是一盆十元八塊的植物，但我認真對待如同我和Sai的將來。

一晃眼，黑影掠過。

父親拖著孩子離開的時候，事情的發展如我所料——男人迅速坐下，毫不遲疑地用小孩用過的勺子吃飯，豪爽地吞嚥著。清潔大嬸已快步趕來，只來得及收去父親那個餐盤，卻不敢挪動男人面前的食物。一知半解的食客用奇異的目光觀察著他，而他只顧著眼前半塊咬過的炸豬排。為免驚動其他客人，快餐店的經理離遠觀察，並在清潔大嬸耳畔說了幾句。

我直視著他吃飯的過程，頓然，「吃」在我面前變得原始和迫切！辭職信早就準備好了，只要簽名遞給經理，我就不必再理會F的訪問。但我自知本身的能力有限，不敢貿然放棄現有的工作。我維持著的生活模式像墨子，信奉節用和非樂，目的是要儲錢支付進修的費用——可是回頭想，進修是為了甚麼呢？就是為了保住現有

的工作，要吃飯。

深深呼出一口氣。我調整一下坐姿，令褲子不會顯得那麼緊、那麼短，襪子的顏色不會那麼礙眼，皮鞋不會那麼陳舊。

失業後會在惡性循環中遇溺嗎？為了吃，要在快餐店的天空當一隻兀鷹，盤旋著等別人放棄食物，然後飛撲而下……那時候要想的問題簡單得多了：要吃，要填飽肚子。沒有剩飯吃的話，唯有清晨在餐廳門口偷菠蘿包，或者夜晚拾街市菜檔丟棄的半腐爛瓜菜──我竟然開始籌算了。

「如果……如果，有一天我潦倒得要吃人家的剩飯，你會嫁我嗎？」我垂頭喪氣的問Sai。

Sai放下水杯，噘著嘴問：「你真怪，明明談著婚禮的事，無故說到別處去……」

我覺得自己的頭顱已移植到那男人身上：毫不羞愧地啖著別人咬過的炸豬排、啜著別人嘴唇碰過飲管的是我──口腔裏突然湧出食物的口感和味道！我拿起桌上的檸檬水就喝，幸好，還嚐到酸澀味。

「你怎麼會吃人家的剩飯呢，沒可能……」Sai抹抹嘴。

說不定……辭掉工作，就能為理想而活？欠缺生活費，還得找兼職幫補，何況我是長子？兼職的工作量沒有全職那麼多？誰都說不定。做著兼職就有時間、精神從事創作嗎？又說不定。寫出來一定有回應嗎？恐怕未必。能夠寫到多少歲呢？最終有多少成績呢？可能很快見底。將來填寫履歷表時，有甚麼可以寫呢？說不定，說不定。

這一刻，我連未來半年身處怎樣的工作間，工作時手握菜刀、鋼筆、駕駛盤還是滑鼠都不知道，何來力氣咧嘴而笑，像阿畢風光地當一回男主角呢？白色的婚禮，白色的禮服，白色的蛋糕……遠遠近近。

我的視線從Sai的臉孔移開，再度搜尋那男人的蹤影。他坐過

的位置已經空著，而食客忽然只有寥寥兩三個，清潔大嬸站在一旁閒著。

羽絨般嫩白的陽光下，桌面有濕布抹過的痕跡，很快就乾掉了。

其實這快餐店好像一直都沒有甚麼人，一直都很安靜。

「Sai，明天我要替人做訪問，錄音機能借我一用嗎？」

原刊《城市文藝》2006年4月號

73

且把它……埋葬

◎ 余非

「已經好久沒有聯絡了。」要不是大學紀念創校三十週年辦千人宴，已分散到社會不同角落的舊生，嘉碧的同班舊同學，是不會聚首一堂的。

「你那天沒有來」，嘉碧小心翼翼地解封禮物紙，一邊拆一邊鬼馬地說，「叫一些人，不，是一個人很失望哩！」嘉碧向梓樺飄送一抹「嘿嘿，你有秘密在我手上」的眼神。之後，又把視線移注禮物包上。嘉碧用指甲挖起透明膠紙的一角，用拇指與食指輕輕揭起膠紙。

「噓，」她終於拆開禮物紙，高興不到五秒，「有沒有搞錯，還有？」嘉碧拆開禮物紙之後，竟仍然是禮物紙，「好不環保呀你，真浪費。」

梓樺賴皮地笑笑。

嘉碧把第一層禮物紙攤放餐桌上，用手溫柔地撫平，再愛惜地對摺，「我帶走重用，是我的recycle paper。」嘉碧教中學。現在的中學生要當小學生辦，又逗又哄，送禮物是她的慣用招數。禮物可以是鉛筆、圖案筆盒等，包得好看得體就可以討學生歡心。

「喂，別岔開話題」，嘉碧一邊拆禮物一邊反擊，「我剛才說呀，有人很失望。你是知道我說誰的。」

梓樺知道。往事如煙。

「你那晚為何不來，你有那麼忙嗎？對啦，你轉了甚麼工作。」

「你拆開禮物就知道。」

「不可以略有提示嗎？」

「唔，」梓樺想了一下，「你還記得西西有一篇小說叫〈像我這樣的一個女子〉嗎？」

「當然記得。那時我們一起參加師兄師姐組織的小說閱讀班，真好學。」嘉碧自己讚自己。

「你既然記得那篇小說，我已經給你線索。」

「多希望你是珠寶從業員啊，我要一雙珍珠耳環。要真珍珠，不要養珠。」（大珠小珠落玉盤……大弦嘈嘈如急雨，小弦切切如私語，嘈嘈切切錯雜彈，大珠小珠落玉盤。間關鶯語花底滑，幽咽泉流冰下灘；水泉冷澀弦凝絕，凝絕不通聲暫歇。別有憂情暗恨生，此時無聲勝有聲。銀瓶乍破水漿迸，鐵騎突出刀槍鳴。曲終收撥當心畫，四弦一聲如裂帛。東船西舫悄無言，唯見江心秋月白……那時又沒有錄音機，人要用文字收錄聲音。簡直神乎其技。你說該欣賞「語言技巧」呢，抑或當中的「意趣」。意趣、情意，可以如何量化。別有憂情暗恨生。）

「假使你這份禮是我中意的，我就告訴你——」嘉碧故作神秘，「告訴你——他當晚有沒有問起你。」

「呵呵，跟我談條件了。」梓樺沒好氣，「大家都幾十歲人了，你以為我還會在意嗎？嘿，你真是小甜甜，沒改錯花名。」

「誰知道。」嘉碧仍是一邊拆禮物一邊反擊。

往事，最先浮起的是感覺，之後是某種情緒，然後是一些不完整的場景。好多年後梓樺才知道，在她沉迷讀書、焚膏繼晷的階段，有人不敢打擾，卻在旁邊垂注關切。被人數算著她有多少個晚上讀得通宵達旦這事，曾把梓樺嚇倒，感覺十分不自然。

宿舍所有房間都關燈了，只有梓樺的房間一燈如豆。

禮物紙一層一層地在嘉碧的叨嘮中被解拆。

宿舍下面是綠油油的草坡。嘉碧口中的那個人攤開一張坐墊，在草坡上守望宿舍的如豆燈火，遙賞一顆被知識燃燒的心靈。（臥看黃菊送重陽，露重煙寒花未遍。夜寒我醉誰扶我。應抱瑤琴臥。

情感之古典與現代。）

「我是在大學才開竅的，那時就只愛讀書。一種單純的、被知識震撼的快感——世界一下子在你面前豁開大門，請你進去。人，不只要讀過書，受教育，還要經歷一次這種震撼，才知道人生甚麼叫做富足、快樂。」

嘉碧在埋首拆解她的禮物包，梓樺彷彿自說自話。「那時，不是『不去想』其他事，是其他事都不在視線範圍之內。那段日子真好。」（天將降大任於斯人也，必先苦其心志，勞其筋骨，餓其體膚，空乏其身，行拂亂其所為，所以動心忍性，增益其所不能。）

嘉碧想起梓樺的花名，「那時他們叫你『王老吉』，是因為王老吉牌飲料的廣告說『飲王老吉涼茶最正氣』！大家都取笑你過分正氣——正常人莫近。是貶意來的。」嘉碧與梓樺哈哈大笑。她倆那個系陰盛陽衰，女生多男生少，而女生又比男生豪氣。陰陽失調。嘉碧忽然很正經地說，「……當年大家都很有抱負……」（人生自古誰無死，留取丹心照汗青——十四個字裏半個深字也沒有，卻氣派不凡，傲岸英挺。）

「你真討厭，怎麼搞的你。」第四層禮物紙被拆開之後，是第五層禮物紙。

「我不玩了，退貨。」嘉碧這次是真生氣，「你實在太不環保了，都幾十歲人啦，還玩這些浪費的無聊玩意。」

「別生氣，第五層嗎？」梓樺數一數給嘉碧摺好的禮物紙，「完了，快到禮物包了。」

第五層，第六層，嘉碧終於見到梓樺送她的禮物。

「啊，」嘉碧舉起「禮物」，「你編的？」

「對，這就是我的職業——教科書編輯。我想，你會有用吧。」

「我學校不是訂購這一套，正好，多一套備用。」

「原打算郵寄給你的，到推廣部找來一些紙頭紙尾，多包一兩層以免投遞磨損。後來，你就約我見面喝下午茶。轉念一想，就多

包兩層跟你開個玩笑。」

嘉碧拿起印有「教師用書」的《中國語文新編》，禁不住讚了一句，「高材生即是高材生，編得資料詳盡，非常紮實。」

嘉碧教書，是用家，她的評語是專業判斷。以〈桃花源記〉一文為例，與〈桃花源記〉字款同大小的標題共五個。除經典古文〈桃花源記〉，另收了四篇文章對讀，分別是流行校園名家阿希的〈山居小品五則〉、才子蔡杰的〈反說古人〉，以及張三李四的當代名家寫度假、退休生活的散文。這本書如落在行外人手上，主次不易一眼看出，以為五篇文章都是主力講解的課文。嘉碧始終是老師，一看便抓到主次。現在的教科書、教師用書就這個編法。教育界也時興這樣去教。五篇文章旁邊有小字註明用途，「主要講解」、「輔助導賞」、「略讀」、「速讀」、「自讀」，以示幾篇文章有不同的重要性。「主要講解」的一篇，就是十多年前還活得堂堂正正的「課文」。

跟在五篇文章後面的是一條尾巴──一長串輔助資料，「導賞遊戲」、「話說作家」、「仿作練習」、「文類特徵」、「綜合運用」等等，等等。看得嘉碧垂涎三尺，「嘩，超好，一書在手，不愁備課會辛苦了。」

梓樺為嘉碧的雀躍而落寞，臉上閃過一抹憂鬱。公司要梓樺幾位編輯陪推銷員到學校幫助促銷，梓樺忽然想起老師們的索求。再不喜歡也要謀生，梓樺明白生之局限。（兩頭皆截斷，一劍倚天寒。假如不從佛家徹悟的角度來解讀這句話，會否讀出一種孤寒之意。）

「校本校本，想做死人嘛！幾百篇文章自由選擇真的就很自由了嗎？教書不是選舉，我才不要這麼多的自由哩。我要一個實實在在的課程，一本好用的教科書，另加一本教師用書，足矣。到頭來，又不是要依賴教科書出版商──你們嘍！」嘉碧把教師用書合上，愛惜地說，「多謝，很有用。」

梓樺苦笑。到中學去促銷，梓樺經常被老師追問為甚麼沒有這，沒有那。顧客永遠是對的。他們需要超大量的引起動機、延伸閱讀（四兒日夜長，索食聲孜孜；青蟲不易捕，黃口無飽期。嘴爪雖欲敝，心力不知疲；須臾十來往，猶恐巢中飢）。梓樺心潮起伏，「正文呢？大家還剩下多少時間去細讀正文？還留下多少注意力給正文。」

　　「聽說你這一套很好賣，今天翻看，確有道理，原來資料這樣齊備。」嘉碧呷一口攤涼了的咖啡，「公司有花紅分給你們嗎？有沒有成功感？」

　　「花紅，當然沒有囉！你不知道現在的教科書成本有多重。」

　　「也是的，厚厚的一大本，而且彩印。市面上好像已經沒有黑白印刷的語文課本了。」往事如煙。

　　「對啊，語文課本也要全彩，版面嚴禁呆滯。」梓樺所謂的編輯工作，時間花得最多的不是把文字關，是把版面關。一長串的輔助資料要用甚麼字款、字號來鋪排，配甚麼圖，全是她的責任。務求令「用家」一目了然，一看喜歡。

　　梓樺問，「你們不覺得太花了嗎？」

　　「今時今日，呆板是死罪，悶也是死罪。簡直十惡不赦。」

　　「我常懷疑，那麼多的『引起動機』、『輔助閱讀』，他們的動機最終都給發動起來了嗎？尤其是對古典範文與古詩詞。」

　　「嘿，你真貪心，他們肯專心讀完一篇白話文已經超優異了，還奢望他們讀古文？！要知道，潮流不許——噢，不，恕我用字不準確，是『不鼓勵』老師『迫』學生背書。考評局更乾手淨腳，古典範文索性盡量剷除；不列入考試範圍，誰會讀古文。不是有考評局官員聲稱：看娛樂歌劇也是『正規閱讀』嗎？學生們不知有多『批判』，他們會質問我，要我給他們十個讀古文的理由。文言文今天都不通用，學來做甚麼？」

　　「是的，假如從文章中學習的只是字詞、文法。」

「所以呢，一定要夠花夠亮麗。別說古文了，他們壓根兒就不喜歡文字閱讀。」

臨結賬時嘉碧問梓樺，「幾乎忘記問你，開始時我問你職業，你為甚麼要以西西〈像我這樣的一個女子〉做線索？」

「你還記得那篇小說的內容嗎？」

「當然記得，尤其記得女主角是死人化妝師。」

「對呀，我跟她不像嗎？」

「像？哪方面？太高深了，我不明白。」

「你不覺得我們都做與『死亡』有關的事情嗎？」

賬單已簽好，她倆站起來，緩緩的朝餐廳門口走去。

「胡說」，嘉碧在梓樺後面追問，「兩種職業風馬牛不相及。」

「我覺得，自己在不斷把正文『埋葬』。是死亡，是葬送。」梓樺一手推開玻璃門，兩人由冷走進熱。

「嘉碧，我在猜，今天的同學還會花多少時間來反覆細味一篇經典範文？我指的是從前堂堂正正被選入課程、被視為正宗的『課文』。不是那一長串的尾巴。他們現在多讀的，是埋葬原文的周邊配件。呵呵，其罪在我，像我們這樣的編輯。」

梓樺繼續幽幽地說，「我在想，他們可以從哪裡學習人性、人情……」

原刊《城市文藝》2006年4月號

聲聲慢

◎ 李維怡

1.

　　幾天都下著大雨，清晨的街上天陰陰，人人都多了一條雨傘當枴杖，在地面上鑿來鑿去，公園裏的大紅花正在滴水，平時紅得像新年恭喜發財的紅色在陰天裏滴滴答答，搖搖欲墜，好像隨時會跟隨天空遺下的雨水一起滴下來，艷得有點詭異。公園門口的垃圾筒旁邊有大堆五彩繽紛的垃圾，也一樣各自在滴水。收垃圾的嬸嬸通常是早上五、六點鐘經過這裏，平時的話垃圾筒旁已甚麼都沒有了，不過，今天早上五、六點鐘，嬸嬸該是剛剛碰到那場驚醒了小碧的滂沱大雨吧。最近垃圾越來越多，而且甚麼都有，經過垃圾堆，小碧心一沉，放慢了腳步仔細檢視了一下：蓮嬸家裏的沙發、林財記那個大魚缸和本來種在店前蘭花、區婆婆的鐵樹……連孤寒陳的酸枝家具都有……

　　小碧也像其他人一樣握著雨傘，一路鑿來鑿去鑿到巴士站，心裏磨著昨夜與父親和大哥吵架的事情，滿不是味兒。巴士過海來到學校，忽然見到校舍新翼那邊都被橙白色和藍白色膠帶封起來，好生奇怪，雖然新翼都已啟用了十年，但還不至於要維修吧，舊翼都二十年還不是好好的。上課前早會，校長上台講話，只說是有工程，在課室使用上有調動，大家要留意云云，台下大家對於學期中間忽然維修，自然是議論紛紛，又「危樓」又「拆樓」又「有鬼」地亂說一通。不過，也有些同學悄悄地傳著一個消息：「政

府收地」。

第五堂是陳Sir的經濟課，陳Sir在同學的心目中，算是比較開放的老師，於是就有同學拗他，問甚麼事。由於陳Sir自己也很勞氣，所以大家才得知，原來新翼甚麼地權不清，又甚麼徵收土地。

「有無搞錯，我中一時新翼已在這裏啦！搞了這麼久才說地權不清？」同學慧慧安叫道，其他幾個同學附和：「對呀，賠錢呀！」另一個同學強仔叫道：「賠錢有鬼用呀！以後全校七級每級五班全部迫在舊翼，怎樣上課呀！」

「但是課本都說只要賠夠就可以了哦，陳Sir，學校是不是也有個價可以賣了新翼呀！」又一個同學熊女笑道。

「好了好了，」陳Sir本來只是有點氣，一時衝動罵了兩句，沒想到學生竟然活學活用起來，但他自己也是沒辦法，頓覺心裏有點慌，只好打圓場：「其實學校已經拗數拗了一年啦，大家放心，學校會努力爭取的。」陳Sir說。

「那為甚麼這麼久以來都不告訴我們呢？」慧慧安道。

一時課室內吵哄哄起來，陳Sir心中便有些後悔，偏偏這時候小碧就想起堂上陳Sir所教的內容，便問道：「那我們是否算是那些『externalities』呢？」其他同學對這個問題報以哄堂的大笑，彷彿小碧說了一個很聰明的笑話，陳Sir直感到小碧是打救了他，樂得由大家繼續哄笑，看一看錶已快下課，趕忙邊笑邊收拾桌面的東西，以便鐘聲一響便開溜。

但，小碧並不是在說笑話，但，大家都在笑，但，又不好意思違背大家的意願似的，喉頭便好像吃了一顆不太熟的野果，只好掛出一臉禮貌式的笑容，恍恍惚惚的，面上的肌肉好像並不屬於她。

這年頭放學還是假的，會考學生個個都要留校補課，補完課已是黃昏，站在巴士站等巴士，落日的紅光折射在旁邊四十層商業大廈的玻璃幕牆上，又反射到對面馬路的巨型綠帳幔上。

綠帳幔在落日的紅光中被風吹皺了，隱隱約約掀出了一片片舊樓群的灰色外牆。

2.

「你盲的嗎？」

「你聾的嗎？」

是陳家強黃敏敏他們。

小碧下了車便跑到社區中心，找阿芹看看有甚麼要幫忙的。社工房裏一堆辦公檯，每張檯面都是一大堆文件，而阿芹正在一大堆東西中間對著電話咆哮，滿臉猶如學校附近那些綠幔帳，不知被那兒來的風，吹皺了。阿芹一抬頭見到小碧，二人心裏都有點異樣，而這異樣在停頓了半秒的空氣中交換了。阿芹按著電話筒道：「你在外邊等我一下」。小碧便靜靜地到外邊休息室看報紙，幾個街坊在那裏看電視，休息室的一角是小孩遊樂區，一堆塑膠玩具，米奇唐老鴨哈囉吉蒂，垃圾一樣散落地上，陳家強黃敏敏幾個跑來跑去大吵大鬧，現在都十歲十一歲了吧，以前住小碧樓下，他們小時候小碧媽都有幫忙帶過，一公佈他們那一區將會重建不久，陳太和斤叔他們就賣了樓搬了家。小碧還記得，陳太交鎖匙那天，小碧從老爸處聽到有這碼子事，便偷偷地在樓梯口看著她。幾個市區重建局的人站在門口叫她入屋簽字，她卻一句「不入！」立在樓梯口，就是不肯進去，那陳家強還站在梯間扭著說要「去新家，去新家」，煩得陳太受不了便給了他一巴掌，那孩子自然是哇的大哭起來，對面家的曾婆婆本來就開著木門，這時忙打開鐵閘跑出來：「唉呀阿芳，小孩子不識世界你打他作甚呢？」說罷忙哄哄陳家強，把他哄進屋裏吃糖去了。於是留下陳太一個人和市建局的人僵持了一會，結果那張賣樓紙就在樓梯口簽了。小碧還記得她低頭簽字時，樓梯

間窗口的光，剛剛射到她開始花白起來的鬢邊上，髮邊猶如溜了一層銀。說起來，陳太未嫁時，就已住在這裏，和曾婆婆一樣，也是小碧爸幾十年的鄰里了。三樓斤叔呢，簽了字賣了給市建局小碧都不知道，小碧爸知道後還咬著牙籤望著天花板「嘿」了一聲：「幾十年街坊，決定走了也不通知一聲，嫌我垃圾佬不配做他的街坊麼！」後來小碧時時見到陳家強黃敏敏他們，阿芹說，因為斤叔和陳太他們要上夜班，又沒錢請菲傭，便把孩子們放在這裏，幾個孩子常常無端尖叫，吵起架來：「你盲的嗎？」「你聾的嗎？」「你做乞兒仔呀你！」「你出街被車撞呀！」叫得天花板都要掀下來了。

「我們中心爭輸了，以後我們不能跟進重建的工作了。」阿芹喘一口大氣，一屁股坐到小碧旁邊。

小碧心裏大大地跳了一下，望住阿芹，阿芹只有苦笑：「批給另一間社工機構做了，以後我們便不能跟。」

小碧聽不明白，阿芹也無法直視小碧向她解釋，只好低頭看著自己的球鞋道：「行規呀……」

「但是……」小碧想了一想，還是道：「也是的，誰叫你們社工隊的大老闆是市建局呢……」

二人無言卻也無法相對，阿芹低下頭，彷彿明明大路一條，自己卻不知怎的偏偏一腳踩進了污水溝，平時總覺得陳家強黃敏敏他們幾個很可憐，今天不知怎的聽到他們那種吵鬧聲，就很想給他們幾巴掌。

靜了老半天，還是小碧站起來說：「不如貼街紙叫街坊開會來談談這件事。」

3.

「又不是炒你魷，只是叫你轉去跟青少年而已，搞搞活動就行了，壓力又少些，不好麼？你初初來見工也說最想做青少年啦，那時不夠人手才叫你去做重建的嘛，現在這麼大的火氣幹甚麼嘛。」這是上頭的話。

小碧阿芹二人無話，在辦公室裏寫街紙、影印，中心傍晚只有阿芹和那個管休息室的社工阿恆當值，外邊電視在播著人人紅光滿面的國歌，號角聲似要蓋過那堆小孩的喊叫聲。小碧立在影印機前，機器的光一閃一閃地在她眼前咔嚓咔嚓；阿芹拿了膠紙，想看看時鐘，抬頭卻只感到幾十條白得刺眼的光管，一切都蒸成一片模糊。

到了街上，第一個碰到林財記，仍舊開張摺檯在店門前練毛筆字。林財記練的是顏真卿的行書，小碧小學時也要臨帖，還臨過顏真卿的正楷呢。她只當交功課，從沒想過有人還把這罰抄的玩意認真幹起來，所以常常路過林財記都特別多看兩眼，從小看到大他都是練同一堆字，一堆行書小碧都看不太懂，後來有一次聽林財記一本正經說，這是顏真卿寫來祭他那個被奸人所害的侄兒的。隔壁五金店的孤寒陳還成天坐在店門前的藤椅上笑他：「大吉利是，成日練這種祭死人的字！」但林財記還是每天傍晚開張摺檯，正襟危坐的在那裏正正經經地練字。也是因為他一手好字，大家去示威抗議甚麼的，橫額上都是林財記的鐵畫銀鈎。這晚也一樣，只是旁邊的街坊都差不多全搬走了，只剩下幾戶樓上的住家、林財記、巷仔補鞋佬、車呔馮、文具舖、樓梯口報紙檔和樓上永恆照相館。各店的燈光沒有打出來，樓上又十室八空，如此街上怎不顯得黑呢？一眼瞥到旁邊孤寒陳的門口鐵閘上，貼著那個「以人為本」標誌的「此

乃市建局物業」；抬頭又只見窗戶都被粗膠布貼上無數個叉叉叉叉叉，好似一個老師對某學生懷著一種特別的仇恨，幾條街猶如一份全錯的考試卷被公然示眾。小碧和阿芹一看，林財記放魚缸和放蘭花的位置果然已經空了，心裏便是老大的不踏實。

「林伯，你的魚呢？」阿芹記得那些金魚是林財記的命根，他老婆死了後的一支公生活，就是靠養蘭養魚做做小生意練練字地過的。

「哦，」林財記抬了一抬老花眼鏡道：「我拿了去放生啦。」

「吓，放到哪裏去呢？」小碧追問。

「哦，你放心，」林財記抬一抬那副金絲眼鏡道：「我有以魚為本呀。放了牠們去香港公園，和其他同伴一起，幾好呀那裏，山明水秀，好過同我一起屈啦，我有真正改善牠們的生活呀！」

「我今日見到你的魚缸和蘭花。」小碧道。

「唉，花就無辦法啦，我就無大磡村那個蘭花大王那麼狠心，政府拆到來，挖個坑把幾百棵蘭花活埋掉。蘭花這東西好嬌的，比我老婆還要嬌，看誰好心收養她們吧。」

阿芹畢業後第一份工就在重建區做社工，第一天上班，一落區，她問：「其實大家是否真的想搬？」就被林財記拿毛筆指著鼻尖罵：「細路女你別亂說話，這兒個個老人家都想走想住電梯樓的，你說不重建，被人追打幾條街呀！」阿芹被罵得滿肚疑雲，逐家逐戶慢慢問後發現，林財記說的老人家是有，但不同想法的老人也一樣有，花了她三年心機，好不容易才講得林財記明白。

「那你幾時簽紙賣呢？」小碧一問，阿芹嫌她太直接，但問了出口也沒法子，誰知林財記卻正色道：「簽甚麼紙？現在都頒了收回土地令，我都變了霸佔官地囉，他們甚麼時候來抬，就抬我出

來囉，我才不會乖乖自己走出去，現在剩這麼少街坊，少一個就一個啦。我不想我的魚和花陪我受罪而已，你們知道嗎？主人狀態不好，很影響她們的健康的。」

小碧心裏一揉，咬著嘴唇別過臉去，卻見到高婆婆簸簸地迎面而來。宣佈重建之後，高婆婆的兒子很快就賣了樓買新屋，婆婆呢，三天兩天，總會特地過來巡一次街，在街上慢慢地走著看著，不知在琢磨著甚麼，有時在文具舖門口坐著，有時在林財記旁邊坐著，孤寒陳未走前也會去孤寒陳那兒坐坐。每一次見到誰都同樣：「很怕搭電梯呀……好多陌生人呀……」好像變得別的話都不會說了，問她話她也不曉得答。還留在這幾條街上的人，次次被她拉住講幾十遍重複的話，心裏也是煩得很，但看她一個小老人在變得陰陰暗暗的街上簸簸地像蝸牛爬一樣，又覺得不太忍心，於是某種不明文的、輪流招呼她的流程便自動形成了。昨天文具舖已招呼她坐了一晚，所以今天林財記一見到高婆婆，就放下毛筆搬來一張椅：「高婆婆，過來坐吧。」

高婆婆太老了，老得那頭像裝了個小彈簧般，一直不停地在上下抖動，好像只能不停點頭說是似的，見了阿芹和小碧，好像認得又好像不認得。林財記搖了搖手，示意她們兩個離開，剛好對面文具舖李太卻探出半個小冬瓜般的身子出來叫：「阿芹、小碧，煲了雞腳湯呀，快來飲湯！」

二人過去，李太卻給她們一個餐盤：「這兩碗先拿去對面給財叔和婆婆，你們兩個再回來飲湯，快去吧。」回來邊飲湯，阿芹跟李太提起機構將不再跟進重建的事，李太聽了直搖頭，反而勸起阿芹來：「你都做夠啦，莫講現在，去年開始你們機構都不再撥款跟重建街坊的事啦，你吃了幾多閉門羹？受了幾多奇奇怪怪的氣？你自己知啦。三年啦，你都算交足功課啦，街坊都好多謝你啦，無謂再同上司頂頸啦。」

阿芹聽得嘟起嘴來，咕咕噥噥：「不是要你們多謝，這店本來

就是你的嘛⋯⋯」

「得了得了，你別又來你那套大道理啦，我知道啦，星期五晚去車呔馮處開會嘛，醒目啦！」李太滾動著眼鏡後兩個圓圓的眼睛搖手道：「飲完湯快些去貼街紙，這條街還有人的地方就由我貼啦，你們去隔壁街，趕快貼完快些回家！你讓她——」李太指著小碧：「這麼夜不回家，又要被她的牛精老竇罵了。」

二人便聽聽話話到隔壁街貼去了，見到街坊，就順便解釋幾句，叫人開會開會開會，同樣的話重複幾十遍，自己都覺得自己好煩人⋯⋯

貼街紙貼到小碧樓下，碰巧小碧爸下班回來，一看到她還穿校服揹著書包，臉一沉便說：「這麼夜，還不回去吃飯？」「貼完就回來，別等我吃飯。」小碧心裏一慌，正眼也不看她爸，拋下一句話就自顧自貼街紙去了。

小碧爸是開垃圾車的，每天晚上九點才下班，一身累氣，總覺得自己身上有味道，心裏就很在意，每每一回來見到誰的臉色不好，就總覺得是衝著自己來的。這個女兒，昨晚就已經跟他吵架了，現在還給他臉色看，這做老竇的自然是咕咕噥噥，衰女，手指拗出不拗入，便上樓去了。

4.

小碧貼完街紙，身心俱倦，扭轉著鑰匙，側耳一聽屋內連電視聲都沒有，心裏盤算著應該用甚麼面口出場。她也不想一家人唔氣沖天，但又嚥不下這口氣——今天本來想跟阿芹訴訴苦的，誰知

阿芹泥菩薩過江，顧著與她去貼街紙又不好意思煩她……腦轉得太慢，手動得太快，門打開了，用甚麼面口還未決定好，結果面上掛了一個沒有表情的表情。然而這沒有表情的表情，看在小碧爸眼裏便成了「毫不在乎」。本來讓小碧媽勸了幾句，又淋了個花灑浴，小碧爸一肚火本已下了半截，此時復又叭啦叭啦燒起來。

「你功課做好未？你現在成績很好嗎？你會考呀，不讀好書將來好似老竇老母出來做牛工，我看你還有沒有那麼神氣！我那麼辛苦賺錢，你不好好讀書學人日日做義工！」

「就是你們那麼辛苦賺錢才買得到這層樓，幹甚麼給人家喝兩喝就要執包袱走呀？」小碧兩手緊握著書包心裏呼嘭亂跳，她從未用過這種語氣跟阿爸說話，心底其實很慌亂，對於自己無法控制語氣這件事情，她實在是太沒有經驗，這樣下去，也不知道以後怎樣再同阿爸好好的說話。

「阿妹，你看了新屋再講啦，都不是太差呀，有電梯呀，不用爬六層樓梯啦……」大哥本來想緩和一下氣氛，卻給小碧爸打斷了：「我為甚麼賣樓？趁現在價錢可以便賣了，你小朋友知道甚麼，不要以為讀多過我幾年書就了不起，老竇食鹽多過你食米，我是要保護這頭家才這樣做！」小碧爸也年紀大了，氣一氣，全身都發抖，心裏也是驚慌，因這個女兒，從小到大，雖不是很出色，也算是聽教聽話，現在卻好像與他有仇般，人家說女大十八變，她都未大就變了，好像不認識一樣。

「我做那麼多事也是為了保護這頭家！他們會把這兒拆清光呀，我們走了，樓下曾婆婆怎麼辦呀！」

「這間屋你付錢買的嗎？你付錢維修的嗎？」小碧爸「啪」的筷子拍到飯桌上，那碟豉汁涼瓜的豉汁都濺到花摺櫃上：「你有甚麼資格講保護！老竇不用你教我怎樣做人！」

小碧望著老爸，忽然腦袋一片空白，她由出世就住在這間屋，但忽然她感到，怎的這不是她的家。阿爸阿媽大哥，忽然飄浮於她眼前如幽魂，她無法反應，於是慢慢地，轉身，開門，出去了。

5.

其實也沒走多遠，只是到了四樓，便按曾婆婆的門鈴。曾娣本來在屋內搬動盆栽，差點沒被嚇得甩手跌破花盆，心想市建局的人還來幹甚麼⋯⋯一開門，在門縫裏出現的卻是眼光光的小碧，這麼夜了校服都未換還揹著書包。曾娣今日買菜回來遇過小碧媽，已聽說過兩父女吵架的事，便忙開門著小碧進來，心想那個祥仔，從小就又牛精又愛面子，一定是對女兒說了甚麼難聽的話，甚至趕了她出門口也未定。

「曾婆婆，今晚借你沙發睡一睡可以嗎？」小碧說著卻已自顧自撞進沙發裏。

曾娣坐到小碧旁邊道：「怎麼了，又同阿爸吵架了？」

小碧正不知怎樣回答，電話鈴卻響起來了，婆婆一聽電話，果然是小碧媽打來的，只見曾婆婆笑了起來：「知道了知道了。」便收線了。小碧正自不知有甚麼好笑，曾婆婆示意她看著窗口，窗前一條晾衣服用的大紅尼龍繩綁住一個大膠袋，慢慢向下垂，婆婆拿過雨傘伸出窗外把膠袋勾了進來，那大紅尼龍繩便自行縮上去了。膠袋裏面是小碧替換的衣物，還有個舊信封，裏面有五十元。

其實這個方法小碧並不陌生，那可是她小時候自豪的小發明。小碧這個家，自從她爺爺年代就開始租，她出世後，小碧爸立意要買下來，兩夫婦出外日夜合共做四份工，便把她和大哥都交給四樓的曾婆婆看顧。媽媽上完夜班後從曾婆婆處帶她上樓，她便嚷著要

送點甚麼給曾婆婆，於是拿了媽媽的晾衣繩綁了甚麼東西吊下去四樓，鬧著玩兒，後來這也成了兩戶人家交通一些小物件的升降機。雖然小碧上中學後，已多年未再用這個升降機了，但平白無事的也沒有特地去切斷那大紅尼龍繩，想不到在這離別當兒，卻被小碧媽如此用上了……

　　曾娣看著那個大膠袋，心裏載著許多年月，直覺得不知該往哪裏放，不禁搖頭笑道：「阿珍這人真是知人心意，唉，算祥仔走運，真是阿珍才受得了他，阿芳就……呀，很晚了，小碧你快點去洗澡睡覺吧，明天還要上學呢，婆婆睡了啦。」

　　小碧瞅著婆婆駝起來的背影，喉頭忽又感到好似吃了不太熟的野果般，乾澀起來。一陣風過，吹響了婆婆窗前的鐵風鈴，這窗和她家客廳的窗一樣，是向著樓下小公園的。小時候，婆婆會放大哥下去和其他男孩子玩，小碧就只能留在窗口前面看，吃飯時婆婆便在窗口叫，像那個白米電視廣告一樣：吃飯囉……小碧趴在沙發上看著夜裏靜靜的公園，大紅花在街燈下被風吹得搖呀搖，也搞不清自己在想甚麼，便矇矓睡去了。半夜小碧爬起來上廁所，出來時卻在窗口見到公園內有個駝背人，鬼鬼祟祟的，在挖公園的花槽，她心裏一跳，不是有人在毀屍滅跡吧，一看不對，這駝背人好像是曾婆婆，擦擦眼睛仔細看，是曾婆婆沒錯。只見她慢慢把幾棵萬年青、灑金榕、迎春花植在她們的同類的旁邊，大概婆婆想動作快一點，無奈手腳不大聽使喚吧，反而顯得比平時遲鈍了，那隻經常在這公園出沒的花貓小虎，忽然跳出來，把曾婆婆嚇得險些跌一跤。婆婆摸摸小虎，又繼續工作，小虎不知就裏，還一直用頭在婆婆的衣服上磨來磨去。這夜半風挺大，鐵風鈴叮叮噹噹，大紅花和幾棵鳳凰木在婆婆身後被吹得搖呀搖。開了小燈，果然窗邊幾棵萬年青、灑金榕、迎春花，全都不見了。曾婆婆栽種回來，見小碧開

了小燈等她，有點不好意思：「吵醒你了，快睡吧，明天還要上學呢。」

「婆婆，甚麼時候？哪裏？」小碧低頭道。

曾娣本想靜靜地安置了自己的花花草草，不想卻讓小碧看見了，還真有幾分感到，好像有點對不起這孩子似的，是怎樣她也說不上來，竟好似學生做錯事後辯白似的，囁囁地道：「那些人常常打電話來叫我賣樓，又來拍門，又說甚麼以後樓價升就買不到，現在電話一響門鈴一響我就想起他們，我幾十歲人，我受不了呀……」

「哪兒呢？」小碧打斷了婆婆。

「很遠呀……」曾娣心裏嘆，這孩子牛起來可真像她爸，半點情面也不讓人……

6.

早上天陰陰一樣要去上學。

天亮時還是下了一場大雨，路邊又多了一堆垃圾，大概這雨下得太大了，地上還有踩爛了的落瓣與爛報紙揉混在一起，形成一種奇怪的圖案。到了學校，新翼一樣被橙白色和藍白色膠帶包圍，下午與同學們擠在連鎖快餐店裏搭檯吃午飯，忽然傳來流行歌：歲月長，衣裳薄……彷彿一堆碎石擲向空氣的聲音，小碧便缺堤一樣哭起來，眼淚鼻水都流在她的咖喱雞飯上面，看起來有點惡心。旁邊幾個對面學校的男生也在吃咖喱雞飯，不忍卒睹，唯有把頭按得低低的裝作看不見繼續吃他們的飯。

「喂，你做甚麼呀，又不是失戀，幹甚麼那麼傷心呀!?」快餐店裏很吵很吵，所有在附近上班上學的都擠在那裏，同學慧慧安

問了一次自己都覺得聽不到，便又大聲再問了一次。只是小碧毫無反應，遞紙巾又不要，問又不答，哭又不大聲哭，只是整個身體都在抽搐，慧慧安心想不妙：「難道她真的是在拍拖我不知道？真是不夠朋友！」其實大家同學都知道強仔向來對小碧有些意思，事實上強仔也試過成功約小碧看電影，但始終是甚麼都沒說過，就當作不是吧。這時幾個同學不約而同看著他，強仔嚇一跳慌忙張開一個最大的「不關我事」的樣子在搖頭，小碧眼角瞥到便覺著有點惡心。

放學後小碧還未想到該如何回家，跑到阿芹那裏，阿芹還是在發愁，小碧忽然想起甚麼，拉著阿芹往垃圾站跑。赫然發現林財記兩棵蘭花還在那裏，便跑過去跟倒垃圾的嫦嫦講，嫦嫦笑道：「唉呀，我都特地多留她們一天，看看有沒有人撿回去啦，你看長得多好，拿啦拿啦，別浪費。」

一人一盆，卻兩人都不會種蘭花，捧著不知何去何從，最後還是捧到林財記那裏吧，不想小碧爸卻在那裏。車呔馮為了方便大家開會，拿了一支立燈放在門口，街上突然亮起了刺眼的光，以致街道的盡頭好像消失了。林財記一樣開張摺檯在寫顏真卿的祭文，高婆婆一樣小彈簧似的抖著頭坐在車房門口呢呢喃喃，只是多了小碧爸，默默瞇著眼睛坐在林財記旁邊抽煙，薄霧濃雲，恍恍惚惚似消失在車房的燈光裏。

阿芹悄悄地在小碧耳邊說：「林財記好像有點不快，可能你老爸跟他講了。」小碧才驚覺阿芹原來一早知道她爸簽了紙賣樓的事，回頭一看老爸，便認出這是他方寸大亂的樣子。因為老媽平時都很順從，所以她每一發脾氣的話老爸就會變成這個樣子。小碧爸離遠發現小碧捧著林財記的蘭花站在街上，那個位置，剛好是上個星期搬走的老醬園門前，他小時候，偷喝醬園自家釀的酒，就倒在

那個位置，後來被街坊足足笑了一個月，這邊在練字的財哥，是第一個教他寫字的人，他第一個學寫的字，是個「正」字……

後面車呔馮的太太吆喝著：「喂大家先吃點東西再開會吧！」不巧卻喝出一陣雨來，大家來開會的街坊便都站到騎樓底。雨滴滴答答沿簷篷和騎樓邊滴下來，滴下來，在街燈的光暈裏，都成了隱約金黃的飛箔，大家站著，猶如在一起觀賞一幅巨型的畫，一幅再也普通不過的，風景畫。

修訂於2007年12月

原刊《字花》2006年4-5月號

失蹤的象　　　　　　　　◎ 陳志華

　　偉明已經忘了阿象是在甚麼時候失蹤的，只記得有一天，一個週末之後，他不再回到辦公室。老闆試過找他，他的手機卻關掉了，打電話到他家，但沒有人接聽。之前一個星期五，他還好端端坐在辦公桌前埋頭工作。一疊疊文件仍然堆放在桌子上。他會間中去澆水的那一株鐵樹，依然在辦公室的窗台上曬著太陽。過了好幾天，他都沒有回來，不知道是不是遇上了甚麼意外。偉明是阿象的同事，坐在他對面的。偉明跟他不過是泛泛之交罷了，但不知道為甚麼，靜下來的時候，偉明總會想起他。不久之前他們幾個同事才一起去唱過卡拉OK。就這樣消失了。像燈火通明的城市裏，突然熄滅了的一個燈泡。

　　同事之間都在議論著阿象失蹤的事。有人說曾經在擁擠的地鐵車廂內見到他，正要走過去看清楚，他又消失了蹤影。有人猜想他大概是中了彩票，因此不來上班了。老闆聽了很氣憤，氣過罵過以後，就吩咐偉明暫時接手阿象的工作。到了午飯時間，偉明在茶水間碰到靜兒，她指著蒸餾水機旁邊的一隻藍色水杯，說：「那是阿象留下的。」於是他把那隻水杯放回阿象的辦公桌上。窗台上那株鐵樹，瞧起來乾巴巴的，靜兒就拿到洗手間去給它澆水。偉明記得阿象曾經說過，日本人會叫這種鐵樹做幸福之木，而它的樣子看來也真的像一截木頭。他又聽說鐵樹開的花十分芳香，但他從來沒有見過。靜兒把鐵樹放回窗台上，陽光穿過百頁簾照到室內，照在阿象的座位上。他盯著那張辦公桌，心裏想：阿象是不是真的不回來了？他到底去了哪裏呢？

過了一個星期，老闆就叫偉明去幫忙清理阿象留下來的物品，好騰出座位給新來的同事。於是他把桌上的文件分類好，把有用的放回文件架，把廢紙搬到碎紙機前。又拿了個紙箱，把散落在辦公桌上的各樣文具、小擺設、名片和水杯一一收拾起來。最後他拉開辦公桌下面的抽屜，看到裏面有一些零錢，還有一本記事簿和幾張唱片。他幾乎把那本記事簿和那些唱片丟進廢紙箱去，結果還是留了下來，放進了自己的背包。也許是出於好奇，又想到若果阿象真的不再出現，他或者可以把那些唱片賣到二手店去。天色漸漸暗下來。部分時間有陽光，有幾陣驟雨，能見度頗低。他聽到背後傳來了啟動碎紙機的聲音，一直哧哧哧哧的響著。然後，窗外就淅淅瀝瀝的，下起雨來。

下班的時候，他差不多是最後一個離開。外面還在下著細雨，他就拿走了傘架上一把無人認領的雨傘。他想：會是阿象遺下的雨傘嗎？他拿著那把深藍色雨傘回家，把濕漉漉的傘子擱在浴室裏。臨睡前他打開客廳裏的四十二吋Plasma電視，看了一陣，覺得無聊，就從背包翻出了阿象的唱片。其中一張是Astor Piazzolla的探戈音樂唱片。他取出唱片，放進光碟機裏，唱片開始轉動，就旋出一支探戈舞曲來。他認得那是在港產電影《春光乍洩》裏曾經出現過的音樂。然後他又從背包翻出了阿象的記事簿。他想到那不過是放在辦公室用來記錄開會時間之類的記事簿，看看也無妨吧，於是打開一看，裏面果然寫滿了辦公室的工作日程。幾多點跟誰在哪裏開會，開甚麼會，還有工作進度表，諸如此類。翻著翻著，他就翻到了阿象失蹤前的那個星期。

星期一：上午九時，十八樓會客室，跟會計部陳主任開會；下午四時，小組會議。星期二：上午九時半，二十樓會議廳，跟人事部黃主任開會；下午二時，會議廳，工作進度匯報。之後有個奇怪的註腳：牆壁上的斑點愈來愈多了。星期三：晚上，與林經理吃飯。星期四：上午十時，小組會議。接著在旁邊畫了一頭象。星期

五：下午三時，會議廳，新計劃簡報。然後寫著：很想到十九樓去看一看。往後的幾頁，零星記下了一些開會的時間，不過阿象已經沒有回到辦公室，當然也沒有去開那些會了。

　　偉明想起阿象曾經不只一次說過要到十九樓去看一看。記得有一次，他們一起走進升降機，阿象忽然指著面前一排按鈕——十六、十七、十八，之後是二十——於是說，找天要到十九樓去看一看。十九樓是大廈的防火層，升降機是不會停在這一層的，只能從大廈的走火樓梯進入。但由於保安理由，通往走火樓梯的門，平日都接上了警鐘，所以他們從來沒有到過十九樓。據說那裏甚麼都沒有。但阿象卻認為，那邊說不定會有一個通往奇異世界的入口。他問偉明：「有沒有看過一部電影，裏面有一幢大廈，在七樓和八樓之間，有一道奇異的門，可以連接到另一個人的腦袋去？」偉明搖頭。他接著說：「說不定我們這裏也有一道類似的門。」阿象就是這樣愛異想天開，偉明和靜兒都常常取笑他是個大孩子。

　　如今阿象失蹤了，不再坐在偉明的對面。過了不久，那裏已經坐了一位新同事。其他人都好像忘記了阿象似的，新開的簽到簿上再看不見他的名字，公司給他開的電郵戶口亦已經被刪除。彷彿他從來不曾在這個辦公室裏工作過一樣。不，他確實曾經存在過。偉明想。他望望窗台，上面那株鐵樹是阿象帶回來的，被碎紙機切成麵條一樣的廢紙上，應該還有阿象的字跡。而且，在他的家裏，仍放著阿象的記事簿和唱片。靜兒在他的身旁走過，他很想上前問她：「還記得阿象嗎？」但他始終沒有問。臨離開辦公室前，他查看電郵，在收件匣裏看到一封來歷不明的郵件。因為好奇，心想不開啟任何附件就行了，於是打開了電郵，卻原來是寄給阿象的。不知道是不是公司的電郵系統出了問題，還是在刪除阿象的電郵戶口時弄錯了，把寄給阿象的電郵都轉發到他這裏來。那似乎是一封從外國寄來的電郵。

當我眺望著遠處的雪山，望著那白茫茫的一大片，就想把自己在這裏看到的東西，一點一點的記下來。或者我只想找個地方，給自己自言自語。人們都出發到附近的小島看企鵝去。那些企鵝，我都看過了。冰川的後面，是更大的冰川。現在我寧願留在城市裏，開始學習盲人用的凸字。靜下來的時候，會記起從前聽過的那些故事。不久前，我去過Plaza de Mayo，並且看到那一群每逢星期四下午都來示威的母親。是啊，我終於看到她們了。我還記得那些關於她們的故事。她們聚在一起，都戴著白色頭巾，紀念那些失蹤了的孩子們，紀念那些被軍人帶走了的，永遠都不會回來的孩子們。看著她們，令我有股衝動，想立即走到她們之中。但我只是站在一旁。我還未曾弄清楚自己老遠跑到這裏來，到底是為了甚麼。這裏很冷，風很大，但我漸漸習慣了，穿上厚厚的衣服，在街上走來走去。窗外又開始颱風了。Ushuaia.

　　阿象消失了，卻有人給他寄來電郵。偉明看著這封電郵，感覺好像在偷窺他人的私生活，偷偷讀著別人的情信似的。他看到Ushuaia的拼法，有點像Ursula，猜想那大概也是女子的名字。她似乎正身處在一個遙遠的城市，那裏有雪山，還有企鵝。至於電郵裏提到的Plaza de Mayo，偉明不曉得那是甚麼地方。剛巧靜兒走過來，他就問她，然而她也不知道。她過來跟他說，已經打電話到上海，跟王總的秘書約定了開會時間。老闆正在跟王總談一筆大生意。對於王總的合約書，老闆是志在必得的。他還特意挑了一家昂貴的館子給王總接風，並且叮囑有關的員工無論如何必須出席。

　　隔了兩天，靜兒告訴偉明，Plaza de Mayo就是阿根廷的五月廣場，位於首都布宜諾斯艾利斯。她問他是不是打算去旅行。他就說沒有吶他有個朋友參加電視台問答遊戲不知道答案來問他結果沒有入圍第一輪就給淘汰了。說完他卻後悔了。他不是存心要騙她的，只是不想讓她知道他偷看過阿象的電郵罷了。幸好她沒有追

問下去。她告訴他，她很想到南美洲旅行，還想去古巴。她正在儲蓄旅費，又開始看書自學西班牙語，希望有天旅行的時候可以派上用場。

靜兒今天穿了一襲藍色波點裙子，令偉明想起了初認識晶瑩的時候。晶瑩是他的前妻，他們已經分居一年多了，正在辦理離婚手續。晶瑩臨走前曾經跟他說過，不想再聽他撒謊了。他不是存心要騙她的，有些假話無傷大雅，可有些卻是一開了頭，就像滾雪球一樣。有時候，他一個人呆在客廳中，聽到浴室有水聲，總會以為晶瑩還在房子裏。原來只是他沒有關好水龍頭，又或者，是從隔壁傳過來的花灑水聲。然而一次又一次，他總是以為晶瑩回來了。她並沒有回來，她不曾回來。靜兒的藍色波點裙子，跟晶瑩念書時候穿的連身碎花裙子，其實毫無關係，一點都不相似，可是他的心裏，好像給誰扭開了水龍頭似的，嘩啦嘩啦，就湧出了很多回憶。

那天傍晚，他又收到了另一封寄給阿象的電郵：

在布宜諾斯艾利斯的時候，我曾經去看過艾薇塔的墓。我心目中的艾薇塔，一直只存在於歌劇與電影裏。導遊先生跟我說，墓碑上刻著的西班牙文，意思原來就是「不要為我哭泣」。他又帶我去過博爾赫斯的故居。就是那個眼睛瞎了仍不斷寫作的作家。導遊先生見我是中國人，就告訴我，博爾赫斯曾經寫過一篇文章，是關於秦始皇帝修築長城和焚書的。很遺憾，我還沒有讀過他的文章。據說博爾赫斯曾經公開反對貝隆和艾薇塔的政權，結果給革除了圖書館的職務，被政府調派去檢查雞鴨和兔子。他斷然拒絕了。艾薇塔喜歡探戈；博爾赫斯不喜歡探戈，也不喜歡Astor Piazzolla的探戈舞曲，他喜歡圖書館，甚至想像天堂應該就是圖書館的模樣。在貝隆下台之後，他當上了國家圖書館館長，可是也在這個時候，他開始失明了。他再看不到書本上的文字，不過那些文字，其實都記在他心裏。我的視覺也正在逐少逐少被侵蝕著，那些該死的斑點，不

知道最終會不會令我完全失明，就像博爾赫斯那樣。我想我應該趁自己還可以看見的時候，盡量去看看這個世界，並且去找博爾赫斯的作品來讀。好像已經寫了太多了。地球的另一面，大概都入夜了吧。Buenas noches. Ushuaia.

　　原來她的眼睛生了毛病。他想。也許他應該回覆，告訴她阿象已經失蹤了，叫她不要再花工夫給阿象寫電郵。但想到以後就會看不到那些有關阿根廷的電郵，他竟然有點捨不得。他想起電郵裏面提到那齣關於艾薇塔的電影，很多年前他跟晶瑩拍拖的時候，曾經一起去看過。他還記得，他們從電影院走出來，晶瑩一直在哼著：「不要為我哭泣，阿根廷，事實上我從未離開你……」這時候，靜兒朝他這邊走過來，他立即把電郵的視窗關了。她是來給鐵樹澆水的，看見他，就促狹地笑著：「是不是在偷看色情網頁？我會告發你的。」他慌忙否認。她卻被他的反應逗樂了。為了解窘，他嘗試把話題扯開，問她，知不知道Buenas noches的意思。他從案頭的日曆上隨手撕下一頁，把那兩個字寫在上面，她想了想，說應該是西班牙語，是「晚安」的意思吧。她問他是不是又有朋友參加了電視台的問答遊戲，他不好意思把謊話說下去了，只好搖頭。她問他是否想去修讀西班牙語，又很熱心告訴他，可以到哪裏報名，還說：「我正想找個同伴，一起去念西班牙語呢。」之後他還陸續收到Ushuaia寄來的電郵，覺得她是在寫日記似的，把阿根廷的很多見聞都寫了下來。他變得有點病態地追看著她的電郵。一旦看到電郵裏有西班牙文的生字，他就跑去問靜兒。

　　靜兒說她剛在家裏看了一齣叫《關於愛》的電影，裏面的女主角跟男主角開了一個關於西班牙語的玩笑，她跟他說了一句「Te quiero」，並告訴他是「再見」的意思，後來他到處跟別人說這句話，才發現上當了。偉明追問：「那到底是甚麼意思？」靜兒笑著回答：「你發神經。」偉明又問她，西班牙語裏還有沒有其他

罵人的句子，她就教了他一句「Te echo de menos」，意思是「你是笨蛋」，如果罵人「你是大笨蛋」，就說「Te echo mucho de menos」。他把那些句子都抄在記事簿上。以後他和靜兒鬥嘴的時候，就常常拿著這些外語來嘲弄對方，其他同事都聽不懂他們在說甚麼，這漸漸變成了他們兩人之間的秘密遊戲。

老闆期待的日子終於到了。王總從上海飛抵香港。老闆帶著偉明和靜兒，還有另外幾個同事，去給他接風。王總是個高個子，大約五十歲上下，十分健談。席間他跟大家說起他在日本和美國的有趣見聞。吃過晚飯，他說要去見識一下香港的卡拉OK，於是老闆就領著幾個同事去陪他唱歌，還給他租了一個特大的房間，讓他唱個痛快。王總挑了一些英文歌，又挑了一些國語老歌，然後把遙控器遞給其他人，說：「你們年青人，也挑一些來唱吧。」他喝了幾杯酒，愈唱愈起勁。偉明不太喜歡唱歌，於是趁機去洗手間洗了把面。他從洗手間出來的時候，看到靜兒正在走廊徘徊，走過去，她就說：「我有點累，想回家了，不如……」。這時候，老闆從房間裏走出來，說有要事吩咐偉明，並示意靜兒回去跟王總多唱一會。老闆拉著他，吩咐他把計劃書裏的工人開支調低一成，並說：「老周跟我辭職了，如果這次跟王總合作的計劃搞得成功，我會考慮讓你升任老周的職位。暫時不要跟其他同事說起老周辭職的事。現在專心搞好計劃書，加把勁啊。」

之後幾天他都在埋首修改那份交給王總的計劃書。他想到老周離職之後，就有機會升職了，一個月多賺四千元，一年就多賺五萬，想到這裏，彷彿看見了光明前景，不禁心裏竊喜。然而坐在老周後面的靜兒，自從那個晚上跟王總吃過晚飯以後，就一直滿懷心事似的。她拿了修讀西班牙語的章程給偉明，問他是不是還有興趣，他就推說：「這陣子很忙，遲些再說吧。」她抿了抿嘴，在他耳邊丟下了一句「Te echo de menos」，然後就走開了。忙了一個星期，計劃書改好了，合約也簽下來了，老闆十分高興。他們幾個負

責的同事亦總算鬆了一口氣。

隔了幾天，偉明都沒有收到發給阿象的電郵，就開始惦掛著。到了傍晚，他終於等到Ushuaia寄來的電郵，立即打開來看。

又來了一批前去看企鵝的遊客。愈多遊客來到這個城市，這裏的人就有愈多的工作。當我還在布宜諾斯艾利斯，我去看了大學裏頭的外債博物館。這個國家欠下了驚人的外債，遭遇到經濟崩潰的危機。這裏曾是南美洲最繁華富庶的國家之一。七十年代，軍人發動了政變，開始秘密逮捕和殺害了很多學生和工會成員，又向外國借了不少錢。後來到了民選政府上台，人們以為日子會好起來了。新政府為了吸引跨國企業投資，卻把國家經濟搞得一塌糊塗，不但無力償還從前軍政府欠下的債務，而且借下了更多新債。結果工廠相繼倒閉，貨幣大幅貶值，國民的銀行戶口被政府強行凍結，無數人失業，至今仍有很多人無法找到工作。整個國家就像被洗劫了一樣。Astor Piazzolla的探戈音樂把我帶到這裏來，我以為跑到了地球的另一邊，甚至跑到了世界的盡頭，會讓我找到一個可以好好療傷的地方。但我看到了更多的不幸。在這裏，聽說差不多有半數人口生活在貧窮線以下。當我在這裏待得愈久，愈是沒法無視他們的艱難。我看見了，我以為我明白他們，但其實我還沒有明白過來。我沒有明白阿根廷。我甚至沒有明白我自己。No entiendo. Ushuaia.

之前偉明有朋友到阿根廷旅行，回來給他看照片，會指著照片中的大瀑布，興奮地說：「梁朝偉曾經在這裏拍過電影啊！」他一直以為阿根廷就是《春光乍洩》，就是伊瓜蘇大瀑布、足球和探戈舞，從來沒想到那裏的貧窮與艱難。他想起不久之前他還在設法扣減別人的工資，心裏就不太舒服。電郵裏那句「No entiendo」，他不曉得是甚麼意思，想去問靜兒，但她這幾天都沒有回來上班。聽說她請了病假，卻不知道是得了甚麼病。

坐在對面的同事給偉明遞來一張茶餐廳的外賣單張，說老周請客，請大家吃下午茶。偉明追問原因，才知道老闆為了挽留老周，給老周加薪了。他經過老闆的房間，想走進去問問老闆是否忘了考慮讓他升職的事情，但他始終不敢去問。跟王總合作的計劃，老闆已決定讓老周接手跟進。茶餐廳的夥計送來了茶點，同事紛紛上前向老周道謝。偉明沒有作聲，回到自己的座位，默默吃掉茶餐廳剛送過來的熱奶茶和公司三文治。

　　晚上他回到家裏，發現阿象那把深藍色的雨傘，一直給他擱在客廳一角。他把傘子拿在手裏，才看到雨傘柄上刻了兩個字母：「C.Y.」。那原來是靜兒的雨傘，並不是屬於阿象的。隔了一個週末，他拿著那把雨傘，回到辦公室，打算還給靜兒，卻發現她的座位已經收拾乾淨了。有同事告訴他，她突然辭職了，還賠上一個月薪金，說走就走，星期天回來把私人物品都拿走了。同事之間開始議論紛紛，有人說是王總高薪挖角，她答應出任他的私人助理，還會隨他飛返上海。也有人竊竊私語，說王總給她送上了一大束玫瑰。又說那天在卡拉OK房間內，王總唱到後來，常常借故向她親近，還不停說她唱歌的聲線，活像他剛去世的妻子。偉明沒想到靜兒會這樣不辭而別，而且走得這麼匆忙。他回到辦公桌，拉開下面的抽屜，看見一個公文紙袋，上面寫著「送給你的」。那是靜兒的字跡。他打開一看，是一本西班牙語字典。裏面夾了一張字條：「以後你不用找我翻譯了。C.Y.」

　　下班後，同事都相繼離開，最後只剩下他一個。他走到靜兒的座位前，想到這個辦公室裏再沒有人跟他鬥嘴了，不禁感到失落。窗外開始下雨，他拿著靜兒那把深藍色的雨傘，撐開了，又合起來，撐開，又合起。然後瞥見窗台上的那株鐵樹，木頭上的兩片葉都已經發黃枯萎了，才想起自從靜兒沒回來上班之後，就一直沒有人給它澆水。他回到自己的座位，看到由Ushuaia寄來的新電郵。可是讀到內容，卻讓他吃了一驚。

這是我給自己寫的最後一封電郵了。想到自己不停把電郵寄到從前工作的地方，就覺得好笑。我的公司電郵戶口大概都已經給刪掉了。我好像是在向著一個黑洞說話。我不過是想找個地方把卡在喉頭的說話通通寫出來罷了。我要離開Ushuaia這個城市，離開這個阿根廷最南端，人們都稱為世界盡頭的地方。這裏的人都叫我chino，我跟他們說，我叫「阿象」，他們還是叫我chino。我在布宜諾斯艾利斯的時候，附近住了一個小女孩，她總是讓我想起小時候看過的瑪法達漫畫。我看著她，彷彿一個活生生的瑪法達就站在我的面前。她給我畫了一幅圖畫，上面有一個太陽、一條河，河上有瀑布，還有一些火柴人在踢球，又有些在跳舞。我蹲下來，在火柴人旁邊畫了一頭象，跟她說，那就是我。她告訴我，她想吃一個熱騰騰的巨無霸漢堡包。她的爸爸每月賺六百披索，換成港幣就只得一千五百多元，只夠基本生活開支的三分之一，卻要用來養活一家四口。每月六百披索，正處於貧窮線之下，但已經是阿根廷人的平均薪酬。於是她和其他孩子會跑到快餐店的後巷去撿那些被丟掉的麵包。從前我相信，只要努力工作，就可以賺到錢過較好的生活，貧窮都是因為懶惰，可是來到阿根廷，我就懷疑了。我離開布宜諾斯艾利斯前，小女孩親了一下我的臉，我就難過起來。我跟她說，可能有一天，我的眼睛將不能再看見你。最近我看到的斑點，愈來愈多。我生病了，瑪法達的國家也生病了，連我們居住的整個世界都生病了。我像是一頭生了病的象，被困在迷宮裏。我丟下工作，隻身飛到這裏來，可是出口並不在這裏。也許我一直是在逃避，想找尋一道通往夢想世界的隨意門，但現實裏並沒有甚麼隨意門。是時候上路了，我還想好好去看一看這個世界，並且繼續找尋迷宮的出口。Adiós. Ushuaia.

偉明一直以為那是一個陌生女子寄來的電郵，沒有料到都是阿象寄回來的。眼睛出了毛病的，是阿象。偉明翻開靜兒送的字

典，查到chino的意思是「中國人」，而Adiós的意思是「再見」。Ushuaia原來不是人名，而是一個城市的名稱，是南美洲最南端的城市，再往前走就是南極的冰天雪地了。他順便查看一下Te quiero的意思，翻到querer的條目，卻發現並非罵人的說話。Te quiero原來是「我喜歡你」。然後他在echar的條目下，找到了Te echo de menos，意思是「我想你」，加了mucho在中間，就是「我很想你」。他不知道靜兒跟他開了一個這麼大的玩笑，原來他一直都沒有聽懂她在跟他說些甚麼。其實他只需要去翻一下字典，或者上網搜尋，甚至去找那齣《關於愛》的電影來看一看，就會知道真相，但他一直沒有放在心上。他把事情通通搞錯了，心裏亂七八糟的，像一下子甚麼都給打翻了。

然後，他聽到隔壁傳來了花灑水聲。不可能的，辦公室裏是不可能有花灑聲的。他疑心是自己的耳朵出了毛病。從前聽到水聲，他總會想起晶瑩，可是現在他想起的，是靜兒的聲音。王總晚上就飛回上海了，老闆和老周都去了送機。靜兒會跟王總一起離開吧。他想。猶豫了一會，他打了個電話給靜兒，好像有千言萬語要跟她說，卻不曉得到底要說些甚麼。電話響了一會，可是，沒有人接聽。

辦公室的警鐘忽然響了起來。他呆了半晌，才意識到那是火警鐘聲。他推開走火樓梯的門，應該是往下跑的，他卻往上走，跑到了十九樓。他還是頭一次來到這一層。他在想，不知道阿象跑到阿根廷之前，有沒有來過這裏。只見四周空蕩蕩的，牆壁沒有髹上油漆，窗口沒有裝上玻璃，留下一個個破洞，雨點都濺進來了。暗角裏放著一些老鼠藥，還有幾個破爛的花盆。除此之外，就是輸水管和電機房。這裏並沒有通往甚麼奇異世界的隨意門，只有一片荒涼。然後他聽到消防車駛近的聲音。呼呼的風都從四方八面吹進來，吹得他渾身發抖，連連打了幾個噴嚏。警鐘響了一會，又停了。然後有個保安員向他走過來，說：「剛才是警鐘誤鳴，樓下有

個自動灑水器破了。不好意思，你可以返回辦公室了。」

　　保安員剛離開，他的手機就響了。按下接聽鍵，聽到靜兒的聲音：「是你給我打電話嗎？」可是即使他叫破喉嚨，喊得聲嘶力竭，靜兒都沒法聽見。他想起自己從前著實說了太多無關痛癢的話，編造了太多假話，卻有好些重要的說話，一直沒有好好去說清楚。靜兒「喂」了幾聲，他聽到背後是航班最後召集的廣播。他竭力呼喊，彷彿有一頭受了傷的大象，正在他的口中吼叫著。她把電話掛斷了。然後，他收到了她的短訊回覆：「我要上飛機了。」

　　偉明一個人呆站在十九樓的空地上，彷彿踏了個空，被四周的荒涼吞沒。他把靜兒的雨傘拿了回家，以為是阿象的；他讀著阿象的電郵，卻又以為是別人的。外面的雨愈下愈大，刺骨的寒風不斷向他迎面吹來。這裏沒有雪山，也沒有企鵝，卻幾乎是他的世界盡頭了。不，他還沒有去看過阿根廷，甚至還沒有看過活生生的大象。他推開了十九樓的門，忽然就很想去看看一頭真正的大象。

原刊《字花》2006年6-7月號

瑪麗瑪莉

◎ 倪瑪麗

「她叫倪瑪麗，她的名字和我的很相似。她在香港出生。她沒有到過上海，但她說得一口流利的上海話。她是我的室友，也是我的第一個香港朋友。」魏瑪莉想著。

「她叫魏瑪莉，她的名字和我的好相似。她在上海出生，那是我爸媽出生的地方。聽說，她要在香港讀書，暫定是四年。她是我的室友，也是我的第一個上海朋友。」倪瑪麗也想著。

瑪莉與瑪麗在見到對方後都感到很安心。

原本，她們很擔憂。

「香港人喜歡名牌。香港人喜歡批評別人。香港人最愛歧視中國人。」瑪莉想。

「大陸人愛冒牌。大陸人很邋遢。大陸人最愛找香港人著數。」瑪麗也想。

現在，她們都鬆了一口氣。大概是她們有著一個相似的名字。大概是她們能夠用同一種語言溝通。又或許是她們都了解到一個鐵一般的事實：這個室友將會是她未來一年最親密的朋友。因此，她們都不願意憂慮太多。

瑪莉與瑪麗喜歡談話。一有空，她們便天南地北的談過不停。瑪莉不喜歡明星，她認為追星是一種愚蠢的行為。瑪麗則有幾個喜歡的偶像，但她很同意瑪莉的說法，認為被明星牽著鼻子走是愚蠢的。瑪莉不喜歡流行音樂，她認為流行的都很低俗。瑪莉喜歡哼流

行歌，但她也同意現在的流行歌太商業化，有些低俗。瑪麗不喜歡看電影，她認為看一部電影需要一百多分鐘實在是太浪費了。瑪莉頗喜歡看電影，但她也認為一百多分鐘的電影實在是有點長。

那瑪麗喜歡甚麼呢？瑪麗沒有甚麼是特別喜歡的。說實在的，她也沒有甚麼是特別不喜歡。她雖然不喜歡明星，不喜歡流行音樂，不喜歡看電影；但她也會看八卦雜誌，上網下載流行歌，更三不五時的跑到戲院看戲。瑪麗就是這樣的一個香港人。

瑪莉好像喜歡很多東西，喜歡看明星，喜歡聽流行音樂，喜歡看電影。實際上，沒有了它們，瑪莉依舊能活得精彩。她其實和瑪麗是一樣的，都沒有甚麼東西是特別喜歡。

漸漸地，瑪莉與瑪麗愛談的東西愈來愈多。她們談愛情，談家庭。瑪莉與瑪麗都沒有男朋友，但她們喜歡談男人。瑪莉喜歡男人的眼睛小小的，她認為小眼睛代表性感。瑪麗則認為選擇男人的條件並不是看眼睛的大小。瑪莉喜歡她的男朋友從後去擁抱她，她覺得從後擁抱令她有安全感。瑪麗喜歡與男朋友接吻多於從後擁抱。瑪莉喜歡到沙灘拍拖。瑪麗則認為到沙灘拍拖是過分浪漫的想法，因為香港的男人只會和你逛商場。瑪莉認為香港人太過現實；瑪麗則認為上海人過於浪漫。

從她們的對話中，瑪麗知道了瑪莉眼中的上海。上海人很浪漫，他們喜歡回憶過去。上海有著光輝的歷史，那裏曾經是租借地，華洋雜處。上海是個好玩的地方，那裏有美女、俊男；有南京路、黃浦江，更有各式各樣的美食。上海的經濟很發達。上海應有盡有。上海現在雖然及不上香港，但終有一天，它會超越香港。瑪莉以上海為傲，她以身為上海人為榮。

瑪莉想：「她的名字是倪瑪麗，叫『瑪麗』這個名字，是因為她在『瑪麗醫院』出世。她有一對有趣的父母。聽說，她的父母離

了婚，把她寄養在祖母家。她時常笑。她來自一個破碎家庭。她的笑容可能是在掩飾悲傷。」

　　瑪麗也想著：「她的名字是魏瑪莉，叫『瑪莉』這個名字，並沒有甚麼原因，只是當時的上海流行取洋名。她是獨生女。在上海，每個家庭都只能有一個孩子。她有一個幸福的家庭。她的爸媽是企業家，賺很多。她的祖父曾參與越戰。她的曾祖父死於長征，為國捐軀。她是有背景的。」

　　瑪莉與瑪麗因為一個相似的名字，猶如失散多年的姊妹重逢一般，感覺既熟悉又陌生。一個是上海人，一個是香港人。她們卻在香港的大學宿舍內相遇，卻用著上海話這種方言在溝通，感覺很奇怪，卻又很普通。瑪莉與瑪麗愈談愈多。

　　無疑，談話能為空虛寂寞的宿舍生活添些聲音。說實在的，宿舍生活並沒有想像中那麼熱鬧。宿舍生活是孤單、沉悶的。縱使一層樓裏有二十五個房間，有五十個宿生，但每道門都是緊緊的鎖著的。大家都是陌生人。就算把門打開，見了面，最多只會說「早安」、「晚安」、「拜拜」。每個人都是獨立的個體。每個人都不能夠了解別人的想法。

　　瑪麗想：「為甚麼我會住進這個小型牢籠裏呢？」想一想，還不是因為在家裏很無聊、很寂寞。瑪麗想到一個沒有寂寞的地方。她依然在找尋那個地方。

　　瑪麗見到瑪莉在用「視頻」和她的家人談話。影像不是很清晰，但瑪麗知道那是瑪莉的祖父。他患有老人癡呆症。他在與瑪莉談話。他在哭。

　　瑪莉與瑪麗很喜歡談話。她們不停的談，從早到晚，一有空便談。談話，的確，能增進感情，能了解一個人；但談話也能破壞人

與人之間的關係。猶如糖衣，永遠是裹著毒藥的。

扭開電視機，瑪莉與瑪麗聽到：「你現在收看的是無綫電視翡翠台……」

忽然，瑪莉自豪的說：「嗯，我們上海的廣告都是很唯美的。」

瑪麗回應說：「這不是廣告。這是一個節目轉到另一個節目的過場。」

「這種過場要數我們上海衛星最有看頭了。主持人會以一男一女唱雙簧的形式，把節目介紹出來，很特別！」瑪莉又接著說：「更有一個是一男一女以慢動作的形式打著枕頭戰，飛出來的羽毛塞滿整個電視機畫面，很美！」

「這個景象好像是『飛甩雞毛』上一年的廣告情節。」

「當中或許有些模仿，但不得不承認這個廣告拍得很好。」

「……」

「你現在收看的是無綫電視翡翠台……」翡翠台依舊在說著翡翠台。

打開電視，每天的新聞很多。有人說，沒有新聞就是最好的新聞。有人說，世界很亂。沒錯，世界的確亂了。美國與全世界為敵。湖南的煤礦一度爆炸。菲律賓被多個颱風吹襲。愛滋病患者愈來愈多。西藏要求釋放達賴喇嘛。台灣要求理性的談判。

「你對台灣有甚麼看法？」瑪莉冷不防的問道。

「我當然希望台灣能夠回歸中國，完成統一，但我絕對尊重台灣人民的意願。他們不想回歸，我也認為無須強求。」

「家有家規，國有國法。台灣是中國的一部分，這是事實。就像兄弟，就像父子般永遠流著中華民族的血。要知道，血濃於水啊！」

「幾百萬的台灣民眾都反對統一。他們支持陳水扁的這個事實也是不能抹煞的。」

「假民主。政治把戲。陳水扁背叛了國家利益。台灣民眾受了他的愚弄，才會反對統一。」

「……」

瑪麗站在地鐵站內的恒生銀行等著瑪莉。她們約好去逛旺角。瑪莉要求瑪麗帶她去逛聯合始創旺角中心女人街瓊華信和潮流特區。瑪麗不能拒絕。

「六點了。」瑪麗看著手錶，不斷地踱步。「一分鐘……二分鐘……三分鐘……四分鐘……

還是打個電給她吧！」

「喂，瑪莉，你在哪裏？」瑪麗有些焦急的問到。

「在途中，快到了。」瑪莉說。

「一分鐘……二分鐘……三分鐘……四分鐘……」瑪麗繼續看著手錶，繼續不停地踱步。

「有冇搞錯！大陸人就是喜歡遲到。他們沒有時間觀念，因為他們把精力都放在抄襲別人的廣告上。他們反對別人推行民主，因為他們沒有民主。大陸人不懂得尊重別人。大陸人不喜歡守時。大陸人難登大雅之堂。大陸人始終是大陸人。」

「喂，今天我們要到那裏玩啊？」瑪莉突然之間出現。

瑪麗想：「遲到了也不道歉。殺了人也不用填命了。所謂『家有家規，國有國法』，說說倒是很好聽的。去哪裏？不是死纏著我要去旺角嗎？好一句廢話。」

逛完聯合、始創，她們準備去旺角中心。瑪莉又開始找話題

與瑪麗談話。她感到納悶，於是說香港是個擠迫的城市。瑪麗不回應，卻想著，每天有一百五十個新移民來港，這些大陸人把香港疊得像沙甸魚。

瑪莉看到很多色情場所，於是說香港的色情事業氾濫。瑪麗依然沉默，她想，一百五十人當中，大部分都是「雞」。大陸人沒有甚麼本事，要在香港這個花花世界中生存，除了擘開雙腿，出賣肉體，她們做不了甚麼。香港的色情問題嚴重，都是因為這些「大陸雞」。

瑪莉行到西洋菜街，形形色色的招牌在她頭上走過。她看到人，一群群的人向她湧過去。瑪莉感到很新鮮。她東指西指，左看右看的。彷彿原始人離開了森林，走到去城市。瑪麗搖搖頭，想著，大陸人始終是大陸人。忽然，一群看似暴發戶的上海人走過。他們穿金戴銀，說了一大堆話。其中一個更「放飛劍」。一口黃痰從他口中飛出，直插地面。

瑪莉興奮地說著：「你看到嗎？他們都是上海人。我聽到他們在說上海話。」瑪麗只是笑笑，心想，上海人都是賊。他們吐痰，不但污染了香港的環境，更犯了法。他們欠香港政府一千五百元。大陸人喜歡吐痰，大陸人喜歡做賊。大陸人始終是大陸人。

走過一間間的小食店，瑪麗向瑪莉介紹香港種種的地道小食。瑪莉不太感興趣，只是不停地講著上海的蟹粉小籠包和大閘蟹。

走過書店，瑪麗說香港有言論自由，大陸的禁書在香港都有售。瑪莉沒有聽到，她只是說香港的書很貴。

走到「莎莎」，瑪莉嚷著要買一些香水樣板給親友當手信。瑪麗在門口等她。她邊看著瑪莉選香水，邊想，其實，中國人畢竟不

是香港人，香港人也畢竟不是中國人。每個人都有他獨特之處。人與人之間應該互相尊重。況且，她始終是我的室友，難道要尷尷尬尬地相對一年嗎？

　　瑪麗開口邀請瑪莉去照大頭貼。拍攝過程很順利，也很快樂。除了一件事，瑪莉沒有付錢。瑪莉忘了付二十五元。瑪麗怒火中燒，卻不說一個字。瑪麗只是憤怒。憤怒。很憤怒。她又再想大陸人的不是。「大陸人喜歡買名牌香水送人，卻喜歡佔朋友的小便宜。所謂：不熟不騙。大陸人喜歡騙人。大陸人喜歡騙自己人。大陸人始終是大陸人。大陸人有他們的獨特之處，那便是遲到、邋遢、騙人。大陸人都不是好人。」

　　瑪麗嚷著要回宿舍。她說她累了。瑪莉仍想逛，但她說她也累了，下次再逛吧。

　　瑪麗氣沖沖地走去巴士站。走到雅蘭酒店附近，忽然響起了「呸……呸……呸……」的警報。環視四周。招牌。燈飾。街燈。追巴士的路人。馬路。的士。咦，原來是馬路對面的「奧米加」錶行的警報器在叫。

　　警報器的聲響很大，瑪麗很害怕。她緊緊的抓著瑪莉的手臂，問：「發生了甚麼事？」

　　瑪莉說：「會否是打劫？」

　　瑪麗說：「途人都沒有反應，不像是打劫。」

　　說真的，警報器響不響對旺角這個熱鬧的地方一點也沒有影響。樓上的倫敦大酒家依舊喜氣洋洋。必勝客依舊是客似雲來。就連旁邊的金盛錶行、周生生珠寶金行都像平日般買金賣金。這陣警報聲難道是幻覺？然後一個女人從「奧米加」錶行走出來，然後警報聲停了，然後旺角的一切依舊熱鬧地運行著。

瑪麗坐在巴士上，她看著窗子外的一切景物。她依舊想著「奧米加」錶行的事。瑪莉見瑪麗靜靜的，便找個話題來談。她談及「奧米加」錶行。她談及上海的名錶。她又談到古代的盜賊。她更談到保安系統，更講到英國機場的保安設備。瑪麗聽得興致勃勃，也大談治安的問題。整個車程，二十分鐘，彷彿進入了時光隧道，使她們回到了初相識時的模樣。

　　回到宿舍，打開電視，「嘟……嘟……嘟嘟……特別新聞報導，旺角彌敦道『奧米加』錶行於今晚十時二十分遭人打劫，疑犯是一名女職員。若有目擊者，請立即與警方聯絡。」瑪麗與瑪莉一看，頓時發現她倆目睹了整個劫案過程。但是，她們都不發一聲。

原刊《字花》2006年6-7月號

113

林木椅子　　　　　　　　　　◎ 韓麗珠

　　「這世上再也沒有甚麼，會比林木的肚腹更柔軟，更容易令人對睡眠著魔。」I遺憾地對林木的母親林園說。那個因年邁而事事沉著面對的母親剛剛告訴I，林木已正式成為了一張椅子，隨著一批大量生產的高級家具，傾銷到海外國家。

　　「還有甚麼事呢？」老母親開始不耐煩。I喃喃地說：「我想買下他……」但老母親已經關上了門。

　　I不會忘記，那個雨絲向橫傾瀉的午後，他初次把僵硬的頸椎和纏滿死結的頭顱緊緊地靠著林木屈曲而成了小山丘似的雙腿。I感到自己的身子逐漸輕軟而小，像一縷煙那樣上升、懸浮，成了無處不在的微粒。

　　而林木躺在地上，腹部承托著I，蒼白的天空就在上方，烏雲迅速地移動，他想起了一些從未發生的事和不曾見過的人面，時間總是如此過去。直至坐在他身上的人突然站起來，舒展發麻的手腳。林木張開眼睛，才知道綿密的水串已滿佈窗外的世界，四周結聚了牛奶混合泥土的味道。

　　「疲倦感好像已停止擴散。」I的手按著頸項，把頭顱甩了幾下後說。林木站在辦公桌的後方，他對職業性而不帶多餘感情聲音的掌握已經熟能生巧：「疲倦感正慢慢地集結，但是要完全清除還要花上好一段時間。下星期再來吧。」

　　那人便搖搖晃晃地離開了林木的店子。

　　早在I按下門鈴之前，林木已透過沾滿水珠的玻璃窗，看見I在許多橫空而出的招牌下走過，腳步跟簇擁的人潮一般急促而不

穩定。他從不知道 I 的名字，正如 I 按下那單位的門鈴前，也不知道那店子的名字，一切只是源於一塊搖搖欲墜的招牌上那墨綠色的單座沙發，靠背以75度傾斜，那圖案使 I 的眼皮如釋重負，突然想沉沉地睡上一覺。可是空蕩蕩的單位只有一張桌子，和一個面目如潮濕槁木的男人，他對 I 說：「你無法入睡，是因為精神長期處於亢奮狀態。」I 卻不以為然：「但我沒有一點興奮的感覺。」他以空洞的眼神注視屋內：「為甚麼這裏沒有一張舒適的椅子？」林木禮貌地笑了：「我就是椅子，如果你希望的話，我可以是任何椅子。」然而疲憊感使 I 看來垂頭喪氣：「我只想坐在一棵樹下。」林木以專業的口吻安慰 I：「有的椅子結實如樹幹。」I 的視線便隨著林木纖長的手指溜向一個光潔亮白的價目表。

　　I 瘦薄得像塑料袋的身子在密集的車輛之間穿插，在參差不齊的招牌下閃躲，飛快而敏捷，卻沒有碰傷頭顱，使林木相信他會漸漸對椅子不能自拔，就像 F、H、K 和 Z 那樣。因此，當他打開大門，看見 I 站在門外，嗅到他口中呼出暗啞和發沉的氣息，林木並不感到陌生，在他洞悉自己是一張椅子前，一段漫長的日子裏，每天他醒來後總是發現口腔異常苦澀。

　　從舌根一直蔓延至味蕾和牙齒的酸苦，就像是對未來饒富意義的暗示。只是林木一旦陷入思索的狀態，母親的目光便會從屋子的暗角朝他打量。他的背部經常承受這種目光，使他從小就感到，這目光一直不動聲色地催趕他。午飯的時候，林木忍不住向林園提出疑問：「是烹調的方式改變了？還是更換另一個牌子的調味粉？這陣子，無論吃下去的是甚麼，我只是嚐到果核、泥巴和煙灰的味道。」林園的眼光從沒離開電視屏幕，那裏正在播映烹飪節目「二時半的牛扒」。她的聲線低沉而溫柔：「你弄錯了。那不是食物的味道，那是沒有工作的人因無聊而引起的口腔分泌物。」林木便保持緘默，一點一點地把菜吃光。

那年夏天，林木置身在一個沒有終點的暑假裏，自此，假期便翻出了另一層意義。此前，他認為假期是一條清涼的管道，人們通過那裏，再走出來，就會到達一個從未踏足的地方。然而最後的暑假並不一樣，置身其中的林木知道，管道的另一端是一個漆黑的密室，那密室比他認識的世界還要大，他將會一直待在那裏。那段日子，他甚至不用調校鬧鐘，便能在特定的時間醒來，坐在屋子中央的飯桌前，翻閱一份由職位空缺拼湊而成的報章，直至指頭被灰黑的油墨沾滿。他必須那樣做，不然，母親的目光便會再次爬到他的背上。

　　只有在午間劇場播映完畢，林園陷入睡眠的片刻，林木才可以把頭和手伸到窗外，放肆地感受陽光的兇猛。暑假開始後的第二百三十天，空氣污染指數、紫外線指數和失業率都達到了那年的最高點，但林木並不認為是偶然或巧合，他對哥哥林發說：「紫外線和空氣污染只會對沒有工作而在街上遊蕩的人產生影響。」但林發對於天氣的變化卻沒有任何深刻的感受。自從城市的角落藏滿丟失了工作的人，林發的收入便趨向穩定，睡眠以外的時間，他都穿上深藍色或深灰色的西裝，站在一個有空氣調節的房間裏，向著大批眼神空虛的人，講授關於找到希望，便能抓緊工作的道理。根據林發的說法，即使這裏的工廠和投資像流過的水那樣一去不返，可以建起高樓大廈的空地愈來愈少，人們也沒有煩惱的必要，只要他們能培養出一種像幻覺那樣令人鼓舞的希望，便會發現，已經失去了或從不曾出現的東西其實一直在他們身旁。

　　無疑，那房間對林木來說，是非常寒冷的地方，當他坐在一群沒精打采的人之間，他驚訝地發現，每個人的臉容和神態異常相像。他看見林發站在遙遠的講台上，就像多月前的一個黃昏，他遠遠地看見林發，站在交通擠塞的馬路之旁，以沙啞的聲音重複地呼喊「流動電話月費計劃」的優惠和價錢，然而他的聲音總是被四周鋪天蓋地的雜音壓倒，而顯得非常微弱。可是在那個不斷輸出冷風

的房間內，林發的聲音卻發揮著收集渙散心志的作用：「推銷員找不到生意不是因為他們的游說技巧，議員得不到選民支持不是因為政治智慧，醫護人員錯誤地分配藥物不是因為對藥物認識太少。」林發停頓的時刻，使林木覺得他是習慣在黑暗中工作的催眠師。

「只是，所有人都在扮演著另一個人，沒有人知道自己是甚麼。」林發像在訓練一批精良的馬匹般發出命令：「不要再想另一個人的事，告訴我，你們是甚麼？」林木原以為那裏坐著的都是一堆冬眠的蛇，可是忽然有人站起來說：我是個魔術師。乾燥的冷空氣使林木不斷咳嗽。隨之而來是乏力的叫喊此起彼落。我是個精算師。我是按摩女郎。我是個投機主義者。我是個騙子。我是爸爸。我是苦力。我是個女的。我是小孩。我是廉價勞工。我是妓女。林木開始感到昏昏欲睡。實在，他並不知道，林發真正要告訴他的是甚麼。林發只是要他們緊記，有時候，一切都是幻覺。

失業率的上升速度微微放緩的時候，林木再次想起兩個不同的林發。

當苦澀的分泌物黏附在他的口腔，成了他身體的一部分，林木以為自己會遺忘苦的存在。然而某天早上，他自夢中轉醒，日益加劇的腥苦味道像厚繭覆蓋了他的舌頭，他在洗手盆上洶湧地嘔吐後，惡心感仍然像巨浪衝擊著他，直至他以一把椅子的姿態坐在地上，一切才慢慢地緩和下來。「我是一件死物。」他這樣自我安慰，屏息享受作為椅子的樂趣，雖然，那時候並沒有另一個身體坐在他身上。

他給情人撥了一通電話，告訴她，已經想到如何斷絕二人之間的關係。「相信我，那不會有任何痛苦。」他以想念對方時的溫柔語調說。

她是第一個使林木確認自己是一把椅子的人。那段日子，他

們無法到任何地方，包括咖啡店、餐館、戲院或超級市場，因為他們口袋裏的零錢，甚至不足以支付交通工具的費用。雖然，假期已延續了一百天，但他們仍然找不到一份可換取金錢的工作。正午時分，當人們走在熱氣蒸騰的街道上，都看不到自己的影子，林木便會步行一小時，走到她的家裏。他們無法忍受有任何一天看不見對方，雖然他們沒有擁抱的習慣，甚至不是時常會升起交談的慾望，然而一旦看見對方，她便無法壓抑坐在他身上的衝動。因而，林木培養了新的興趣，每次前往她的居所途中，他總是先在附近的大型家具店閒蕩，駐足久久地凝視一堆姿態各異的椅子，每夜在臨睡前的一小時進行模仿椅子的練習。林木當時對自己說，關於椅子的練習，只是為了促進血液循環。

然而無數下午的自由時光，林木直著腰板坐在椅子上，閉上眼睛，幻想自己跟椅子已融為一體，他的手臂充當椅子的扶手，小腿和腳掌成了她的腳踏，而他身上的肌肉使她想起柔軟的墊子。她不止一次低聲地嘆息，從沒有一張椅子像他那樣舒適而溫暖。那時候林木對於自己是甚麼東西毫無興趣，只是他自出生開始，便理所當然地被培育成人，當她指出他是一張出色的椅子時，他沒來由地感到一種違反本性的喜悅。

林木始終認為，她是他和椅子之間的導體，要不是那一段日子，她樂此不疲地撲向他的身體，他就不會得到實踐成為椅子的機會。他從沒想過那階段會以哪一種方式結束──不是因為他眷戀那時期的一切，而是他想起椅子面對變化時的泰然自若，只要他的身上坐著另一個人，就必須遵從椅子的規律。

有時候，她把身子埋進他的身體，他溫柔地支撐著，使她可以坐在他的身上做任何喜歡的事，吃零食、看電視、檢查電郵、冥想、午睡或自言自語。可是當她沉默下來，便會感到自己身處在陰涼的地下世界，卸下了所有重量和身子帶給她的苦惱，沒有破綻的圓滿感使她不能輕易地說出一個字。這種狀態對她來說並不陌生，

她知道這是一段關係走向盡頭的徵兆。

（她的電話響起，急促的聲音從遙遠的地方傳來，叫她到一所出入口貿易公司上班去。她說，好的。）

電視新聞報導員宣讀新一季的失業數字持續下降後，林木便感到潮水都退去了，而他是被沖到岸上的海龜，失去了躲避的地方。

他再也不用步行到她的家裏，因為自某天開始，下午時分，她的家裏已沒有任何人。然而，只要她完成了那天的工作，不管深夜或凌晨，都會坐著計程車到他家裏，不為甚麼，只是要在他身上坐上一會。林木總是以一張忠心椅子的姿態迎接她。而她一天比一天多話，使他認為每個長時間地投入生產工序的人，都會變得異常聒噪。

她巨細無遺地數算厭倦了林木的原因。他的氣味、眼睛、髮型、說話的速度，甚至待在他身旁的自己，都使她生厭。可是在同一天，她靠在林木身上說，當她坐在他身上，便會像懸浮在深海中央，重量和壓力一點一點地消散。不過，她在林木的肩頭上睡醒後，卻以尖刻的語氣說出：我實在不想再見你的臉，但想不到離棄你的方法。為甚麼你不願意告訴我如何可以離棄你？她扭過頭去看林木的臉，而林木想起椅子冷靜的反應。

一星期後，她把頭埋在林木的頸項說，要是那天沒法在他身上坐下來，便沒有勇氣看鏡子中反映的自己的臉，即使在街上排隊購買食物也會感到害怕。「我必得在你的大腿上再坐上一會，才有足夠的勇氣上班去。」但她並沒有告訴林木，出入口貿易公司裏的人，常常在下午四時半，以她的耳朵、嘴唇、腰肢和小腿為材料，展開各種充滿想像力的話題。有些人以猥瑣的目光觀賞她，但更多人以不屑的目光瞄向她，那是下午茶以外為數不多的娛樂之一。

她放下巴士的車資，要林木在另一天的中午，到她辦公室附近的餐廳去。

林木坐在快餐店堅硬的塑膠椅上，以一種全新的角度凝視她的高跟鞋，因此不肯定那究竟是不是她。許多捧著食物的人在店內徘徊，都對他們坐著的椅子和桌子虎視眈眈。她不得不把話趕快說出來：「我想不到任何有效的方法，可以決絕地離開你。」她低下頭，以幾乎聽不見的聲音說：「唯一的希望是你突然死去，或永遠失蹤，我的煩惱才能解決。」

　　林木懷疑，他坐著的橙色塑膠椅子已經聽到她的話。

　　林木認為那是嘔吐產生的作用。他知道身體內某些東西已經自行脫落，但沒有任何感覺，只是把電話筒貼近耳朵說：「那不會有痛苦。你仍然可以每天坐在我的身體上，要求我作出任何的姿勢，這一點不會有任何改變。只是，從今天開始，你必須提前預約，如果你需要椅子的服務，收費以每小時計算。」林木聽不到她的回答，便把提前預約的決定再說一遍。很久以前，他就發現，當她感到瘋狂的喜悅，或極端的痛苦時，都以靜默的方式回應。令他始料不及的是，她的聲音突然變得像微弱的風：「那麼，一小時要多少錢？」他說出了一個她能負擔的價錢，再告訴她，她的編號是G。後來，他便以英文字母作為不同顧客的記號，而最初的時候，只是為了要忘掉她的名字。

　　在一個陽光無處不在的上午，林園看見林木披上那件淺灰色的西裝，提著黑色的袋子出門。她不敢相信自己的眼睛。她曾經長久地盼望這一天的來臨，可是時間以非常緩慢的速度過去，仍然沒有出現她想像中的一幕，以致她曾經懷疑所見的不過是海市蜃樓。她同時看見自己，以理所當然的淡漠神情目送林木出門。林園所理解的她是個別無所求的母親，她只是希望林木會跟林發一樣，在每天的早上，穿著冷色系的西裝外出。她仔細地觀察過自己便似乎洞悉一切，於是她作了一個決定——必須依照「二時半的牛扒」示範的

菜式，準備一頓豐盛的午餐。

　　早在那一天之前，林木多次看見那淺灰色的西裝，那是林發的衣服，可是身體日漸變胖之後，林發再也穿不下它。無論林木躺在床上、在洗手間沐浴、在客廳看電視、甚至吃飯的時候，淺灰色的西裝總是掛在他的不遠處，他認為那不是無心插柳的偶然，而是母親最明目張膽的暗示。他知道這一天終會來臨。

　　令林木始料不及的是，許多陌生的人因為一段分類廣告而致電給他。那段名為「給疲累的人」的小廣告，只是在報章的角落刊登了三天：「你需要坐下來。具備椅子功能的身體，歡迎外借，費用另議。」

　　在第一天，有人打電話給他：「你憑甚麼說自己是一張椅子？」林木看著剛剛繪成的招牌說：「可以供人坐著的，就是椅子。」另一個遲疑的女人問他：「但你跟別的椅子有甚麼不同？」他模仿在別處聽過的專業語調說出：「你要告訴我，你想要的是怎樣的椅子。你將會發現，只有溫暖的皮膚和柔軟的肌肉能使你真正放鬆下來，而且你會找到最舒適的姿態安放身子。」雖然大部分的顧客，都偏愛皮革、麻布、鐵或塑膠的質感，可是仍然有為數不少的人致電林木，以致他並不肯定他們要找的是一個人還是一張椅子。他只有把顧客以英文字母排列，記下他們的喜好和特別需要。

　　那天開始，他每天都穿上不合身的西裝，到健身房鍛煉結實的肌肉以習慣長時間承受重量，或搜集合適布料和工具，然後回到那幢陳舊的大廈裏某個租借而來的單位，翻看關於椅子的百科全書，試圖把自己的骨骼和肌肉調校至不同椅子的狀態。

　　G總是在深夜走進林木的店子，不發一言地顯示潛在的轉變。林木會穿上預先被指定的塑料衣服，坐在一張有靠背的椅子上，再讓她坐在他的大腿上。他會按照她的指示，雙臂環繞她的腰間，額頭抵著她後頸，靜靜地等待一小時過去。

　　林木再也想不起G的名字的一天，就知道了自己將會變成一張

椅子的事實，會在甚麼情況下發生。

「我的腰已痛了一年，這些日子，我沒法好好地坐在任何椅子上。」林木第一次聽到 L 纏滿懊惱的聲音，是在電話之中，他以職業性的直覺說出：「沒有一張椅子會像我的身體。」但 L 說：「我已看過太多的椅子。」

當林木看到 L 提及的那些木然的椅子，疏密有致地排列在廳子中央，它們在各自的空間裏，沒有擠迫的煩惱，也不用等待任何事情發生，他不能肯定自己為甚麼會站在它們之間。

「你就在它們之間找一個位置坐下來，跟它們共處吧。」L 把林木租借到她的屋子的那個清晨，室外的熱力使林木感到自己正在融化。L 從沒有說明把他租借的原因，只是一再強調，她一直依賴著一張還沒找到的椅子。「我需要一張時常待在身旁的椅子。廣告上不是說『歡迎外借』嗎？」L 軟弱的聲音帶著威脅的意味。「所有關於椅子的交易，都得在本店進行。」林木想到被外借後各種可怕的危險。然而 L 答應給他付上雙倍的價錢後，他再也沒有抗拒的餘地。

那天清晨，林木看著 L 幼小的足踝慢慢走遠，她要到另一個地方工作，大門被關上，室內的空間和椅子的影便變得廣闊而長，他坐在一張桃木椅子附近，注視著木的紋理，那裏有許多漩渦，然而無助他深入椅子的內部。

前方是一張被粗麻繩子編織而成的椅子，不遠處是尼龍椅子，後方有一張皮面的旋轉椅子，最遠處的座椅由不同罐頭拼湊而成，還有帆布椅子、吹氣沙發、木板櫈、貴妃椅、藤椅、一段充當椅子的木頭放在大門附近，塑膠椅子在他的左方。只有林木是一把由皮膚和血肉製成的椅子。

那房子空無一人。林木再也沒有勉強地維持任何一種姿勢。他解開衣服的紐扣，像一棵枯萎的植物，任意躺在地上。他發現，

椅子和地板同樣一塵不染，而眾多椅子的腳並沒有妨礙他的視線，他的目光穿過不同的椅子底部，溜過磚塊的倒影，看見窗外有許多鳥在飛翔。時間彷彿凝固在那一點。他感到，以往的許多年，他吃飯、睡覺、掙扎著醒來，接受無可避免的難題，費了很大的勁，只是為了那個時間的定點——出於自然地躺下來。他暗暗地祈求會有另一個人坐在他身上，那便能紓緩他的罪疚感，可是房子裏全是不動聲色的椅子。他首次沒有通過模仿椅子，而達到成為椅子的目的。

但雲層的顏色逐漸變深，那一刻比林木想像中更快地過去，他不得不重新站起來，陪伴 L 吃晚飯。只有這樣，他才能在那個月的最後一天，得到那筆為數可觀的金錢。

「這裏已有各式的椅子，你還需要怎樣的椅子？」林木面前的桌子上放了牛扒和開水，但他看著L瘦小的臉，平靜地掩飾沒法面對陌生人進食的秘密。

L 以期待的眼光看著他：「我需要可以給我按摩的椅子。」

對於林木來說， L 跟F、J、H和K一樣，都是慣於傾訴各種隱私事情的人。 L 說，自從去年開始，她就全神貫注地搜集款式奇特的椅子。「就像生命打開了一扇全新的門。」那是她的情人突然失蹤後的事情。她終於可以這樣做，同時樂於被誤解那是治療抑鬱的方法。當別人以同情的眼神看著她，她便感到重新獲得自由的喜悅。人們只是看到一個被遺棄的女人，她便可以偷偷地享受跟椅子親密共處的樂趣。早在結識那情人之前，她經常沉浸在跟椅子一起的甜蜜時光之中。只是為了某種約定俗成的慣例，她一度把搜集得來的椅子都丟掉，因為她的情人喜歡把身子蜷縮在一張巨大的雙人沙發閱讀報紙。

「那人跑掉後不久，我的腰便常常感到疼痛難擋。那痛楚不斷提醒著我，我再也不能長時間坐在一張椅子上。」L 按著腰部說。

這使林木想起自己的功用，他坐在地上，伸出了兩條大腿的時

候，感到自己的機械性已在不知不覺之間提升。他對她說：「坐下來。」她可以清晰地感到他大腿骨頭硬度，皮膚散發的溫熱和心臟的跳動都使她產生坐在一張簇新椅子的興奮。她把頭擱在椅子的胸口，向他說出每一張椅子的名字，他也告訴她，她的編號是 L ，但她想不到L代表的意思。

對於 L 來說，只有得到關於椅子的答案，才可以徹底治癒那難解的痛症。她要求他給她提供各種解釋。他便知道 L 對於椅子的慾望，並不止於觀賞或坐在上面，即使他坦白地告訴她，使人無法適應的是每種身份之間無法彌補的缺口，L仍然要求林木說出，當上一張椅子的原因。

在那裏，所有椅子看來都非常孤獨，它們無法回答她。即使她分拆椅子的細部、鋸開椅背或剪破坐墊，也無法找到答案。但只要她願意付款，林木便必須告訴她一切，雖然他仍然保有著撒謊的權利。

「因為我在更早以前，已把生命過壞了。但以椅子的方式過活，那些壞掉的部分再也沒有擴大的傾向。」林木說。

但L更關注的是林木瘦削而柔韌的身體，而且經過肆意的觀察，終於找到他跟其他椅子的共通點。

她拉開他的手和腳，把他的身子盡量攤平，慢慢地坐在上面。她感到自己正在坐著柔軟的墊子，迅速地滑入了立體的夢裏。在夢中，她乘坐一張緩慢飛行的氈子。

L 無法從林園的眼神推測到她腦裏的想法。雖然林園目不轉睛地看著她。她們的不遠處是一部聲浪過大的電視機，那裏正在播映午間的烹飪節目。 L 認為，要不是她坐在林園跟前，林園必會以相同的眼神盯著電視的屏幕。在 L 的假設裏，林園會對她發出連綿不盡的問題，例如林木變硬成了一張椅子前，對她說過甚麼話，有沒有異常的舉動，或他身體的僵化過程等，然而像一塊磐石的林園只

是注視著她，使她感到空氣中令人窒息的分子漸漸增加。

L反覆地說著，林木最後的情況。後來，L認為那跟林園的眼神無關，只是室外的陽光白亮得使她頭腦昏沉。

我只是想找一張柔軟的椅子，治療腰痛。林木的手很巧，皮膚和肌肉也富有彈性，而且，你大概都知道，他一直都想成為一張椅子。我家裏有很多椅子，全都是限量出售的神秘貨品。我想，他跟它們待在一起會較高興。確實，他跟它們共處了幾個星期，他一直說那些椅子很不錯。他說，沒有一刻比坐在它們之間更快樂。

那個微暗的黃昏，L走進擺放椅子的房間，在許多交錯參差的影子之間走過，仔細檢查每一張椅子及附近四周，都沒有看見林木的身影。直至她伏在地上，才發現他坐在一張長椅子附近，四肢的線條生硬而筆直，像堅固的化石使人安心。林木不願進食的第一天，她認為間歇的斷食是椅子練習的法則。

但自某天開始，他拒絕說話也不再進食，我知道他能聽見，卻不願張開眼睛。我以為他只是需要充足的休息，而且，他並沒有忘記作為一張椅子的責任，晚上讓我坐在他的身上，為我按摩痛處，只是不再回答我的問題。

L沒有告訴林園，在林木拒絕進食的第五天，她坐在他身上，撫著作為椅子扶手的雙臂，那粗糙而冰冷的觸感使她想到經過處理的木塊。最初，她以為林木與生俱來帶著椅子的氣味，然而他皮膚的色澤隨著時間變灰，雙腿和腰腹僵硬得像鐵枝，即使他的頸項和肩膀仍然保持著彈性，但乾裂的皮膚就像人造纖維，她不得不承認，林木的身體產生著微妙的變化。

當然，他是自願的，臉容非常寧靜安詳。

L 曾經捧著肉湯和稀飯送到林木面前，企圖以食物的味道誘使他張開嘴巴，然而林木始終不為所動，她才知道，這種突然的變化已經不可收拾。她坐在一張由鐵枝組成的椅子上，花了很久的時間，但想不到處理林木的方法。

最後他甚麼都沒說，那暗示了他離開的決心。

L 仍然記得林木的四肢和臉那灰泥似的質感，使她想到死在牆壁上的飛蛾，屍體會漸漸風乾，化為四散的粉末。在時間所餘無幾的情況下，她請求他把身體伸展成一張長椅。他依照她的指示，臉孔朝下俯伏趴在地上，以手腳支撐身體，手肘和肩膀成了完美的直角。她在他身上鋪展一塊花布，再坐上去，那時候，他似乎已經完全融入了椅子的世界。

很久之後，L 時常站在一個空置的房間裏，對著林木曾經以椅子的形態蹲踞的地方發呆。在她的假想裏，她第一次看見林木的時候，他已經是一張不折不扣的椅子。她可以把他永遠地藏在椅子的房間裏。但事情再也不會以另一種方式重現。她幾乎能確定。

當然，他不會滿足於停留在禁閉的房間裏，椅子必須經過買和賣，才能確認身份。所以，我已把他和其他收藏品一起賣掉。現在，他應該在一艘開往另一個國家的船上。

牆壁上的光點消散後，L 留神著林園那雙迷茫的眼睛的變化。終於，林園問她：「那麼，他是一張稱職的椅子嗎？」L 肯定地說：「他是我見過最出色的椅子。」那說法使林園滿意地點頭。

她認為 L 所穿的白色套裝，是某種專業的標誌。L 離開後，林

園便重複地實習一段對話，關於她的兒子林木，已經成為了從事椅子工作的專業人士。他對於工作不能自拔，但那種專心致志的態度使他得到國外工作的機會。

「或許他永遠不再回來，但有甚麼關係呢？那畢竟是他喜歡的工作。」林園想把這些話告訴任何一個人，可是日子不斷過去，並沒有任何人認真地對待她的說話。

原刊《香港文學》2006年8月號

127

一毛七

◎ 王璞

　　大約一個月前，哥哥去世了。我是前天下午才從一位朋友那兒得知哥哥的死訊的。哥哥只比我大兩歲，他去世的年紀是五十。大概連五十都不到。因為朋友沒告訴我他去世的確切日期。說是朋友，其實我們認識還不到一年，也就是有共同的朋友來了約在一起吃頓飯的那種關係。她並不知道我和哥哥之間斷了來往已有十年這件事。她只是在說到另一件事時，無意似地跟我提起：

　　「噢，就在你哥哥他去世之後不久——」

　　我覺得心中某處有個地方「咔噠」一聲響，像是破折，破折號的那種破折，停頓一下，為下面的轉折、揭曉、解說作個預備動作。但是朋友並沒把這一話題延續下去，她一定是以為我對哥哥的去世情節早已洞察並消化，所以破折號之後，她談的是另一件事。一直到我們互道再見時，我才有機會再次提起這個話題：

　　「你認識我哥哥？」我竭力輕描淡寫地問道。

　　「不，我只是在一個朋友的派對上見到過他一次。」朋友道，「你知道的，美國那種家庭派對，動輒幾十人，人太多了，大家往往連互相介紹一下的機會也沒有。其實我倒很想跟你哥哥認識一下的。他又有風度說話又幽默，總是有一大幫人圍在他身邊談笑風生。」

　　我便問道：「那麼，你怎麼會對他去世的印象這麼深？」

　　朋友愕然：「這件事上了報紙的呀！你不知道嗎？並非每天都有這種知名人物自殺事件發生的。啊，真是想不通，像他那樣的人也會走上這條絕路。」

128

她那種神氣，使我無法把下面的問題提出來，而她也匆匆趕著離開。然而，那天晚上，我失眠了。

　　十年之中，我第一次想到，原來我這多年都沒想到給哥哥打個電話。

　　這時我才發現，我根本就不知道他的電話，我甚至也不知道他女兒的電話，或他任何一個朋友的電話。

　　哥哥在去美國之前就有很久沒跟我通過電話了。事實上，我們一直都很少來往。我們家兄弟姐妹一共五人，卻因父母離異，從小就被分成兩撥，一撥歸母親，一撥歸父親。想必他們在分攤子女之前有過一番精密的計算，力求公平合理。大姐和小妹小弟被分給了媽媽。作為老二和老三的我和哥哥，被分給了爸爸。兩撥兒女雖然在數量上不等，年齡總和卻正好相等，都是十八。我與哥哥的年齡分別是十歲和八歲。照理說，我和哥哥應當是最親的。我們從小一起長大，我在十五歲之前，甚至跟哥哥住在同一個房間。他那張用箱子和木板搭成的小床，跟我的摺疊床成直角放著。睡覺時，我一伸手，就可以摸到他的腦袋。然而，我們卻常常處在互不理睬的冷戰狀態中。

　　實情就是這樣：哥哥不喜歡我，甚至討厭、憎惡我。當我得知哥哥死訊的那天晚上，我不得不面對這一現實了。

　　「他又有風度說話又幽默。」朋友說這話時的形象老是在我眼前晃來晃去。說是眉飛色舞也一點不過份。好像被她稱頌的那個人就在眼前似的。於是，黑暗中我情不自禁地朝放在床頭櫃上的電話摸去，可是，當手指接觸到冰涼的話機，我才猛地打了個寒顫，給誰打呢？哥哥他已經不在人世了，他死了。

　　但我的手已經在電話號碼盤上了，號碼盤上的夜光燈亮了。於是，鬼使神差似地，我撥出了一個電話號，一度如此熟悉的一個電話號。而幾乎同時，電話那頭就響起了一個聲音：

　　「喂！」

聲音響亮得不合情理，卻是如此地真實貼近，使我心中一動。分手這多年了，前夫的聲音還是能引起我這樣的感覺。

「是我。」我道。

「我知道。」

「我哥哥，他不在了。」

「我知道。」

剎那間，有個念頭在心裏一閃：此刻不管我說甚麼，對方都會說「我知道」的吧？即使這時我問他哥哥為何這樣憎惡我，他也會說「我知道我知道」？也許，他這次換了新招，打算用這一聽似親切的「我知道」截斷我所有的話題？

我這樣一想，接下來的話自然而然就變成了：

「我睡不著，突然想起咱們亮亮好幾天沒給我打電話了。這個時候給她打電話又怕嚇著她。」

果然，前夫不說「我知道」了：

「你是對的，」他的聲音裏有了些微活氣，「女孩子睡眠質量最要緊。」

於是我們扯起了有關亮亮的一些瑣事。作為這女孩的父母，我們一談起這個話題就沒個完，不知不覺，半小時就過去了。說著說著，前夫竟來了這麼一句：

「其實你是個好女人。」

這句讚詞裏卻有點令人不舒服的甚麼，是甚麼呢？我還沒想明白，他卻又接著女兒的的話題往下說了。直到我們都放下話筒，在突如其來的一片寂靜中我才猛省：是「其實」這個詞吧？在這個詞語隱含的轉折意味後面，潛台詞不言而喻：但人們卻不把你看成個好女人。

先前那種焦躁之感又來了，這一回來勢更加兇猛。眼前的黑暗變得前所未有的沉重可怖，我啪地一聲按開了檯燈，突地，一張猙獰的面孔撲面而來，我不由得發出一聲驚叫，定睛一看，才發現那

正是我自己！披頭散髮、面白耳赤的我，在床對面的梳妝鏡裏朝我逼視。突然之間，我明白了這樣一個事實：哥哥是帶著對我的憎恨去世的。

為甚麼？為甚麼！難道他一點也不知道，其實我是崇拜著他的甚至愛著他的呀？我一直在努力靠近他，但我靠近他的每一次努力都適得其反，變成他推開我的理由。說不定在他吞下那把致他死命的安眠藥時，也曾經經受過我現在這種煎熬吧？可是，每一個被他想到的人都增強了他離開人世的決心，包括我！我這個一度跟他最親近的人。

我抱住自己的頭試圖減輕那撕裂般的疼痛。沒有用。啊沒有用！

電話鈴聲就在這時響了起來。只響了一聲，我就像抓住一根救命稻草似地猛地將它抓在手裏：

「喂！」

聲音之大，連我自己也嚇了一跳。對方顯然更吃驚了，足有一分鐘，話筒裏是一片深不見底的靜寂。

「喂。」我又道，聲音小多了。

「是我。」前夫的聲音出奇的溫和，「我只是想告訴你，從下個月起，你不用給亮亮打錢了。我現在經濟狀態不錯，也可以說，很不錯。」

如果他是在一年前，甚至一天前跟我說這句話，我都會很高興，很感激。離婚這六年來，我們一直在這個問題上較著勁。雖然前夫年收入超過十萬，卻非要我這個年收入不過五萬的女人跟他平攤女兒的贍養費，理由就是：離婚是我提出來的。而在我的眼裏，這成了此人陰險毒辣的又一證據。沒錯，是我提出離婚的。可他明明心中有數，我是不得不走出這一步的。這一步是被他逼出來的。那種長期的冷戰狀況都快把我逼瘋了。最可怕的是，你根本不知道問題的癥結何在，每一次的改善努力，只是把那道眼看快要繃斷的

弦繃得更緊。當前夫的律師在法庭上唸出他開列的條件時，我不由得朝他望去，而他，那一剎那也正在朝我望來，我們的目光在那一剎那發生碰撞，我看見對方目光中有道光一閃，嘲諷？辛辣？竊喜？得意？都不大像，又都有一點。我似乎明白了許多，又似乎被推進更深的謎團。

很多疑問號湧上心頭，說出來的話卻只有一個字：

「嗯。」我道。

「就這？」前夫道。

「嗯，謝謝。」

「我還以為……我還以為……」

「以為甚麼？」

「我以為你會有強烈得多的反應。」

「為甚麼？」

「沒甚麼，我只是想……你哥哥……」

一剎那間我覺得心裏有道電光一閃：前夫和哥哥，他們不正是老同學嗎！依稀聽聞，他們一直都保持來往，即使在我離了婚之後。有一天，女兒從她爸那兒回來，告訴我：「猜一猜我在爸爸家看見了誰的聖誕卡？大舅的！」她一定察覺到我眼中刷地騰起的怒火，立即又道：「爸說是他先寄卡去的。」好不容易，我才把下面的話壓下去：「可我也給你大舅寄了卡呀！」這兩個人莫非一直就勾結在一起跟我作對？結果，我還是甚麼也沒說。

「告訴我！告訴我，」我大叫出聲，「我哥哥他究竟跟你說過些甚麼？是他跟你說我是個壞女人嗎？你放心，現在無論甚麼都不會影響我們的關係了，他人都不在了。你放心！」

顯然，前夫被我這突如其來的發作嚇住了，好半天，電話裏沒一點聲響，以至於我以為剛才的一切是否竟是幻覺：

「喂！你還在嗎？」我道。

「在。我在。」

「真的，我真的想知道他究竟為甚麼那樣討厭我。我真的想知道，尤其是現在——此刻。」

「那麼，」前夫的聲音猶猶豫豫的，「你自己從來沒想到過要問問他自己嗎？」

「怎麼沒問過。但他那人你是知道的，一看他那副冷若冰霜高深莫測的樣子，話到嘴邊都回去了。但我看到了，他跟別人在一起時卻不是這樣的。為甚麼獨獨這樣對我？難道我作過甚麼對不起他的事嗎？他下放到黑龍江我下放到京郊，不是我的錯。本來人家是同意接收我們倆的，我父親也希望我倆下到一起，好互相有個照應，是他自己堅決要去黑龍江。為的就是不跟我下到一起。要是他把他後來在黑龍江凍壞一條腿的事算在了我賬上，絕對沒道理！」

「不不不，他從來沒這麼說過。」前夫道，「相信我，他真的沒這麼說過。他甚至並沒說過你的不好。你知道，他雖然有些怪癖，但決非背後對人說三道四之輩。我想……」

「你想？你想甚麼？」

「我想……也沒甚麼，好像……聽他說過一次……其實也不真的是說，或許只是……我的推測……」

我不說話，我等待著。好像等待了一個世紀那麼漫長，電話那頭才終於又有了聲音：

「我想……你小的時候，是不是比較……比較小氣，或者，心計比較……比較多一點。其實我也只是猜想，你哥他對你其實並沒甚麼不好的看法。就算你和我們來往很少的那些年裏，他也沒說過你甚麼。」

「但是……」

「是的，但是我，我只是有點感覺，你們小時候一定發生過甚麼，互相之間傷了心。你相信我，我真的沒聽他說過你甚麼了不得的不好，想來想去，我只記得他說過這樣一件小事。真的是很小的一件事，也許根本不能算甚麼事，以至於我都不知該怎麼把它說

出來。」

「你說！你說。」

「很小很小的一件事。」

「你說你說！」

「你小時候，是不是就很節省？」

「就很……節省？」

「哎呀我真的不知該怎麼說，真是很小很小的一件事。也許我記得不太清楚，也許在目前這種特別的情境中，我才會突然想起來。其實他只是提過一下，或許，是個玩笑——或許，你哥他自從受傷致殘後，有點敏感——只不過是一毛七分錢的小事而已。」

「一毛七？」

「是的，他是否借過你的錢？一毛七分錢。」

驀地，好像有一隻手冥冥中打開了我心中的一道門，那道一直封閉著的門，「一毛七」，這個詞像是一個咒語，是那個開門的密碼，想起來了，我一下子都想起來了。點點滴滴都歷歷在目。

那時候，也不知道父親是怎麼想的，也許只不過是為了讓我們少煩他一點，他每月一發工資，就把我們的零用錢一次過交給我們。在發生一毛七事件時，我的零用錢是五毛，而哥哥因為上中學了，是一塊。但他是個花錢大大咧咧的人，錢一到手就吃光用光。而我正好相反，講究的是細水長流，總是到月底了手頭上還有餘錢。這樣，我和哥哥之間就形成了一種借貸關係，他是借方我是貸方。他借錢的數額倒也不大，每次只不過幾分錢而已。基本上也講信用，等到下一個月發錢就還給我。可是因為借的次數太多，也有忘記的時候。他忘了我可沒忘，可又不好意思提醒他：「你還有一筆五分錢的借款沒算上。」「上次那三分錢你忘啦？」這樣的話如何好意思說出口。何況那時我是有點怕哥哥的。他不開心黑著臉不理我的情況，是我最怕見到的。雖然不好追討，心裏卻時不時有點忿然：你的零用錢比我多一倍，憑甚麼老管我借錢。而隨著債款的

積累，我心中的怨氣也成正比地積累。哥哥跟我說話我沒好氣的情況，也就時有發生。終於有一天，我們不知為甚麼事大吵起來。人在憤怒中最無畏，當哥哥指責我是小氣鬼時，我頓時就爆發了：

「小氣鬼？哼，小氣鬼總比賴賬鬼好。」

「誰賴賬了？」哥哥立即跳了起來，「你說，我哪次借你的錢賴賬了。」

「哪次？哈，多了去了。要不要我數給你聽？」

哥哥的臉變得通紅：「你數！你數！」

這下輪到我發威了。我記得我當時那氣定神閒的形象，我記得我那一下子變得心平氣和的神色，一種故弄玄虛的心平氣和，目的是讓之後揚眉吐氣的效果更具殺傷力。特別是，我對自己的記憶力非常驕傲，很高興竟然會有這麼一個炫耀的機會。

「好吧，你聽著。上個月二十一號你借我五分錢，在新街口那間南貨店，是買話梅的時候。那個梳小辮的女營業員把話梅拿出來了你才發現你口袋裏沒錢，你就說——還把你褲兜拍了一下——你說：『你先幫我出一下吧』；上月十號，是個星期一。那天我們提早十分鐘去學校。你又借我七分錢，是在買包子的時候，本來你是要買燒餅的，看見我在買包子就讓我給你也帶一個。我把包子給你了，你說你沒帶錢，回家再給。當時還有三毛在旁邊，三毛也買了兩個包子。她還說了一句：大男人的怎麼老借錢呀！再上個月二十一號，是個星期六，下雨，我們做著做著功課，我說想吃烤紅薯了。你就說那去買呀。我去買了一個回來，八分錢，應當咱倆一人出四分錢。你說我現在一窮二白，下個月拿到月錢就還你。『一窮二白』，你用的就是個詞，我還說你用詞不當。我倆還為這爭起來了。其實我那是找岔，為的是加深你的記憶，讓你別再忘了還我錢……」

「夠了！」我的長篇大論被哥哥一聲喝叫打斷。我說得太投入，竟忘了觀察對方的臉色了。他這一聲呼喝我才驚覺，哥哥的臉

色不知何時變得煞白，那雙死死瞪著我的眼睛裏好像有火在噴射出來，尤其是聲音，他的聲音完全變了調，顯然，他是極力忍住才沒暴跳如雷。

「我到底欠了你多少錢你說！」他叫道。

天吶！現在我全部想起來了，那如履薄冰的聲音，顫巍巍的，好像立在一道懸崖上，隨時都可能掉下去。我的記憶力將他徹底擊垮了，他完全失去了招架之力。唉，我那時真是愚不可及，揚眉吐氣的感覺真是太好了。最後，我得意洋洋地，字正腔圓地，將那句話總結的話直衝著那張蒼白的面孔，穩穩地甩將出去：

「一毛七！」

哥哥轉身就走。我想他是不想我看到他的神情，垂頭喪氣？羞愧難當？怒火萬丈？我還沒檢點清楚我的勝敗得失，他就回來了，臉色平靜，一伸手，將一張兩毛錢的票子拋給我：

「不用找了，剩下的算是利息。」

隔著三十年的歲月，我依然聽見那冰一樣冷硬的聲音，朝我的心口重重一擊。

「利息。」

原刊《城市文藝》2006年8月號

我二伯是封箱工人　　◎　黃茂林

　　他身上沒有汗，一滴也沒有。站在這小貨倉內，一把陳年大風扇「呼啦」颷著，颷起碎紙、膠袋，他濃密的鬍子並沒有吹起。

　　他全身赤裸，皮膚蒼白，右臂上有幾條江湖疤痕，淡紅的顏色，這麼快叫人留意到疤痕，因為他全身沒有甚麼特別之處。

　　老覺得他快要出汗，油光的皮膚上應該像扭緊毛巾一樣擠出汗水。但他沒有，一滴也沒有，整個星期也沒有流過汗。他的皮膚光滑，在昏暗的燈光下，有一種牛皮紙的光亮。

　　他在這房間工作，一天十二個小時，負責封箱。

　　全工廠所有的箱都是他封的。包括：紙箱（其中有不同形狀，也是全廠最多的一種，他最喜歡的一種，解釋稍後湧現）、木箱、膠袋。

　　他一天封五百個紙皮箱、二十個木箱，小包裹時有時無。

　　他是屬於封箱（包裝部），不同於生產部、安裝部、運輸部，不同於市場部、策劃部、採購部、也不同於會計部、人事部、銷售部⋯⋯他是屬於封箱部，整個部門只有他一個人，應該說一個人就足夠了。這裏屬於個人，完全個人化。他不在，這個部門就不存在，老闆是這樣說，所以其他人都相信了，而且很樂意接受。以後就管他叫陳部長，偶然也叫打包天王。

　　他不介意，並清楚自己的工作，正如他很清楚自己回到家變回丈夫的職責和功能。他老婆勤奮體貼，為他生了幾個小孩。他感覺自己一下子把生命像硬幣投入她體內，那三個小孩像三罐汽水由自動販賣機滾下來。回到貨倉，他很快把老婆忘記，包括小孩。這裏

只有個人。

　　清楚工作就等於滿足於工作，他把握這種觀念已經十幾年。因此，他與各類的箱子都相處得很好，一直很好，沒有不好的可能。但也有不好的可能，那就是別人擅自進來尋找箱子，並自作主張割破一個完整的箱子，最後因不適用就隨手扔到牆角。或者部門多了一些西餅禮箱、鞋箱、足球紙盒、內衣膠盒等，他們把這裏當成垃圾房，這是不能允許的。但封箱陳沒有用憤怒表達，因為他很快回到紙皮箱當中，一批新貨運了過來。

　　回到紙皮箱當中，就等於回到家中。因為這是生產部最後的一項工作，他要趕快把它們安裝好，以及運送到貨櫃碼頭或者送到機場。同時，工廠大部分工人都停下來休息、聊天、上廁所、喝水、寫信、打瞌睡、吵架、剪指甲時，他的工作剛開始，並覺得所有人都在凝視他。

　　他身後靠牆的地方，總有兩卡板紙皮箱，數量達幾百個，整齊如一塊塊木板互相疊著，紙箱上印著尺寸和重量以及「輕放」標誌。

　　他按貨量而選擇不同尺寸的紙箱。紙箱開始是平面，他把紙箱摺疊面推開，像攤開小孩手腳一樣掀起紙箱四面掩頁，它很快變成立體，四方方，可以站立，內心是空洞，手腳攤開。

　　他瘦削的手臂穿著一圈透明膠紙，像戴著巨大手環。有時是兩個，雙手並穿，當然別人甚至希望他雙腳也穿著膠紙，等他們來偷紙箱時不會追上。

　　但他不會這樣做。他戴著膠紙只讓自己感到膠紙的存在，在面對紙箱的時候，提醒自己動作要快一點。在用完一卷封箱膠紙之後，隨手像除掉鐵環那樣更換新的膠紙而不會影響動作。

　　他快速抽出紙箱，把它們一個個打開，列好隊，總共二十個。

　　在他不遠處，一個紅色的膠紙切割器永遠固定在那兒，他習慣把膠紙裝上去，拉開膠紙，發出「咔嚓」，那聲音非常古怪，但十分能引起別人的注意，他對準紙箱底縫痕，一下子拉開膠紙，膠紙

發出激盪的巨聲，像超重貨車剎車時的聲響，膠紙準確貼在中間空痕上，然後是兩邊，紙箱底部很快封好，反裝過來，扔到一邊。隨著幾十下巨聲迴盪，紙箱快速被填補上膠紙，然後像青蛙反肚一樣躺在那裏。

封箱陳放下膠紙切割器，快速把貨品安放進去，所有空隙用廢紙填補，又操起膠紙切割器，幾十聲巨響，那些紙箱漂漂亮亮合上四肢，應該是嘴巴。

封箱部沉默下來，只有一種情況發生，那就是封箱陳已經完成任務，然後他就不理了，獨個兒坐在一邊，三件事他會選擇去做：1. 讀馬經。2. 疊好紙箱。3. 放好膠紙。

至於搬貨，他一概不幫手，那是屬於貨運部。

別人都說，封箱陳動作好快，封得又漂亮、紮實，紙箱平衡，不會爆開，是信心的保證。也有人說，他拿切割器像拿剪刀一樣快而準。市場部形容像劈柴，生產部部長形容像有經驗的醫生剪掉臍帶。而那一聲聲膠紙被拉開的巨響，會像甚麼？銷售部形容像臨盆母親的痛叫聲；人事部形容像閹豬。有一次，封箱陳告訴大家，他小時候真的幫豬結紮過，他形容那母豬的卵巢像兩顆迷你乒乓球，甚至有人乞求回去補身。後來，全廠人都笑了，封箱陳就與豬弄上關係。

很明顯，如果公司缺少了封箱陳，貨品就會變成囤積。無論別人怎樣嘲笑他，但最後稱讚他封箱技術了得的人總比嘲笑的人多。每個部門的人每星期總會到封箱部借用紙箱，因為公司的文件「多而散」和「散而無用但又不能扔掉」。

封箱陳是赤身封箱，但總叫人覺得他滿身是汗。事實上他很少流汗。他習慣對著大風扇包裝並赤裸著身子。他對貨品大小瞭若指掌，所以毫不費力安裝好。他從不理會其他部門的事，只顧自己的份兒，所以不多出一分力而令自己流汗。

但他其實對貨品不太認識，他清楚自己工廠生廠手袋，但從沒

能叫出名字，他只能記著袋號或單號碼，也就是說，他從不認識手袋，他可以叫出手袋的代號卻不能喊出名字。例如：粉紅色鵝型手挽袋，他只能叫出 P 15784986521。

可他肯定是生產的一部分，他每個月領著薪水，享受醫療保險，交通津貼，有薪假期、病假、強積金等。

他從沒有想過以上這些問題，無聊時他拿起掃帚清除地上的碎紙、繩子。或者分好眼前一堆堆、一箱箱、一卷卷不同膠紙。

他對膠紙的愛好是小時候培養的，小學時因為羨慕別人有膠紙而急得哭起來，這情況現在他還記得。當時的迷你膠紙就等於一粒朱古力、一份泡泡糖、一包甜麵包、一百顆蠶卵、二百架紙摺飛機……而現在各式各樣的膠紙擺放在貨架上：機用BOPP封箱膠紙，絕緣力強的電工膠帶、公司印字膠紙、雙面膠紙、雙面海綿膠紙、耐中溫（80℃）及耐高溫（160℃）的皺紋膠紙、免濕水牛皮膠紙、甚至十年也沒有動用過的鋁箔膠黏帶等。

事實上他只喜歡用透明封箱膠紙，寬度三寸。比起牛皮紙更具黏力、輕便，最重要是那聲巨響。他享受著這種巨響弄昏他整個腦袋。

後來封箱部來了一名年青人，年齡不超過十七，染了金色頭髮，無論穿多少件衣服，身體看起來總是瘦如竹桿。他鼻子吊著環子，上班時除掉。他的T恤永遠是色彩繽紛卻從沒有袖子，他腋窩的汗毛旺盛卻沒有成年人粗壯的手臂。他眼神總是向內，瞧著人講話就往側邊瞟。他頸鏈上的骷髏頭比他眼珠還大。

他只是一名年青人，大家都在想。但他的沉默卻抵得上兩名成年人的沉默。他無聊時就拋拋膠紙或到走廊抽煙。他也喜歡坐在高高的紙皮箱堆上像坐在懸崖般垂下雙腿。他像從沒有瞧見封箱陳卻聽著他的指示去幹活。

他封箱的動作幾乎與封箱陳一樣，不是一樣快，而是一樣瘋狂和投入。他同樣喜歡除掉外套。他手臂上幾條動脈清晰可見，生長在他身上像幾條平凡的藤蔓，而他本身就是一堵沉默的牆，長久缺

乏陽光。

封箱陳對著年青人講話時總面對著紙皮箱，他們眼光從沒有接觸。他眼光中充滿鄙視又充滿憐憫但更多的後悔。

工廠部最近很忙，貨運又趕又急，暫時請了兼職，就是那名金頭髮年青人。

工作一開始就分工，封箱陳選箱子，年青人開箱；封箱陳裝貨，年青人封箱。

膠紙的巨聲一直響個不停。

兩個彎曲的腰，像兩座不斷升降的吊橋。

一人由卡板上抽起紙箱，隨手拋到地上，另一名立刻操起膠紙切割器，並快速把扁狀紙箱拉開，封好底部，立刻拋到另一邊。

一人跑到手推車，把貨品樣板塞進紙箱內，用廢紙堵好空隙。

另一名把裝好貨品的紙箱快速封上膠紙。

於是，跑步聲、膠紙聲、貨品撞擊、偶然的叫罵聲、催促聲、讚美聲交錯翻滾。

他們光亮的身體從沒有流過汗，彷彿很巧妙地把汗安排到另一個層面。

這是他們的運動，偶然封箱陳悄悄注視著年青人。

他用年月去思考這種工作，以致他眼光自然流露出一股莫名的閃光，不是淚光，而是一種比淚光更容易晃動的情緒。

他瞧著年青人吃飯時蹬上紙箱頂，盤著腿吃著飯盒。左手拿著一本武俠漫畫書，目不轉睛。

他內心可能憶起十幾年前的自己。為何在紙箱中埋沒自己。一幹就是十幾年。他回到家從不跟人談起自己的工作。他填職業只填部長，他寫教育只選擇中學或以上，他寫薪水無法奉告，他從未踏進稅務局，從不拖欠銀行，從不借貸，從沒有想過要賭博，從沒有要改善自己的想法。

講起生活的道理，他拿起以前在鄉下生活的水平。他談起富戶

患了絕症的例子。現在他看著年青人那種無憂無鬱的神態，他知道自己被膠紙封鎖了一生。

面對眼前的年青人，他無法告訴別人這是自己最小的兒子，他得苦苦把愛隱藏，把對他的期望隱藏。

但工作時他就能感到一種整體的運作，叫人又快樂又失落。

現在部門多了一個人，卻多了一份自卑，這份自卑卻來自共同的地方。

原刊《月台》2006年8月號

風子

◎ 陳汗

每個人都有他／她的故事或秘密的隱私，一些暗病或性格上羞人的癖好，或一些潛藏在遺傳基因中不可解釋的、小小的生理愉悅。

離開了香港——這個回歸前偏安於歷史時空之一隅、噪音和泡沫浮沉的次文化天堂，我在北京安家了。挈婦將雛，把父母兄弟朋友、生活的安全感、習慣與惰性、人脈和基業皆棄諸腦後，徹底以一個北京客的移民身份重生。

冠蓋滿京華！

我所有行李中唯一值點錢的，是專業的尊嚴。香港從一個歷史的恥辱變成東南亞的驕傲，靠的就是這個。然而來京前，我早就承認一個事實，香港人在祖國同胞心目中的地位已今非昔比。在七十年代最受歡迎的是港商，八十年代是台商，九十年代是日商。千禧以後，上海、溫州、東北的大款爺最闊，尤其是下海的高幹脅國自重，熱錢橫流，形勢不可同日而語。

「我們目前還可以說是人才，再過三年吧，他們再也不需要我們了。」

作為一個電影人，曾參與過打造年產二百多部電影的「東方荷里活」，竊引以自豪。可到了「九七」，製片、美指、劇照相繼失業半年、九個月，武師去了地盤紮鐵，副導演去了九龍城泰國餐館當部長，導演進了護老院……啊，這位老導演曾經為成龍頭一次執導的電影操刀，後來患了腎病，太太捐了一個腎給他，結果生了個白白胖胖的兒子，傾盡一生積蓄讓太太在元朗開店賣鋼琴，正當生

活不愁之際，卻傳來他們離婚的消息，這就是電影！

我來到紅磡一座舊樓看望他，赫然見他眼睛凸露而紅筋暴現，花白的短硬鬍子，睡衣拖鞋，大熱天還外加一件小背心。他已經戒了煙，一邊把玩著打火機過過手癮，一邊煞有介事跟我說北京有個老闆找他開戲當導演，希望我拿出熱誠來寫劇本，有些話重複了三、四次。我們坐在狹窄、鬱悶而滲發著某種墳墓氣味的黃白床單上，床下有個痰盂，我聽到身外配樂似的咳嗽和時鐘，心裡想哭，因為我看到了自己坐在及腰圍板分隔開的另一張床上，看護正在罵一個不聽話、整個下午來回跛行著的髒老頭。紅磡那座舊樓是回字形中間天井那種。他送我出門……看著他浮腫的臉，背景天井各層晾曬著飄垂的衣衫，我知道，他在等死。

我也是。我們也是。

誰也不相信，包括我自己，所謂鐵下決心搬來北京，其實不過是出於偶然而倉促成行的。當時，我和妻都感到絕望無助。經濟固然是問題，在香港、廣州兩地都有家，賬單越積越厚。妻在廣州獨力照顧女兒，我兩邊走，每天通幾次電話，總是不在她身邊，她說和女兒就好像相依為命，錯就錯在我還以為沒甚麼大不了，妻內傷了連自己也沒發覺，她已經很努力很努力了，原來最大的問題是產後驗出了子宮壁長了肌瘤，醫生說是良性，沒大礙的，可是妻的情緒和分泌都出現了紊亂。

我和許多香港人一樣都疑神疑鬼，相信科學也相信偽科學，還美其名叫「兩條腿走路」。女兒出生的頭兩個月天天哭，晚上不肯睡覺，其實這都是很正常的吧，只是我們頭一次為人父母而已。有一晚我煲了薑水，給妻洗了頭，她累得非躺下不可，我抱著這傢伙在客廳滿地走，一個多小時沒停過，唱歌哄她睡，甚麼歌都唱窮了，掃她的頭髮遮住她的眼眼。

「寶寶睏了，睏了，瞌睡蟲都飛回來了……」

沒用。我使勁抱緊她企圖給她一個威嚇的訊息，她不但不就

範，反瞪著大眼睛對我怒視、怒視、怒視！天呀！這是個怎麼樣的孩子？她的眼神不止一個月大，是百歲的精靈的眼神。我賭氣了，索性把她放在床上讓她哭，哭吧。我看著掛鐘，就看你有多大能耐，能哭多久。

一個小時零十七分鐘。她歇斯底里地一直哭著，妻惱極了，憋了，要上廁所，回來她說受涼了不停地發抖。我嚇壞了，奮力搓她雙臂，以體溫抱緊她……另一邊鬼泣神嚎，而房子對開的停車場樹上一隻怪鳥吖吖吖吖地叫。妻是昏迷了還是進入了某種狀態，搖也搖不醒，一臉微紅，夢囈似的嘟噥著離奇古怪的語言。兩三分鐘後，她開始恢復過來了，問我：

「我離開多久了？」

「不久。」

「不，很久很久了。告訴我吧。」

「……三天，嗯，三天了。」我騙她。

「噢，原來三天了……對不起，我現在才回來……要你一個人照顧女兒……對不起。」

她去了甚麼地方？

平素，我摟著她們，左擁右抱的，世界盡在我懷裏。但那個晚上，我回到現實了。深夜兩點多，我的肢體不聽使喚，終於……女兒累得入睡了，妻不抖了。天花板那盞燈依然是那盞燈，我把它關掉，靜一靜，就那樣靜一靜，啊，我需要。

兩個月後，妻女回廣州安頓下來了，但很快我們發現女兒有一種特別行徑我們無法理解。她老摔，摔得很慘，摔得不可理喻。頭一次她剛好兩個月大，剛買了嬰兒床，妻為了方便照顧她，把嬰兒床貼近我們那邊的圍柵摺下。看著她們都睡穩了，我回到書房繼續工作，劇本已經改到第六稿了，因為換了導演，風格不同了，全都要改。

「小詠春的性格一開始就要鋪墊了，譬如說她父女逃亡到村莊

裏，恰好那村莊有兩匹狼來復仇，正要咬死幾個孩子，但小詠春不害怕，她和狼對望著……這就是她不同凡響之處，一開始便預言將來開宗立派成為一代宗師。」

我不爭論，我一再告訴自己要養家，我需要這份工作，我不能像過去那樣說：「我不幹了，你們不懂劇本，支票退給你們。」我發覺最近很輕易便催眠了自己心悅誠服地接受客觀高明的意見，我眼神充滿感激內心提振著精神一場一場地改著，忽然我聽到小詠春的哭泣……「咔」的一聲！是哪一家的孩子呢？不！是我的女兒！我衝進書房，她不在嬰兒床上，妻惺忪間不知發生何事，女兒呢？女兒呢？在床和床之間不知怎的移開了一個缺口，哭嚎傳出，她摔在冷硬的磚地上了！

有人說，嬰兒骨軟，不怕摔。

那不是你的女兒啊！她越來越摔得兇，後腦著地者有之，摔得滿臉披血者有之。她一晚哭醒十幾次，最高紀錄是二十三次，無法可想了，只好緊緊用被單把她裹起來。妻的神經質已變成某種靈異的病兆，尤其在香港那房子，因窗外對開的地盤蓋房子動了土，我安上了羅庚八卦心裏還不踏實。有一天，妻說，女兒眼定定地瞪著沙發背後牆上我外公外婆的照片，她好像看到甚麼「東西」走過……

終於，在女兒一歲半剛學會走路不久，妻提出把女兒送去北京讓外母帶。我記得當我同意這決定時她綻放的笑容，肯定了她丈夫終於真的在幫她、諒解她。可是奇怪的事情又發生了，先是送票人來晚了，大廈停電，他抱怨了老半天才願意摸黑爬上十八層樓。

我忽忙收拾一番便開始喝酒，強迫自己亢奮以便於創作，明早七點去機場前一定要先交稿。天剛亮，妻也起床了，我聽到客廳外女兒叽噠叽噠地到處跑。電郵送出去了。快七點了。又甚麼給砸了？我出來一看，原來女兒把一張圓桌扳倒了，還好沒壓到她，可是妻卻在一旁僵住了，她正想卸掉那嬰兒椅，但一俯身，腰便劇痛

不止，痛得眼淚大顆大顆地滾下。不可能的，她自小身體很好，從沒住過院，也沒腰痛過。在飛機起飛前半小時，我用背帶揹著女兒，一手拖著大小行李，一手扶著舉步維艱的妻上路。

從來，我遇事必與天爭，我恨，我不甘心，是甚麼東西甚麼力量要阻止我們去北京？我偏要去，是神是鬼也阻不了我！

外母外父家在北京城南四環外的大興區，附近有所公安大學，還有一家叫「革命根據地」的飯館。我們抵京已晚，飯後便寢。第二天一早五點多，便與妻攜煙酒驅車赴河南一農村謁見「大仙」。拜了觀音諸佛，填寫了黃紙，妻跪拜時腰還彎不下去，最後領了些符咒之類回去。晚上，外母囑咐我們呆在房間關嚴了門，她燒了紙符繞女兒三匝，把髒東西一路領出了門。我不懂也不欲深究因由，總之妻的腰不疼了，女兒的眼神柔和了。這一刻，我才明白為甚麼浮士德願意出賣靈魂。

平生最滿足、最大的享受莫過於深夜寫作，寫得倦了悶了，去睡房看看她們倆。妻開始釋放了自己開始不再夢囈，我從背後走近時她也不再嚇得狂叫不休。女兒睡得香。她牙牙學語，開始有點京片子那清脆像銀鈴一樣的嗓音和嬌憨語態，哪怕是世上最兇殘的人聽了都會心軟的音樂啊！

我們在城郊五環外看房子，向外母外父借錢下了訂。

北京，一定要去北京，別無選擇。而在我們湊足了錢搬進自己的家之前，女兒不能在我們身邊了，她寄住在——北方人的說法是，姥姥姥爺家。這一年內，女兒沒進過醫院，沒摔過，真是奇跡！可是，我們間或去看她的時候，她老躲在姥姥腿後，埋著臉，不肯出來讓爸爸媽媽抱一下。最後哄她很久，她跟爸爸媽媽玩開了，走的時候，她又哭了，怵淒涼的，好像說不要留下她，只是不懂表達。我安慰妻，在離開小區的車上，我想，我情願她不再是我們的女兒，只要她健康，她開心，她好……妻的手緊緊地握著我的手，窗外，樹全禿了，枝椏刺刺的往後流動，北京的冬天

真夠荒涼。

就這樣，我偶然地功利地選擇了／被選擇了北京為安身立命的第二鄉，按流行的說法是「北漂」。

說也奇怪，之後我接二連三談了幾個劇本都必須來北京，不是電影，是電視劇。一個是台灣大老闆投資的，他上一部出品《七劍》聲勢浩大，這次還請了《臥虎藏龍》的監製，一切都充滿了憧憬，起碼兩個月後收樓那筆錢不愁了。有了自己的家，我們可以接女兒回來，三口子又在一起了。不止，我還同時接了中央台一個紀念張徹的武俠劇，劇組安排我住在城南白紙坊一個小區，同時運作著兩組共八、九個助手，整天開會，頭腦兩邊轉，頸椎腰椎都出毛病了。中央台那王甚麼總我頭一天見了便反感，這會不會是文化差異呢？吃一頓飯要人送禮，一邊抽煙一邊晃腿，無聊的電話一個接一個。他這一關我無論如何也過不了。退出後他到處跟人說我是啥編劇，不肯改劇本的，別人勸我給他打個電話說句好話。哈，我會嗎？我會嗎？我把希望全寄託在台灣大老闆那邊了，他經港時約監製和我吃過一次飯，大讚劇本很棒，但嫌打得不夠，錢不要緊，他要威。其實電視劇能賺多少，他賣的威士卡請了張學友打廣告，空前成功，那句家傳戶曉的話是他想出來的。

「我已經戒酒了，但是，好酒不能戒」之類吧。一個月後，監製跟我說劇本通不過。

「打得太多了，太花錢了。這位編劇是寫電影的吧，可能不適合寫連續劇。」

我開始酗酒，其實我並非乞求靈感，只是整天沉浸在幻覺裏好讓語言的文法放鬆，讓想像力脫韁，讓囚禁在石頭裏的靈感釋放出來。我指揮著我所創造的各色人物，安排了場景情節。那黃昏，詠春和丈夫冰霜前嫌就在結冰的湖上尋橋推手，雪落在他們身上之前融化，而身形手形皆消失，獨留下共舞的足印滑行在冰上……

他們的命運由我掌控，他們的情緒起伏喜怒哀樂人生的遇合挫

折或榮耀都俯仰由我，我要麼讓他／她受傷了、殘疾或夭亡，永遠得不到愛情又或者僥倖存於世遺世而相依，千古為之歌泣。我享受這書桌上無上權威的上帝感，法華為我而轉，我絕對自由我統治我自己。

「決定甚麼時候把女兒接回來？」妻問。

「新房子還有氣味，她哮喘，她不是有哮喘的麼？再說吧。」

「……」

「你想她了？」

「我媽說，寶寶挺有心眼的，有一天早上她吃紅薯吃得香，姥姥說高興便多吃些，她竟然又不吃了，也不讓我媽我爸吃，說：『別吃這麼多，給媽媽留一些。』姥姥說：『啊，你們家養了個孝順女兒。』姥爺便故意逗她：『寶寶，你老想著媽媽，媽媽不想你啊。』女兒聽了竟然走去打我爸的腿，還說：『爺爺真會挑撥！』噢，她才兩歲半，怎麼懂得『挑撥』這意思的？」

我忙，妻去大興看女兒了。回來，飯後，她哭著笑著說：

「今天回來，還是坐老楊的車。媽告訴我，她下午都會帶寶寶在小區蹓躂，寶寶看到老楊蹲在路邊啃西瓜，居然跑過去打他，姥姥大吃一驚，問她為甚麼打人？她說：『是他開車把媽媽接走的。』」

我也鼻子酸了。這年我苦幹苦拚要在北京立足，妻在幫我打字的過程中對編劇也發生了興趣，她和我合寫了一個三十集的連續劇，正四處托人向電視台兜售。如果女兒回來了，我們的生產力必然大減，有她在，我無法工作，她會跑進書房坐在我腿上亂按鍵盤……

女兒終於回來跟我們一起了，一推再推等嚴冬過去，三歲的她上幼兒園了。費了多少勁才消除了陌生感，我們發現她開始淘氣了，她有個怪行徑，就是愛爬高，你抱著她，她就往你懷裏爬，爬到肩膊頭頂，然後一縱跳下來，一點不害怕，難怪小時候老摔！

我們領她去超市，收銀的認得她。

「你叫甚麼名字呀？」

「我叫寶寶姐姐，是媽媽的寶寶，你們的姐姐！哈哈哈……」

超級市場的女生們都樂壞了。她的鬼主意特別多，小腦袋總是在思謀甚麼的，那天睡覺她給自己兩臂都套上了褲子和衣服，我說你幹嗎？

「不幹嗎，這是我的翅膀。」

女兒的確改變了我們，妻從憂鬱中走出來了。而我呢？人是很難看到自己的變化的，只是有一天我重看以前寫的劇本，那些沉痛、憤懣、殘酷的情節竟然叫自己也吃驚，我彷彿親睹昨日之我那被桎梏的靈魂在狂暴掙扎。我一一把未發表作品的結局改了，我原來已經厭惡悲劇。我開始害怕坐飛機，以前我一上飛機，喝杯啤酒倒頭便睡，萬事不理。現在我很醒覺，遇上氣流急墜，我心跳突突。我從不相信神，可是我沒種我祈禱了我不能死！我答應了妻她還沒死我不能死，女兒太小了。

妻又莫名其妙地腰疼了，且發覺有個規律，總是月經前出事的，小腹脹硬如石，大得像懷了四、五個月的身孕，深夜想翻翻身便劇痛不止，敷了熱水袋，貼了鎮痛膠布全不管用……最糟糕的是我出差不在家，凌晨兩點多接到電話，妻一開腔便嗚咽著說害怕……害怕要做手術……女兒聽到哭聲醒了，也哭了，摟著妻。

「……媽媽，你別哭……媽媽你為甚麼哭呀？」

她還學大人在痛的地方吹一吹，吹一吹就好了，媽媽……這一刻我身在香港不能擁抱你們……雖然妻在北京有父母姐姐在，但病痛恐懼時我仍然是她唯一的親人，這令我感到沉重而幸福而更勇敢……

我回家後，妻稍為好轉，翌日她可以多睡個懶覺，由我送女兒上學。啊！難以置信，這是我頭一次送女兒上學！

離我們家僅十分鐘步程，沿途都是經濟開發區齊整而充分綠化的小區。住在北京，每天得留意天氣預報，尤其在春天，南方的暖

流席捲而來，即將取替北方的高氣壓，可是西北、內蒙以至西伯利亞的冷鋒強橫地盤據著，戈壁沙漠吹颳脅持的黃土以五、六級風速不定時地襲向京津，沿線拋下幾千噸的沙垢，再跨越黃海渤海直奔韓日。這早上本來明媚清爽，僅僅一分鐘內，天空驟暗，橙黃灰濛沉滯的太陽霧化了，枝葉猛搖，行人狼狽走避，然而沙塵暴沒來，只是大風橫掃，嬰兒車被吹倒……我猛然回頭，女兒呢？她是不是進了麵包店？沒有！我跑出大路，頭髮亂扯，寶寶！幼兒院左側有塊空地，遠一點矗立著工廠的煙囪，連煙也飆散了，街上車和人都不見了，我叫著喊著跑著，我看到工地的草坪上女兒給強風吹起來了！天啊！她的腳離地了，寶寶！

　　女兒肯定嚇壞了，她嚇壞了，張著臂見到爸爸，爸爸來救你！一直以來她都被親友鄰居說她偏瘦，身輕可憐呀！是，我不對，我們沒帶好她。我拚命追上去，她一定哭了，可是不呀，她幹嗎？她既害怕又興奮在氣流中嘗試著穩定自己，伸開雙手，彷彿是在發明新的遊戲，而裙子霍霍飄揚，辮子散開了，她沒有被捲走，卻迎風停留在那裏，懸空著好像感到成功了，好玩了，笑了，她叫爸爸！爸爸！我撲上去一把抱住她，啊，我沒有失去她，謝天謝地，我沒有失去她。

　　她埋在我懷裏等風逝去，等太陽回歸。

　　「飛高高！爸爸，飛高高，哈哈哈……」

　　「這事不能告訴老師，知道了嗎？」她點頭。「也不能告訴媽媽，也不能告訴姥姥姥爺。」

　　「知道了！知道了！知道了！」

　　為甚麼不告訴妻呢？我也不太明白自己，也許最近方方面面發生的事情太多了，她沒必要承受更多意外，又或許，這是我和女兒血緣之間的一個秘密懸念。那天之後，不尋常的感覺困擾著我，我一有空便觀察女兒的行為，尤其是她自個玩的時候。她膽小怕黑，愛穿媽媽的高跟鞋、磨膏膏、照顧她的毛公仔……她怕熱，後

腦勺子怪燙熱的，睡覺便冒大汗，我笑她做「汗寶寶」，諧音「漢堡包」。一切很正常呀，唯獨她不畏高，老爬上沙發靠背上不顧後果縱身跳下，摔痛了又再爬，還有老賴在我大腿上要抱起她「飛高高」……

對！她那天停留在風中伸開雙手，她是在學習平衡，她好像有一股慾望一種不學而會的本能要「飛高高」的！我不敢再想下去了，這純粹是意外，幸好當天沒有人看見。

誰能有這個勇氣旅行到自己神秘的內在？現今世界流行挑戰極限、挑戰速度時間或僅僅挑戰無聊的數字，像健力士紀錄，像福布斯全球五百首富。我挑戰甚麼？挑戰自己？太老生常談了。美國垮掉一代的嬉皮士不就試過縱情性愛酒精大麻，讓自己沉淪到地獄底層再仰望上帝？真誠的藝術家一定是這樣的：要回去就必得先被放逐。

我從小到大都重複再重複夢見過自己彩色或黑白地飛翔。

在香港，我長大的廉租屋區因政府進行遷拆而漸漸空置，只有老人和道友才留守著這大廈。入黑後人影罕見，電梯傷痕斑斑悶發著一股尿臊味無法消除無法迴避。我夢見自己小時候在梯間把破爛的光管砸成粉末，盛在火柴盒裏，倒入膠水，調成了玻璃漿。火柴盒兩邊穿洞，引一根線穿過去，浸泡後拉出，一乾凝便黏結得鋒利割手。我們叫風箏作「紙鳶」，苦於沒錢買，秋風起時，見空地上孩子們都放得樂滋滋的便蠢蠢癢癢的不甘心，撕下學校的習作簿，兩邊對摺成凵形，再用火柴枝把一截截報紙條別起來做尾巴，一隻俗稱「棺材鳶」便自製成功了。我渴望著風，渴望著它高飛，雖然它其貌不揚，它低賤，但我會剟落那些大蝴蝶，玻璃線成了我暴力的野心武器。可是我惹麻煩了，三幾個赤膊阿飛衝過來追我打，我在睡夢中一害怕便呼吸困難但醒不來！我跑呀跑的來到另一座大廈，四下無人又走投無路了，說也奇怪我好像有目的地尋找甚麼等待著甚麼，然後我來到大廈地層一個通道口，我興奮了，為甚麼興

奮我不大明白，原來這通道口發揮了峽谷作用，風力特猛，就在他們快追近的一刻，我張開雙臂雙腳離地，我飛起來了，我真的飛起來了！我感到涼爽的無形的力量承托著我，把衣服鼓鼓地充盈，我升起來了，還向著下面的阿飛嘲笑著……我飛了多久？在高空、薄霧間，還記得下瞰海上小小的船帆。我突然想回家了，手往左一傾，哈，果然向左轉去了，我能掌握自己和氣流的關係，最有趣的是我不用搭電梯爬樓梯了，我直接飛到七樓我家的窗台外面，拉開鐵櫳便施施然跨進屋子了。在這以後，有關飛行的夢稀疏不斷，擺脫危險和煩囂，我自由自主，我喜歡空氣的透明和力量感周流全身，在大廈、叢林和石崖上飛翔……只是有一次我飛得太高了，我觸摸到宇宙頂穹垂下來的巨大的水晶鐘乳，那寒透的深邃的藍色叫我害怕；也試過在巷子裏高速飛行，太快了心臟承受不了，醒時胸口疼痛近乎窒息。

從此我對人類飛行的歷史或傳奇發生了奇妙的興趣。先說清楚，我不是對達芬奇那種飛行機器或超音速甚麼的感興趣，而是人，不靠任何輔助像鳥一樣飛翔的種種傳說。《山海經》最早記載了羽人族，大概是人和鳥之間的近親吧。商代已有「活環屈蹲玉羽人」出土。先秦的漆器漢代的畫像石、瓦當、銅鐘、玉器都保存了羽人的形象。《楚辭》不是說了嗎？「仍羽人於丹丘兮，留不死之歸鄉。」

我不能苟同一個說法——敦煌飛天光憑絲帶飄動便暗示了飛，這藝術層次比扇動翅膀的更高。西方的天使、希臘神話都長翅膀的，他們不是憑修煉而成為列子「乘虛御風」的神仙，可能有些還是人神之間在進化中基因出現誤差的悲壯異類。在西奈山，有一族羽人遭受到大規模獵殺而從此凋零。會飛，想飛，原來是不務實的瀰天大罪，我懷疑他們的遺裔會不會至今還匿藏在城市的蕪雜和喧囂間迷失了自己。

小時候看過一齣美國電視片集，講的是一個小修女，她的帽子

兩側像極了一雙翅膀，她確有飛行的本領，雖然院長老告誡她不准擅用這秘密的天賦，可幾乎每一集，她都會表現一下，白色的修女袍在藍天上鷹揚鼓動。

阿倫・柏加以《午夜快車》成名，但我最感動的是看他的Birdy，尼古拉斯基治初出道前主演的一部以底特律費城為存在主義式處境電影，他的摯友進了精神病院，原因是覺悟到自己是一隻鳥，他赤裸地蹲在窗台，雙肩癢而疼痛，而天空的誘惑遙遙呼喚，回歸有期。

妻和我合作寫的一個電視連續劇終於能賣出去了！當我收到第一期片酬，我才感覺到終於被接受了，或者是被接收了都無所謂，這樣我可以償還部分債務且期待著第二期第三期，美好的人生和幸福感和我的專業尊嚴，嘿，都回來了。

江蘇電視台的老總約我在咖啡店會面。

「非常好，我們台有五個高層看了，都說近幾年來沒見過這麼棒的劇本。」

香港監製和我在旺角火車站的酒店大堂約見。

「我在這一行做了三十年了，很少的，真的很好，真的，我停不了追下去看呢。」

一個月後劇組進酒店，我應監製要求開始修訂最後的拍攝稿，第一集改了三稿還不滿意，等香港總導演歸隊再說吧。豈料分歧更大，他想第一場來個派對，所有一號二號都出場熱鬧熱鬧。我說劇情上沒這個必要呀，倒不如盡快讓懸念提早出現。我望望監製，監製他不吭聲！

妻幫我一起改，她當然支援我的想法，可是不改不成啊！他們找不到出名的演員當女主角，便推說一定是劇本有問題。更糟糕的是老總把劇本給了大製片家瓊瑤的媳婦看了，回饋的評語諸多質疑，上層信心動搖了。我們日以繼夜地改到第二十三集時，忽然整個劇組被飭令停工，電視台派來了一個文學策劃甚麼甚麼老師，身

邊還帶上了一個年輕的女的，是助手吧，介紹說曾出版過一兩部長篇小說。她架著黑框眼鏡，飯後不停抽煙，談到她們台曾經買下一位作家有關南京遺事的得獎小說，作家要求當編劇，寫出來的東西⋯⋯

「不行的，一個字不能用。」黑框眼鏡女青年雙指夾煙不屑地一揮。

最後大家碰杯。

香港監製雙手撮起一小杯劍南春向那甚麼甚麼老師敬酒。

「X老師，我一眼見你就覺得同你好合得來，有你，這個劇一定成功！」

黑框眼鏡女青年也站起來舉杯：

「對！跟緊領導沒錯的。X老師乾杯！」

出差在即，我們請外母來照顧女兒，她牽著外母的手在門口送行：

「爸爸媽媽去工作吧，我在家做個好寶寶。」

劇組為了省錢不坐飛機，拉了一輛依維科小巴，跑了十幾個小時，在車上挨餓抵冷憋尿，深夜四時才到達青島。妻頭一次陪我進劇組，拍攝在五個星期後展開，時間挺緊張的，因為第十六集以後要大修，前面的由黑框眼鏡女青年以「編輯」身份刪定，以後的我必須在兩星期內按照新的故事大綱重寫。

「為甚麼之前說很好，五個高層誇這個劇本，監製還說追著看，現在監製為甚麼不站出來說句公道話？他也是香港人嘛。」

劇組的工作人員對我也明顯地擺出前恭後倨之態，有些甚至視我如透明。分給我們的房間正對著馬路三岔口，車聲和對街夜店的強勁音樂，還有醉酒摔瓶子打架謾罵⋯⋯根本沒法睡。而其他的主創都住高層、在後座，下臨幽靜的動物園草坪。

我早就準備了一切就範，第三期的錢拿不到的話我會很麻煩很麻煩。夫妻倆抱病奮鬥，在十一月天氣變冷而手指僵硬不聽使喚的

情況下，妻又腰疼了，小腹鼓脹難受，附近超市又買不到熱水袋，我湊合把三個綠茶空瓶子灌了滾水，用塑膠紙封在蓋口上旋死了，讓妻敷上以權充一時，嘿，果然見效！但物質、環境、肉體上的打擊並非最致命的，黑框眼鏡女青年把我們之前十六集全改了，工作人員晚上挨門一一派發，從門縫下投進來，我收了自己不看也不讓妻看，可她偏好奇。

「別看了，看了你一定會生氣，影響後面寫的。」

妻偏要看，看完臉色大變。

「她為甚麼要把餐廳改到夜總會去了？」

「改改場景沒甚麼的。」

「噢，你看，這裏。」

「我不看。」

「這行嗎？我們這個劇是關於醫生的，女二號盲了，必須施手術，而偏偏她最痛恨的男人是青島最出色的眼科，為了這事費了多少周章？可這裏啊，是她加進去的，男女主角在街上閒逛，有個瞎子經過，因為女主角太漂亮了，他竟然突然開眼了！就這樣好了，復明了！……噢，天！這麼幼稚不合情理不科學的東西都能編，為甚麼？這比我們原來寫的好看嗎？」

我不聽猶可，聽了，胸口悶得無法平衡，後面的怎麼寫下去？我沒法愚蠢下去順著她們的胡鬧邏輯犧牲我的尊嚴，我的專業尊嚴！在這小房間，在這一刻，我和妻頓成孤島。

後來我才知道我們後面寫的根本沒用上，老總不肯付第三期，還問我害羞不害羞，東西要人改？我憋了一肚子氣，改得好嗎？你原來不是說五年來沒見過這麼棒的劇本嗎？為甚麼找個人來兩三個星期內就全抹殺了我們大半年的心血？你自己究竟有沒有看過她怎麼改的？

那個黑框眼鏡女青年還要求把自己的名字加到編劇署名上。

妻明顯消瘦了，離開青島時沒有人理會我們，飛機票也是自己

先墊的。夫妻倆交叉感染病好了又再病，她頭一次親身經歷我所遭遇的無常、人情冷暖、荒誕的境遇和壓力下的扭曲。

身心俱疲的爸爸媽媽回家了，無論如何，有女兒的擁抱和誇張的吻，噢，感謝上帝！

然而我事後在想，妻的病暗中加重了就因為這次陪我去青島。

北京城，居大不易。

我希望家裏的秩序盡快回復正常。我們出門的這個月女兒不願意上學，說是學校的飯不好吃，老師教她的英語口音我沒法聽得懂，甚麼「骨的媽咪」？原來是「Good morning」！

以前女兒見過我們去做足療，她學得挺像樣的，回家後第二天她要替我們掐腳、搥背……

「舒服了嗎？」

「舒服了，謝謝寶寶。」妻親得她咯吱咯吱的笑瘋了。

我還沒有復原，第三期的錢一天解決不了一天未能緩憂。我找過律師，找過仲介人談，甚至找過公安朋友。

手上已經沒有其他項目了，加上之前幾個劇本都沒有「善終」，沒有作品面世一切便回到零，我要打進中國市場也就前途成疑。春節快到了，無論如何要有點收入，我不停打電話，香港來的朋友中有些已經在這裏扎根，有個拍殭屍片的導演叫我出去喝酒，席上罵我不給他面子，一年前他不就跟我說好了，給他寫兩個劇本，一個他拍一個我拍，可是我不理他。唉，殭屍片我寫不來呀！不行，你這是看不起我，罰，先自乾三杯。那是二鍋頭，我不慣那股臭香味。深夜酩酊回家，倒臥客廳，爬行著，脫掉一身煙熏過的衣服，伏在馬桶上吐，吐過了頭痛欲裂。妻抱不起沉重如死的身軀……我在哪裏了？我睏我失眠我想躲進意識下層不真實的真實世界裏徜徉，我見到女兒出來了，幾點鐘了？

「爸爸抱一抱。」

我的眼淚升上來了，我從來就是個愛哭的男人。她摸了我的臉

還吹一吹，說，爸爸飛高高的。窗沒有關，風捲進來了，我起初誤會了把她舉起來，拋一拋讓她害怕又興奮又樂滋滋地笑……不！她的意思是，爸爸，我們飛高高吧，有風，風風呀！天！她飄起來了嗎？不，為甚麼為甚麼我已經不能相信原始的記憶，我本來是能飛的嗎？寶寶，爸爸沒用，可是遙遠的呼喚啊令我雙肩的癢痛忿怒萌芽……

原刊《香港文學》2006年9月號

琴弓拉出的鳥　　　◎ 鄒文律

　　「樂器的日子久了，便會孵出一隻沉睡的鳥。當妳能夠喚醒鳥，牠便會成為妳最忠實的朋友。」寧永遠都記得祖母這段說話，雖然她早已徹底忘掉兒時聽過的所有美麗童話。

　　寧閉上眼，再張開。音樂室空無一人。掛在牆上的音樂家畫像，正在觀看微型水母般的灰塵於陽光裏飄浮。琴腳撐起的大提琴穩穩地倚在兩腿之間，如一隻躺在懷裏沉睡的大鳥。她吸了一口房中潮濕的空氣，左手按弦，右手輕緩地拉動琴弓。在四月潮濕的早上艾爾加《E小調大提琴協奏曲》沿著琴弦釋放滿室深秋的黃葉。吊在天花上的風扇疲弱地轉動，地上翻滾的落葉發出零落的應和。松鼠從琴盒內跑出，踏過落葉引發輕微的窸窣聲。寧看著置放角落的直身鏡，鏡內有一個長髮瘦伶的女孩，吃力地舞動雙臂想要喚醒懷裏的鳥。松鼠越來越多，團團的圍著寧站著。鳥並沒有反應。

　　上課鈴聲驟起，高亢的銳響把低徊的琴音打斷，像絮語中的情人突如其來地發難。音樂室的門被打開，光線魯莽地湧進，把地上的黃葉照得粉碎，松鼠當場斃命。K站在門外，逆光的位置讓他的黑影拉得很長，延伸至寧的腳旁。她閉上眼，拉出節奏相當急速的第二樂章，琴弓在弦線之間來回跳躍與滑動，黃葉始終沒有再出現。琴弓來到第二樂章最後的小節，門再次關上，黑影消失了。寧提著琴弓的手癱軟下來，剛才的樂章因為肌肉緊張而用力過猛，音色像變質的過期罐頭。她抱著懷內的琴，像抱住快要碎掉的自己。

　　操場傳來經過揚聲器增幅的訓導主任聲音，穩實的女性音調嚴厲地警告女同學的頭髮長度不能超過肩膀。超過的話頭髮必須紮

成馬尾或盤成髻，不然就會被剪掉。風紀不斷在行列之間巡視，確保同學的外表與衣著符合校方規定。接著訓導主任宣讀本月全校測驗成績最低的十位學生名字，他們將被剝奪參與任何課外活動的權利一個月，並在該月內被隔離上課。學生會會長上台發言，題目是「成為考試機器的十種方法」——方法包括到校方建議的優質補習社補習，把家裏與考試無關的小說、CD、寵物、盆栽全部丟掉，把睡房改建成宜於溫習的溫室⋯⋯校長宣佈去年於公開試取得6A成績同學的名字。名字已經刻在禮堂的雲石碑柱上，歡迎同學瞻仰。寧不想再聽下去，從書包掏出錄音機，按下啟動鍵。磁帶開始旋捲，寧握著琴弓拉出巴哈《無伴奏大提琴組曲》第六號的〈基格舞曲〉。滑翔的海鷗穿過緊閉的玻璃窗，在寧的頭頂盤旋，以分段側翻的特技閃避刺進室內的中年女子聲音。灰色的鴿子在地上蹦跳，不時發出咕咕的聲音，難以判斷是和聲還是驚恐的叫聲。寧懷中的鳥仍舊靜默如昔。

I城回歸C國後，經濟就像一隻不斷下沉的帆船。養育兒女的成本激增，開始出現棄家出走的父母，後來更成為普遍現象。也有父母選擇先殺掉自己的兒女，再行自首或出走。失去父母的「失親學童」大量湧現，政府於是立法把未成年人士的監護權攤分給學校與家長，確保未成年學童不會頓失依靠。自從父親和母親毫無徵兆地離家出走後，家裏只剩下寧和姐姐，還有住在老人院的祖母。「飛翔和重生只對喜歡幻想的人適用。」姐姐經常這樣說。姐姐十四歲交上第一位男朋友，為了他一個簡單的承諾而私奔。兩個月後姐姐回來，如同一隻被毒打後遺棄的狗。自此姐姐不斷轉換男朋友，欺騙他們的金錢，並以此為終生職業。

寧非常討厭學校的早會。她起先學習關閉耳朵，成效卻差強人意。後來寧索性躲在音樂室，以大提琴築起隱形的圍牆，藉練琴為名拒絕出席早會。她知道訓導主任非常不滿，而K則一直維護她。K是寧的音樂老師，指導的三重奏樂團經常得獎，獎項堆滿了校長

室的陳列櫃。小提琴手盈在某次練習後告訴寧，年輕的K是 I 城甚有天份的大提琴家，後來因為家庭經濟問題無法到外國學習，只好放棄成為專業大提琴家的夢想，在學校任職音樂老師。像K這種才華被揮發的情況於 I 城俯拾皆是。寧對K的故事無甚興趣，但盈習慣以仰慕明星的神情反覆述說當中薄弱的情節，年輕的K揹著大提琴失意街頭的樣子逐漸成為寧腦海裏揮之不去的圖像。

早會的聲音清晰可聞，《基格舞曲》只是一道滿佈洞孔和裂縫的圍牆，勉力維持一種阻隔的姿態。訓導主任繼續發言，焦躁不安地告誡同學不能穿著校服流連街上、隨處買東西吃、高聲談笑、使用手提電話……一經發現，校方保留起訴學生「破壞校譽」罪名的權利。寧很清楚，所有同學都竭力恪守藤蔓般日益增生的校規，除了她。有一次寧忘了紮馬尾，訓導主任便當眾剪掉她流散的長髮。寧想要反抗，但兩位風紀各抓住她的一條胳膊。寧不斷搖頭，長髮紛紛掉落，像攔腰被切斷的蛇。第二天，寧把頭髮全部剃掉，引來同學驚詫與艷羨的目光。訓導主任悻悻然地望著她，並在當天放學前的集會上宣佈，從今以後同學都不能光著頭上學。

早會完結的鈴聲響起，寧拉出最後一個音符，一點不含糊。據說，《基格舞曲》象徵了「飛翔、重生」。

今天的生物課關於「疾病預防與控制」。上課地點在生物實驗室，老師同學都穿上了生化保護衣。王老師向同學指出當今最危險的傳染病首推禽流感。 I 城擁有為數不少的候鳥，留鳥在本土亦有跨區遷移的習性，人禽之間交叉感染的風險大增。有見及此，政府發起「全城撲殺禽鳥大行動」，所有市民皆需要交出他們飼養的鳥類，發現鳥巢後可以到警局舉報，或在安全的情況下自行撲殺。為了讓學生學習安全地捕殺日常所見之鳥類，學校特地在行將清拆的雀鳥街搜羅一批雀鳥。穿上了生化保護衣的王老師動作笨拙地執起一柄手槍。

「這柄氣槍的槍口能量足以把麻鷹擊昏。」王老師操一口並不流利的C國語言。教育部規定所有學校在高中全面採用多語學習模式，希望學生能夠掌握擁有國際競爭力的E國及C國語言；部分科目更採用了F國和J國的語言，增加學生學習外語的機會。這種多語學習模式廣受Ｉ城商界和家長的歡迎，認為此舉有助Ｉ城的持續發展。雖然大部分學生並不明白背後的真實原因：Ｉ城的教育部部長懂得十國語言，卻在留學的三十年間徹底遺忘作為母語的Ｉ城語言。王老師以手槍瞄準籠內的綠繡眼，退後五步，連發十多槍。綠繡眼嚇得在籠內又跳又叫，毫髮無傷。「當你把目標打暈後，便要用漂白水把牠殺死。」王老師若無其事地打開一個黑色垃圾膠袋，把鳥籠和綠繡眼丟進去，再倒進一整瓶漂白水。漂白水散發出濃烈而刺鼻的味道，綠繡眼跳著瘋狂之舞。「把袋口綁好，再用力搖二十下。」王老師使出全身氣力，弄得滿頭大汗，頭罩上的玻璃護鏡被霧氣弄得模糊一片。綠繡眼的叫聲漸趨斷續和微弱。

　　「大家應該知道，殺鳥是給牠們重生的機會。」王老師揚起手，表示接下來是同學實習的時間。

　　雀鳥全被放出來，在實驗室內飛竄。氣槍射擊的聲音此起彼落，雀鳥的嘶鳴混和同學被氣槍誤擊的慘叫。一位男同學撿起地上暈倒的畫眉，顫抖著把牠放進膠袋後，跪倒地上哭個不停。另一位女同學掂起暈倒的麻雀，溫柔地餵牠喝下漂白水。嗆喉的味道越來越濃重，盈不斷咳嗽著說她有噁心的感覺。羽毛漫天飛揚，隔著厚重的防護衣，寧把自己的右臂想像成指板，練習貝多芬《幽靈三重奏》。K說過，他們要以這支曲目揚威國際青年音樂家比賽。「我們怎麼可能做到？」盈聽到要參賽時露出困惑的樣子。「你們要相信自己的能力。」K伸出手想要拍拍盈的肩膀，卻在半空中被盈緊緊握住：「真的嗎？」盈的眼眸漲滿了淚水，仿如家裏急須撫慰的小貓。寧抿著嘴，思量比賽對她的意義。「我是不可能輸的。妳們別連累我。」彈鋼琴的樹冷冷地說：「我不希望這次成為我第一個

不能贏取冠軍的比賽。」

不消二十分鐘，雀鳥全被撲殺一空。王老師似乎相當滿意同學的效率，鼓勵大家平常多作練習，保護 I 城免受疫症侵擾。當王老師把他的說話重複第十遍後，一位同學突然站起來，脫下頭盔，挺起身子昂起歪斜的頭，滿頭白髮非常耀眼。

「你們正在進行殺死我的練習。」白髮同學宣佈著。王老師正待回話，但剛才重複的講話讓他感到防護衣內氧氣嚴重不足。「我現在就去死。」白髮同學抓起桌上的氣槍，把槍口用力地壓著太陽穴。扳機扣下，槍膛響起壓縮空氣擠出的聲音。白髮同學誇張地展開雙手跌下，打翻了放在一旁的漂白水。地上的漂白水迅速漫開。同學紛紛退後，盯著白髮同學倒在漂白水上，暗中期待那片遲遲未來的紅色。「大家不用慌張，她的氣槍根本沒有子彈。班長，馬上扶白髮同學到保健室。」王老師總算調整好呼吸。兩位班長聞言隨即蹣跚地走向白髮同學，動作生硬得像一部給小學生玩的電動機器人。「別忘了先脫下防護衣，很貴的，不能弄破。」王老師急忙補充說。

163

寧和白髮同學沒有交情，她也想不起白髮同學的真實名字，遂無法悲哀起來。記憶裏白髮同學是一位文靜安嫻的好學生，長著一把修剪整齊的烏黑油亮及肩髮，成績永遠優秀。但自從高中課程全部轉為多語學習模式後，她的白髮與陡然增加的溫習時間共生，把她纏成一具腦袋被打歪的人偶。白髮同學經常問其他同學，「你是否很討厭我？」，或者「我是否像一隻天鵝？」之類的問題。同學都認為她得了精神病。K曾經以白髮同學為例去信教育部，請求重新評估多語學習模式的教學成效。教育部回覆說：他們從不評論個別事件。如需精神治療援助，他們願意把白髮同學的個案轉介到公營醫院。

白髮同學最後被送進醫院，再沒有人提及她的近況，就像學校從來沒有這個學生那樣。

三重奏練習編排在每天的放學後。這天集中練習節奏急激的第一樂章。盈的小提琴好幾次趕不上，弄得樹不耐煩地踮著腳。K耐心地指導盈，希望三種樂器能夠造出競奏而不紊亂的效果。當練習踏入第三遍時，樹忽然停手：「妳還是先練習好再找我吧，我沒有多餘的時間。」樹離開後盈忍不住哭起來，接過K遞上的紙巾時順理成章地撲進他懷內。K有點無奈地望了寧一眼，寧垂下琴弓，別過臉不去承接他的視線。

　　盈因為哭得太累，披著K的外套倚著鋼琴睡去。寧收拾好大提琴，揹著與她瘦削身軀不成比例的琴盒離開音樂室。傍晚時分走廊很靜，寧聽見K漸近的腳步聲。寧停下來，轉身，夕陽薰出琴盒巨大的影子覆蓋了她。K勒住急速的腳步，再一步一步走近寧：「別忘了星期六的大師班。」寧拘謹淡白地笑了笑：「我記得。謝謝你替我報名。」「別客氣。魯丁是世界一流的大提琴家，今次的曲目有妳喜歡的艾爾加。」「嗯。」K來到與寧非常接近的距離，她快要感受到他的鼻息。K珍而重之地拉起了寧低垂的手：「公開試以後打算回來升學嗎？」「不會。」「為甚麼呢？」「我已經不想再留下來了。」「但妳能到哪裏呢？」「我打算念音樂學院，專心學習大提琴。」「妳想成為專業的演奏家？」「我想全心全意地拉琴。」K有點錯愕，但語氣調整得很快：「這條路沒有妳想像的容易。」「我知道。」「音樂學院學費很貴。」「我知道。」「留下來吧，我會以兩年的時間訓練妳成為一級的大提琴手。妳擁有妳不知道的才華。」「我不可能考取足夠的分數。」「我可以替妳免費補習。」寧不作聲，空氣逐漸在兩人之間凝固，並在寧摔開K的手時碎裂。「再留下來，他們早晚會殺掉牠。」寧瞄了手上的大提琴一眼。惘然的K目送寧遠去的身影，完全沒有發現身後那對窺視的眼。

　　大師班在音樂學院舉行，共有三十多位學生。魯丁首先示範艾爾加《E小調大提琴協奏曲》的第一樂章，然後請每位學生拉奏數

個小節，以便進行個別指導。輪到寧的時候，她望了望音樂廳天花的水晶燈，低頭用心拉出滿地秋色，直到第一樂章完結。魯丁拍拍手：「妳有天份，也有一件很好的樂器。不過，它似乎睡著了。」「你覺得我能喚醒它嗎？」「妳讓我試一試。」魯丁從寧手上接過琴和琴弓，寧忽然有一種失去手腳的痛楚。魯丁握著琴弓，仔細地打量琴身，拉出第一樂章。他旁若無人地拉著，琴音準確而圓潤。寧看見猴子攀越林葉，野鹿踏過溪流，還有一隻白色身影在密林深處的湖中閃亮……那就是鳥嗎？寧睜大眼睛，仍然無法看得清楚。魯丁停下琴弓，他已經完成整首《E小調大提琴協奏曲》。全場鴉雀無聲，久久才意識到拍掌的需要。魯丁轉身看著寧。「這真是一把好琴。」「祖母留給我的。」魯丁憐愛地撫摸著琴身：「一定很珍貴了。」「能把琴還給我嗎？」「真的不好意思。這實在是一把好琴。」魯丁把琴還給寧，戀戀不捨的眼神透出強烈的慾望。

接下來的課非常混亂。魯丁好像無法集中，示範時總是無法拉出自己滿意的音色，對學生的錯誤也越發不能接受。有一位肥胖女孩數次因為更換把位過慢而被魯丁用琴弓抽打。女孩哭喪著臉繼續進行失敗的嘗試，其他同學露出理所當然的樣子，秘密交換他們被音樂老師以琴弓抽打的故事。

寧在大師班完結前便離開。音樂學院外街燈一字排開，明亮刺眼的光暈令寧直流眼水。路的盡頭出現一位穿著黑色大衣的男人，低著頭匆匆而行。他在距離寧十多步時突然加速，打算搶奪寧揹著的大提琴。寧緊抓琴盒不放，男人狠狠地給寧一記耳光。寧不甘示弱，一手抓往男人的臉，立時抓出一道血痕。這時候，K突然出現，硬生生地拉開了男人，把他摔倒地上。男人正待發難，瞥見遠處有兩名警察逡巡而至，急忙逃跑。

男人走後，K替寧整理好稍顯凌亂的衣領，把自己的大褸披在她身上。K看著大褸裏失神而瘦小的寧，抱住小貓一樣抱住了她。「讓我照顧妳好嗎？」寧不能不承認她有一刻的心動，但她隨即發

現自己的處境：一隻被遺棄在路上的小貓，剛巧遇見善良的途人。寧的眼神漸凍下來，清楚被照顧往往意味得到的和失去的一樣多，例如會被豢養，並逐漸失去自己的形狀。K抬起寧低垂的臉，眼神有深情的誘惑：「妳知道妳是多麼的漂亮嗎？每次看見妳的背影，我都想從後抱著妳。」寧看著K逐漸湊近的唇，胸中湧起強烈的嘔吐感。她掙脫K的手，在馬路旁嘩啦嘩啦地吐起來。兩名警察走過，再走遠，留下好奇的目光。

　　K從後摟住寧的腰，撫掃著她突現而起伏的脊骨：「沒事了，一切都會好起來。」寧忽然感到一股翳悶感沿脊骨蔓延全身。她不顧一切地衝出去，在無人的馬路上奔馳。寧不能自制地跑著，跑著，背上的大提琴左右搖晃。迎面跑來一輛貨車，巨大的車頭射出白森森的光束。寧及時拐彎，在嘯哽的響號聲中跌入左面的行人路。街燈壞了，一閃一閃的。寧披頭散髮地跌坐地上，琴盒在行人路上滑出一段並不順暢的軌跡。

　　「妳還要繼續拉大提琴嗎？」姐姐已經第四十八次問這個問題，寧無法解釋地清楚記得提問的準確次數。「不再拉琴的話，我便甚麼都不是了。」「妳以為自己是甚麼？妳從來不曾是甚麼。」「至少我能夠拉大提琴。」「街上的乞丐都能夠拉二胡。」「我會找兼職。」「妳懂得做甚麼？教琴嗎？你沒有發現最近很多琴行倒閉了？孩子全都去上補習班。」「總會有人願意學習的。」「家裏已經沒錢了。祖母住的老人院又嚷著加價。」姐姐不由分說地一腳踢在琴盒上，痛得捧著腳大叫大喊。「早跟妳說過，琴盒的夾層嵌了鋼片和防震物料。」寧穿上深藍色的校褸。姐姐怨毒地盯著寧，她肯定妹妹將為自己的偏執虛耗一生。

　　「我上學了。」寧好整以暇地拾起地上的大提琴，抱著它離開。

　　祖母居住的老人院位於一幢舊式大廈內。陽光從牆上細小的窗戶射進。看更還未醒來。電梯門是一道鐵閘，拉開或關上都會發出

咿呀的聲音。寧和大提琴剛好把電梯內的空間佔據。電梯經歷一次不小的震動後停在三樓，寧步出電梯向左轉，推開白色的門。門旁有一塊綠色塑料招牌：「杏花護老院」。

老人院總有一種揮之不去的腐朽氣息，滲著強烈的清潔劑氣味，令寧想起肚皮被打開後躺在街市的豬。老人院以木板區隔床位，鄰近入口的地方則放了數排椅子，椅子的前方有電視機，作為老人們離床後唯一的活動空間。電視機播著《帝女花》，長平公主和她的父皇正在糾纏。兩位老人一動也不動地坐著，混濁的眼眸映著吃了一劍倒下的公主。粵曲的聲音很大，把老人偶然的呻吟都掩蓋了。寧在狹窄的通道裏轉了幾次，看見許多纏綿病榻的老人，連著骨的肌肉都融化為鬆軟的脂肪，露出各種無以名狀的扭曲姿勢，像一具具被棄置在集中營的屍體。寧微微笑了，有一種安心的感覺。

祖母因為駝背只好卷曲著身子躺在床上，沉沉地睡著。剛走過的看護以帶有C國口音的Ｉ城語言說：「她已經很久沒有醒來。我們打算替她打點滴。妳記著離開前到接待處預繳所需費用。」

寧拾起祖母佈滿老人斑的手，雙手包裹著那幼小嶙峋的鳥爪，像一隻閉合的貝。寧打開書包，把錄下的《基格舞曲》放進祖母枕邊的Walkman，為她戴上一邊的耳筒，再為自己戴上另一邊。粵曲的聲音從另一邊耳朵闖入，加上器材不佳和環境雜音，寧幾乎不能辨認當中走調的音色。

「很難聽呢。」寧把自己蜷縮在椅子上，環抱著膝蓋無聲地哭了。大提琴直愣愣地倚著床沿。

寧四歲的時候，祖母送了她一把大提琴。大提琴的外表就像祖母一樣陳舊，木漆並不光潔。肥胖的祖母環抱著大提琴，琴弓在A弦上拉出定弦音。寧記得，鳥低沉的呼喚與她體內某種初始的聲音相契合。「當鳥醒來後，妳便可以乘著牠到達另外一個世界。」寧一直被這些玄妙的說話所吸引，跟隨祖母學習大提琴。祖母中風入住老人院之後，寧的音樂才華被K發現，追隨他學習至今。

今天是三重奏比賽的日子，K為樂團申請的事假被校方拒絕，理由是今天有職業輔導小組舉辦的「未來職業扮演工作坊」。校方將依據各級高中同學的成績和家庭社經地位，以電腦進行分析，按照電腦編定的場合，讓同學在班上預演自己未來從事的工作。寧和樹被編入同一組。寧將來的工作是某大企業之接待員，樹則是行政總裁。電腦設計的場合為「主管巡視各部門工作，發現公司的接待員工作態度不夠積極。」

　　「妳知道自己的服務態度很差嗎？對來訪的客人應該滿臉笑容才是！」樹演繹得相當投入。「不好意思。」「光說不做有用嗎？下次別再給我看見妳整天哭喪著臉！」「是的，總裁。」寧木訥地點頭。這時候，負責主持的訓導主任連忙喊停：「你們的演出一點真實感都沒有，看我示範一次。」訓導主任來到寧跟前，厲聲地質問：「妳呢件廢柴知唔知公司出幾錢養妳？」「不知道。」「仲駁嘴？如果唔係公司養住妳，妳咁既服務態度實行瞓街啦！」寧二話不說，提起大提琴便走。「妳同我企喺度！仲走？妳試下行出呢間公司……」訓導主任的聲音越來越遠，終至消失。

　　放學後的三重奏練習，寧照常出席，而且表現得若無其事。盈告訴寧，訓導主任氣得把桌子都打翻了。寧毫不在意訓導主任的感覺，繼續專注於拉奏大提琴，心裏只想著幽靈和鳥之間可能有的微妙關係。

　　晚上，比賽在音樂學院舉行。貝多芬《幽靈三重奏》整體節奏緩慢，樂器奏出的每一個音務必準確而恰到好處。第二樂章以異常緩慢的節奏、特殊的幽暗和弦語法被稱為「幽靈」的本體。以無伴奏的小提琴和大提琴開始，隨後輔以單調的鋼琴聲應和。寧一直想像「幽靈」的聲音是怎樣的，後來她終於明白，高傲而瀕於失聰的貝多芬一定是聽見了鳥的呼應，卻無以名之，只能稱為「幽靈」。

　　大提琴低沉的長音和小提琴哀怨的呢喃反覆營造出幽靈在原野徘徊的寂寥感；鋼琴在低音部快速重複兩個音的方法更令風景色調

顯得沉鬱。寧單薄的身體隨著節奏吹起的陰風起伏，左手快速地揉動弦線，更換把位，右手牽著琴弓來回往復，以真摯的情感尋求鳥微弱的回應。這一次，她好像看見了那從來不被看見的鳥，牠抱住翅膀坐在評判席上朝她看來。寧與鳥陌生的眼神交接，竟有一種重逢的感動。三個樂章全數奏完後，寧把琴弓向右上角一揮，露出自信的笑容。這時，寧在評判席上看見了魯丁。K坐在台下，第一個站起來鼓掌。接著是第二個、第三個，像把頭伸出洞外的地鼠群。

比賽的結果是他們得了季軍。盈在正式比賽並沒有犯錯，樹的鋼琴則恰如其份。兩人均受到好評，只是魯丁認為寧的大提琴過於張揚，沒有與其他樂器好好配合。回程的雙層巴士上只有K、寧和盈；樹抱怨寧沒能讓他得到冠軍而自行離去。K拿著評判的回應，捏作一團隨手拋出車窗外：「寧，別管他們。妳的大提琴拉得相當好。」過度投入演奏令寧臉色出現持久的緋紅，盈卻認定那是戀人迷醉的神色。

回到家裏，寧把獎盃拿給姐姐看：「憑著這個獎我一定能夠考進音樂學院。」姐姐一眼都沒有看，遞給寧一封打開過的信：「學校勒令妳暫時休學。」

K決心為寧的事與校方周旋，同時開始秘密約會她。有時在黃昏的公園、午夜的茶餐廳，或者黎明的山頂。寧知道校方不會開除她，因為開除「失親學童」需要教育部批准，而且會招來輿論的壓力，遭受遺棄未成年學童的道德指摘。寧除了探望祖母便留在家練習大提琴，對於K的邀約並不熱烈也不拒絕；偶然赴約，偶然讓K空等一個晚上。對於鄰居被琴音滋擾的投訴寧視若無睹，靜心等待畢業的日子。姐姐繼續帶不同的男人回家，他們每次看見寧都會露出一副急色的樣子。有一天，寧發現大提琴失去蹤影。

「快把琴還給我。」寧冷著聲音問正在塗指甲油的姐姐。「琴賣了。」姐姐伸直手指，端詳上面的顏色。「妹妹，妳有一副惹人

憐愛的樣子，很多男人都喜歡妳。」「琴賣到哪裏了？」「拉琴不能找飯吃的，但漂亮的臉蛋可以。」「我問妳，琴賣到哪裏了？」「剛才有收買舊物的老人經過走廊。」寧發瘋似的追出去，終於在附近的商場找到老人。寧一看見琴盒便撲上老人滿載舊物的手推車上：「這是我的琴。」「小姐，它已經是我的了。」「我跟你買，多少錢？」老人緩慢地從衣袋掏出計算機，弄了很久後按出一串數字。「這麼貴？」「舊樂器最近成為一種時尚的擺設，許多富人都喜歡買它們。」老人胡扯出一個謊話。「你等一等。」寧借了老人的手提電話，打給K。三十分鐘後，穿著西服的K便趕到。K掏出大疊鈔票買下了琴，還把自己的手提電話送給寧：「妳可以隨時打給我。」寧單手抱著直立的琴盒，讓它支撐自己的所有重量。寧閉上眼，心跳聲在琴盒上跌宕。K不動聲息地把她的手納入掌內。

　　寧被牽到K的家。裝修非常簡約，偌大的客廳放了一部三角琴，玻璃櫃則放滿K年輕時得到的獎盃，還有當時的照片。K帶寧走進了一個房間，寧甫進去便知道這是用來練琴的隔音房間，不禁伸手在牆壁上觸碰。K退到一旁：「試著拉一曲吧。」寧取出大提琴，拉起艾爾加《E小調大提琴協奏曲》比較短小的第四樂章。隔音牆令音色更為聚焦，細微的變化得以放大。K拍了拍手：「把妳的將來交給我吧，我一定能令妳成為出色的大提琴家。」寧低頭凝著手上的大提琴，期待那隻沉睡的鳥會給她一個啟示。然而，她最後只聽見自己格外清晰的聲音：「如果我拒絕呢？」K沉默了好一會後，說：「我想不到妳有拒絕的理由。」K露出困惑不解的神情，像一個被美麗老師責罰卻想不出原因的小男孩。寧眉頭緊鎖，對提供解釋一事感到異常困倦。K抬起寧的手，憐愛地吻了她的手背。寧被K溫柔的動作深深地刺痛了，奮力掙脫K的手，逃離了他的家。

　　寧在街上漫無目的地走著，經過瘦窄的街道，穿越無人的隧道和天橋，寧不知不覺地來到「杏花護老院」所在的大廈。寧推開大

廈虛掩的鐵門，越過睡著的看更，來到護老院的門前。寧隨意地在密碼鎖上按了一串數字，門就咔嚓一聲打開了。寧走進去，憑記憶來到祖母的床位，爬上去與她同睡。床的大小剛好。第二天早上，看護放下早餐，對剛醒來的寧說：「妳需要床位的話請盡快通知我們，一人床位不可以兩人同睡。」寧揉著睡眼，打了一個滿足的呵欠。「別忘了離開前付早餐費。」寧看著那碗稀粥，生出了入住酒店的安定感覺。

寧賣了K送給她的電話，付了老人院一個月的床租，提著大提琴在街上流浪，遊覽了I城許多她從來沒到過的地方。晚上回到老人院後，她會為老人們拉琴助興，漸漸不少無親無故的老人便把寧當成自己的孫女。有一次，寧在街上碰見K挽著盈的手，盈幾乎把身子躺在K身上。寧向他們含蓄地笑了笑。他們假裝沒有看見。

在寧快要沒錢交床租時，她來到I城的海濱長廊，看著環繞海旁矗立的大廈，手心提著的重量忽然讓她有一種寂寥感。她坐在一張長椅上，取出大提琴，在帶有鹽味的海風中拉奏巴哈《無伴奏大提琴組曲》第六號。琴譜早就刻寫在寧的腦袋裏，從前奏到最後的「基格舞曲」，寧以音樂來想像飛行，在I城的天空裏滑翔。就在急速翻飛的瞬間，寧清楚地看見了鳥。牠腳步輕盈地走近那位拉大提琴的女孩，停駐在她的腳前。寧驀地張開眼，一位白衣男子站在她跟前，把一張鈔票放在琴盒裏。

「你是賣藝的嗎？我很久沒聽過這麼動人的大提琴演奏了。」寧從盒內撿起鈔票，笑了笑：「謝謝。」

2006年2月23日初稿
2006年2月28日修訂
原刊《城市文藝》2007年1月號

笑話大王　　　　　　　　　　◎ 關麗珊

寧兒看見父母爭吵，打算走到他們那兒，勸他們別再吵架，豈料怎樣也無法接近。

父親責罵母親不理會女兒，只管自己結交新的男朋友。然後見母親罵他在內地結識少女，根本欺騙她們，罵他結識的女孩跟女兒年齡相若，卻不願花時間照顧女兒。

兩人吵罵激烈，說來說去都是推卸責任，兩人都不願意照顧女兒，認為她妨礙自己的新生活。

寧兒蹲在一角哭泣，感到自己是一件垃圾，父母都不要她了，她的存在令爸爸不能北上風流快活，也讓媽媽的新男友不高興。

父母還在數落對方，彷彿是兩個積怨極深的仇人，恨不得將對方剷除似的。

「不要吵了，你們不要再吵架，我自己照顧自己，不會負累你們的……」寧兒大喊：「別吵了，我求你們不要再吵架……」

鬧鐘響起，寧兒還在叫他們不要吵，才發現自己躺在床上而非蹲在一角，不過叫喊倒是真的，眼淚也是真的。

家裡很靜，父母顯然沒有回來。

按停鬧鐘的響鬧以後，寧兒沒有起來，沒有抹掉淚水，反而將手放在眼上，任由眼淚繼續沿眼角流到枕頭上。寧兒不願離開溫暖的床，不願面對這個世界。躺了好一會，才不情不願地起床上學。

學校為方便教授不同程度的學生，將全級成績最好的學生集中在甲班，浩然讀甲班，不少同學品學兼優，學校更給甲班和乙班學生安排不同的拔尖課外活動。

寧兒讀丁班，學生成績跟甲班的相反，有些學生無心讀書，連小二程度都沒有。政府實行九年免費教育，很少學校要求學生留班，有些學生家庭背景複雜，從來不願讀書，學校仍任由他們年年升班，讓他們在學校逗留至十五歲，然後合法工作。

　　丁班學生只要不犯校規，沒有欺凌同學，上課沒有搗亂課室秩序，教師已經額手稱慶。

　　甲班學生大多來自父母關心孩子成績的家庭，也有天資聰敏，或從小有上進心的。乙班和丙班的學生就算成績一般，大多有家人照顧，上課留心聽書，品行還是可以的。丁班學生大多來自問題家庭，各有各的問題，有些資質較差，自我放棄，有些將聰明才智用在錯誤的行為上。

　　面對這樣的一班學生，即使教師充滿教學熱忱，最終只能盡本份教書，不可能個別家訪或幫助個別學生補習。教師不願看見學生變壞，不過盡力教書以後，依然難以要求學生用功讀書的。

　　寧兒在中一讀丁班，由於父母的婚姻出現問題，令她精神大受困擾，不願讀書，覺得跟一群不讀書不工作的童黨一起更開心，以為吃喝玩樂又一日最好，甚麼都不用細想，卻不知那是沉淪的開端。

　　幸好醒覺得快，只是荒廢了半年的時間，要由甲班轉到丁班；要是她荒廢下去，更難回頭。

　　寧兒不喜歡在丁班讀書，她不懂得邊緣化那樣的理論，只感到住在天水圍已被住在港島和九龍的人看不起，在天水圍的中學讀丁班，更覺得連天水圍的人都看不起她。

　　在丁班上課，寧兒發現不少同學伏到桌子上睡覺，老師從來不會叫醒睡覺的同學，只要他們不吵架，不搗亂，不騷擾專心聽書的同學，老師會繼續教書，甚至任由睡覺的同學發出鼾聲。

　　寧兒很介意別人看不起丁班學生，但心底裏又看不起自己的丁班同學，覺得自己跟他們是不同的。寧兒相信她在丁班是短暫停

留，下學年一定會升讀中三甲班，其他丁班同學活該永遠留在丁班的。相對於甲班的精英學生，寧兒更覺丁班學生校服不整潔，讀書不聰明，功課做不好，小息特別嘈吵，家人特別窮……

剛開學的時候，寧兒在小息時到甲班約以前相熟的女同學到小賣部去，幾個女同學都推說沒空，待寧兒離開後，卻見她們相約去小賣部買零食。

寧兒站在走廊，看見她們有說有笑的背影，驀然明白她們的世界容不下她。她怔怔的站在那兒，眼淚無緣無故的流下來。有個丁班同學突然跳到她的面前，說：「別哭，我跟你說個笑話，我是笑話大王。」

「走開！」寧兒不客氣的說，用手背抹去眼淚。

「好好笑的！」他繼續嘻皮笑臉說。

「走開！」她再說。寧兒知道同學名叫陳俊星，整天扮鬼扮馬逗人發笑，覺得他很無聊，不願跟他做朋友。

「聽完笑話才趕人走吧！」陳俊星說，不待寧兒回答，自顧自繼續：「有一條蛇問另一條蛇我們有沒有毒的，另一蛇答不知道，然後反問牠為甚麼這樣問……」

寧兒想不通蛇為甚麼要問同伴自己有沒有毒，不禁靜下來聽他說，陳俊星見她專注的表情，高興起來，說：「第一條蛇說，沒甚麼，我不小心咬到自己的嘴唇，所以問你我們有沒有毒。」

寧兒笑起來，陳俊星也笑起來。

陳俊星每日在課室講笑話，大部分丁班的學生喜歡他，因為他是班中的小丑。上課前都努力說笑逗同學笑，有時上課會作弄老師，有時說無聊笑話，十分自覺的扮演班中的逗人發笑的角色。就是不喜歡他的同學，也不討厭他。

陳俊星不介意同學笑他是小丑，不過他自稱笑話大王，經常講笑話，那是從圖書館借來的笑話書上抄下來的。他每天抄寫幾則笑話上課，務求令同學發笑。

同學漸漸不叫他的名字，只叫他小丑、大王或笑話王，他總是煞有介事否認，堅稱他是笑話大王；有時擠眉弄眼的硬滑稽，模仿電視重播的電影諧角，例如占基利和周星馳，他尤其喜歡後者，認為自己說不定有日可變為笑片巨星。

　　丁班學生成績普遍欠佳，寧兒的測驗和默書分數很快成為全班最高分的，至於最低分的學生倒有十個八個，因為零分是最低分，每次測驗總有幾個學生零分，排名不分先後的成為全班最差的學生，包括陳俊星。

　　午飯時間，同學都外出午膳，只有陳俊星和寧兒留在班房。寧兒自顧自的拿出三文治吃，看見陳俊星呆在座位，遠遠喊過去：「你吃芝士蛋治嗎？我給你一半好嗎？」

　　陳俊星扮作廣告上的女星，將身體扭成S形，嘻皮笑臉的裝成女聲說：「我不吃，我減肥！」

　　「你那麼瘦，扮非洲飢民更似。看你營養不良的樣子，還減肥嗎？別玩了！」寧兒走近他的座位，給他半份三文治，說：「我吃了豐富早餐，吃不下整份三文治，你幫我消滅它吧！」

　　「哈！哈！哈！美女請我吃三文治，我不能拒絕吧！」陳俊星大笑三聲才說。

　　寧兒見他兩口將三文治吞下，說：「我去小食部買鮮奶，一起走吧。」

　　「我陪你去，我帶了水，我不買飲品了。」陳俊星站起來，寧兒才留意他跟自己差不多高，卻比她更瘦。

　　「我跟你說個笑話，」未待寧兒回應，陳俊星已經開始說。寧兒覺得他的笑話不好笑，反而他的表情有趣，為免令他失望，只好笑了笑說：「好好笑啊！」

　　「我再說一個笑話。」

　　「你花那麼多時間看笑話說笑話，為甚麼不讀書呢？」寧兒認真問。

陳俊星一怔，呆在那兒。

「不要每次默書和測驗零分啊！」

「我⋯⋯我要去小便，待會上課見！」陳俊星突然轉身跑了。

放學的時候，寧兒無意回到冷冷清清的家，轉往商場的快餐店吃下午茶餐，當作晚飯。

她揹起書包，雙手拿起膠托盤找座位，遠遠看見陳俊星跟一個女人坐在一角，刻意走到另一邊坐下。

陳俊星看見她，走來坐在她的對座，寧兒問：「你不用陪伴媽媽？」

「你怎知道她是我媽媽？」

「你長得像媽媽。」寧兒一邊吃雞翼一邊說。

「我講個笑話給你聽，」陳俊星沒有等待寧兒的回應，自顧自的說下去：「有一個人，有天出外前聽到天氣報告說天氣寒冷，穿了厚厚的衣物才出外，豈料那天很熱，他的雙手拿了東西，不能脫下大衣放在手裏，只好一邊行一邊滴汗。」

「怎有人那麼傻？」寧兒笑問。

「你聽下去吧！」陳俊星說：「沿途有許多人問：『天氣這麼熱，為甚麼穿厚大衣？』男人回答多了，最後答：『因為鄰居的狗死了。』問的人再問：『鄰居的狗死了跟你穿厚大衣有何關係？』男人說：『我穿厚大衣又跟你有甚麼關係？』」

寧兒笑起來，說：「好無聊呀，你的笑話。」

「無聊你又笑？」陳俊星笑說。

「你跟媽媽來吃下午茶餐嗎？」寧兒看過那邊，只見他們的桌子上甚麼都沒有。

陳俊星沒有回答，想了一會，說：「我再說一個笑話吧！」

「我不想聽笑話了。你們吃完東西嗎？為甚麼不回家？」寧兒問。

「因為鄰居的狗死了。」陳俊星冷然道。

寧兒一怔，無法想像平日嘻皮笑臉的陳俊星這樣生氣和冷淡的，更想不到他那麼聰明，會借用剛剛說完的笑話內容諷刺她諸事八卦。

陳俊星站起來離開，回到母親那一張桌，兩母子靜靜坐在那兒，沒有交談。

寧兒感到臉上熱熱的，那是尷尬的面紅，彷彿遭陳俊星摑了一記耳光似的。只管專心吃眼前的下午茶餐，不敢再望向陳俊星那邊，但她知道，她離開快餐店的時候，陳俊星和媽媽依然默默坐在一角。

第二天放學，寧兒看見陳俊星的媽媽在校門附近徘徊，滿臉愁容，顯得非常失意。

寧兒經過她的身旁，跟她打招呼，陳俊星遠遠看見，跑來罵她：「你又八卦人家的家事嗎？鄰居的狗死了跟你有關，我家的事又跟你有關，你幹嗎跟我媽說話，你想知道甚麼！」

陳俊星的母親連忙說：「你別怪他，俊星，你傻了嗎？幹嗎罵同學，快道歉！」

「你那麼喜歡八卦別人的家事，日日打探……」

「俊星，夠了！」陳太太打斷兒子的說話，轉頭跟寧兒說：「你不要介意，我會教他的。」

寧兒看他們一眼，不發一言的轉身離開。背後傳來陳太太的聲音：「你不能因為自己不快樂而亂發脾氣的，難得有同學關心你，不見得她想刺探你的家事，你這樣反應叫小人之心度君子之腹啊！」

暖暖的眼淚不斷流下來，寧兒多麼希望有母親教導自己，可惜父母都不願回家了。

也許住在同一區，在同一班讀書，寧兒又在公園碰到陳俊星和母親，陳媽媽說：「俊星，你幫媽媽去買麵包。」

陳俊星識趣地站起來，往屋邨方向走去。

「你別怪小星，這個孩子很善良的，只是自卑，說話有刺，得罪人多，稱呼人少。」陳媽媽連忙說。

「他經常說我八卦而已，我沒有怪責他的。」

「唉，我告訴你吧！」陳媽媽低下頭來，想了好一會才說：「小星很自卑的，都怪我不好。我以為小星阿爹是愛我的，以為嫁香港人最好，想不到當我告訴他懷孕的時候，他叫我去做人流……」

「甚麼是人流？」

「人工流產，你們香港人叫墮胎的。」陳媽媽說：「那時候，我堅持生下小星，其實應該讓他流產的。」

「不，你們不可以這樣的。」

「我好像帶小星來受苦似的，以前在鄉下，只有我和他兩人。小星先來香港，我知道他並不很開心，尤其是你們多英文，他的程度跟不上。」

「姨姨，我有許多新移民同學，在天水圍有許多新移民啊。甲班都有不少十歲才來香港，很快適應英文教學的。」

「我無用，我錯，我留不住小星爸爸的心，他又走了。」

「姨姨，我的爸爸在內地認識新女友，他也不理會我哩。」寧兒感到跟陳俊星同病相憐。

「我今年才可以申請單程證來港，小星的爸爸做貨車司機，欠下一身賭債，不知去了哪兒躲避，經常有不同的女人致電找他，也許他騙了不少女人錢。小星一直跟祖母同住，即是我奶奶，她五十來歲……嗯，有個男朋友，我不知道他們的關係如何。我來港後，她不肯給我門匙，更收回小星的鑰匙，如果她不在家，我們就不能回家，只可四處坐。」

寧兒恍然明白，難怪她在快餐店看見他們呆坐，在公園和學校附近也見他們坐在那兒。

「我經常帶小星去圖書館等候，不過圖書館很遠，每星期有一

日休息，所以要同小星坐公園和快餐店。」

「姨姨，香港有綜援制度的，你們申請綜援，不必受氣啊。」

「我們已經有綜援了，全部要給奶奶。我認命了，只是苦了小星，他沒有時間和地方溫習，成績一落千丈。」

「你們可以搬走呀！」寧兒說。

「奶奶說我們走的話，她找男友打我們的。」

「香港有警察有法律的，不必理會這些恐嚇。嗯，姨姨，你們怎樣回家煮飯。」「奶奶不准許我用家裏的一切，我買了火水爐，有時見她早回家，可以煮飯給小星吃，要是她晚上才回家，我和小星吃下午茶餐當作晚飯的。」

「難怪陳俊星那麼瘦！」

「我知道有人欺負小星，但不知怎樣幫助他，只有乾著急。小星說回學校講笑話很受同學歡迎，我知道他在安慰我，以免我掛心。」

「啊，陳俊星說真的，許多同學喜歡聽他講笑話的。」寧兒將部分同學喜歡誇大為許多，看見陳媽媽安心的笑起來。

「小星就是自卑，最怕人知道他的家事。」

「其實陳俊星不用自卑的，他有你這樣的好媽媽，我媽媽不理會我，只有自己生活。」

「我們在公園等候，可以遠遠看到奶奶的單位，你看，那單位亮燈了，奶奶已經回家，我們可以回去了。」

陳俊星早已回來，一直站在不遠處偷看媽媽跟寧兒說話，知道媽媽將家事說出來，十分難過，生怕寧兒看不起他。

陳媽媽四處張望，看見兒子在附近，笑說：「小星，我們回家了。」

「嗯。」陳俊星低頭回應。

「姨姨，我明天陪陳俊星見學校社工，他們不能這樣欺負你們的，陳俊星要有安定的環境讀書啊！」寧兒說。

「我的事不用你理會！」陳俊星兇巴巴的說。

「我不是理會你的事，我是關心姨姨而已。」寧兒知道陳俊星為甚麼裝得那麼兇，也不理會他，只管對他的媽媽說。

「我不懂得香港的事，有人幫我們也是好的。」

「我們回家吧，明天我會帶他去見社工的。」

他們先送寧兒回家，陳俊星目送寧兒孤單的身影，握緊媽媽的手，說：「媽媽，我們回家了。」

母子相視一笑，手拖手的回家。

寧兒和陳俊星很快找到學校社工幫忙，社工聆聽他們說話之餘，還記下重點，聽罷他們的說話，眉頭不自覺地皺起來。寧兒這才留意社工的眉心有深深的皺紋，看她那樣年輕，想是經常皺眉形成的，相信社工是讓人習慣皺眉的工作。

社工想了好一會才說：「現階段很難幫你。」

「他們需要自己的單位啊！」寧兒說。

「陳俊星同學和媽媽已經申請了綜援，公屋單位有他們的名字，要分拆申請另一間公屋，要輪候一兩年的，我可以即時幫你們申請公屋，但輪候需時，暫時做不到甚麼。」

「陳俊星急需一個家讀書啊，你們不可以這樣的。他們的綜援都給祖母取去，他們連吃飯的錢也不夠，陳俊星無錢買課外書，甚至不夠錢吃飯，你看，他太瘦了。」寧兒說。

「我們最難處理家庭問題，你們自願將每個月的綜援金交給家人，我們無能為力的，現在可以做的只是幫助他們申請公屋，不過分配公屋有制度的。」社工無奈說。

陳俊星知道香港有許多制度，一切都有程序，一切都有制度，他驀然明白這些制度早已限制他的人生，感到很難過，只能說：「我明白了，不如我講個笑話給你們聽！」

180

最長的一天　　　　　　◎　蔡炎培

「龍玄石先生嗎？」上班第三天，突然接到警局的電話。

「是。我是。有甚麼事嗎？」「哦，事情是這樣的，你母親今天在教堂病發了，明天你能去去青山療養院見見醫生嗎？」

「好的。謝謝你幫辦。」我嗒然掛上了電話。

這個日子是很容易記得的。1966年6月6日。另一個最長的一天。1965年夏天，從台灣讀書回來，待業一年，卒之在萬難中找到一份近我性子的助理編輯工作；但一直忐忑於心的預感終於發生了。在台最後的一年，母親的接濟中斷，給我月費駁匯的人，告訴他在台中的朋友，我的母親已經三個月沒有給她錢了；而母親的信，有一句沒一句，好像不連續的斷句在尋找不連續的人。我在深夜裏呼喚她。沒有回答。好在是第四年，畢業在望，功課只修三四個學分，有時間給人補習。我把困難告訴了台中的朋友，不久介紹我去給她的空軍朋友，替他的兩個小朋友補習英文。這戶人家在空軍軍輸處辦事，看我學校離他家太遠，說有一輛廢置的自行車，修補輪胎之後就可用得上了。真是求之不得。一個月後，看著他的孩子成績突飛猛進，說他家有一個小房子，不嫌破陋，可以住進去。又是求之不得的事。有了單獨可以居住的地方，我可以安安心心讀我的書，寫我歡喜寫給自己看的東西。你的照像與蔣公聯壁，互相輝映一番。你替我守屋，可就不怕外來的風風雨雨了。

一年後，回到家，土瓜灣興賢街的舊居，這座小唐樓，母親已押了給銀行，換來幾張空頭支票，著我去新界洪水橋追數。母親說話依然有一句沒一句。

母親所以把房子押了給銀行，原來前兩年，她皈依了基督。母親遇上了騙子。說可介紹她去美國給人摘蘋果，月入五百塊美金。母親心想，五百塊美金，即是港幣四千多塊，十年八載下來，儲蓄盡夠她重振一手創立的小襪廠。當然，最後一絲希望也沒有了，生命失去了往昔的自信，精神日見萎靡，也沒心機在自家的車間給人翻紗了。有時躺在床上清流眼淚。

　　「媽，」我婉言給她慰安：「我回來了，我想我很快就會找著工作，我會養你。別多想了，多想無益。」

　　「阿龍，你要給我追數。」母親說：「毛主席已經答允我，派解放軍來捉清光那班衰神。」母親的話，有一句沒一句，著實教我揪心。

　　「是。」我說，「我立即去辦。這是我的電話，有甚麼事找我好了。」

　　回來了。一時還是找不著合適的工作。期間，見過一份政府工，是二級圖書館管理員。面對三人的評審組，為首的西人沒有問我甚麼，對我的嗜好深感興趣。心想成功在望，冷不防旁邊的華人搭訕：「給你三級職位幹不幹？」我斷然拒絕。「我培正的學歷已夠這個資格了罷，先生？萬一我接受了，將來從台灣回來的師弟師妹，處境不是尷尬一點了麼？我堅持原來的級別。我寧願接受失敗，不過還是謝謝你的好意。」

　　我滿腔失望下樓。出了大會堂，在天星渡輪的海旁解下鹹濕的間條領帶，把所有積悒交給風。最後，還是掩面抽泣，哭不出聲來。

　　我朋友本來不多，好在香港是個自由社會，儘管我寫了許多求職信，依然泥牛入海。一個偉大的文學傳統支持著我；母親早年自信堅毅的形象支持著我；唯一談得來的畫家朋友王一三支持著我。我們幾個人在北角錦屏街合租了一個單位。小單位是一三唱戲的未來岳母所有，月租不貴，五個人每人分攤六十塊，足可容膝以自

安。一三給雜誌社編輯當年流行一時的三毫子小說。每星期一本，四萬字，稿酬二百元。一三分派每個朋友一本。換言之，一個月差不多有二百塊進賬。左翼人士特別看重從台灣回來的人，給他們寫的散稿，稿酬特別優厚，而且有專人送錢上門來。

母親打過幾次電話來。我說找不著人。母親說：「是不是你收了拿去澳門賭了？」我說：「沒有。」硬著頭皮謊報沒有。母親說：「不如你陪我去一次澳門罷，你死鬼老爸有一大筆遺產在那裏，叫我們去拿，要快，不然別人搶先一步，可就沒有了。」母親說來有板有眼，彷彿真有其事。是的，我有過沉淪的日子，常常把收到的貨款，拿去隔離梳打埠輸清光，害得母親大發脾氣：「你別以為你是仔種，我可以有仔等如冇仔，你給我滾，越遠越好，我當作家山發。」好，我走我走。我悽苦地說。走到哪裏去呢？多年後，我誠心懺悔我墮落的從前，母親卻已瘋了。瘋了，也好。瘋了即是力量。我不瘋。我很好。飲得，食得，嫖得，體重一度不下現役世界拳王。失戀的人呀，你還必須打得，是不？不然就會給你的情敵打倒。

我回過神來，說：「好的，媽媽，明天我陪你去澳門。」心裏想陪她老人家散散心。出得門來，母親忽然改變主意：「阿龍，你還是陪我去洪水橋，等會解放軍會跟著來，你不用怕那些黑社會……」最後還是到快餐店，吃了蛋炒飯，送她回到土瓜灣。

這一年過去。相見也無事。誰知今天，消息壞到這樣。我從佐敦道搭三塊錢的小巴，直奔青山療養院。下得車來，陽光耀目，踏著腳下歲月的流水，過小橋，我在士多店買了母親日常所需的用品，好不容易去到B病房。護士著我在會客室等候見醫生。

我默默向牆上的基督祈禱。淚，不自覺流滿了一臉。

「你怎麼流淚了？」醫生說。

「我母親人很好的，戰時還救過幾家人，免於斷炊之苦……」我期期艾艾地說著，「想不到我去了台灣念書，她遇上了老千，騙

了她的積蓄，受不了刺激，得了精神病。」

醫生無言地一一記錄在案。「你母親打了針，吃了藥，已經睡過去，過幾天便可出院了。你要不要現在進去看看她？」

護士小姐領我來到母親受傷的床前：母親酣然睡著，一臉紅潤，一臉平和，跟窗外逐漸復康的人沒兩樣。逐漸復康的人在散步，有些長久的病患者在掃院子裏的落葉。夏日將盡了麼？

「阿龍，怎麼這樣好，來看我了？」一個陌生的嬌柔的聲音起自背後。我不禁回望過去。世界果真一邊朦朧一邊美麗。在不遠的病床間，一個頭髮花白的老婦正在與一個俏女郎低低說著話。女郎廿二、三歲，臉有木蓮含嫣的蒼白。俏在哪裏呢，眉梢下，浮過一片若有若無的雲，好像在哪裏見過。燕子無心，太湖西畔隨雲去。不是嗎？

「阿龍，過來，讓我看看你。」女郎向我招手。「你的眼睛不礙事了罷？」女郎蓋著右眼，左眼恣意地笑。我乍然一驚。驚覺跟哭沒甚麼分別。

我如中魔法。「不礙事。不礙事。」

從老婦的口中，約略知道女郎大學畢了業，失了戀，久不久叫著阿龍的名字。龍的傳人注定是這個樣子的嗎？不幸的世紀產生許多不幸的人，他們以不同病容承擔這個世紀的不幸。詩人說，以痛苦的容色作為最高的慰藉，自從撫摸過了一張神聖的臉……

這張臉，模糊了很多年，突然清晰得可以。「你好好休息，過幾天我再來看你。」我說。

「不騙我？」女郎一臉含嫣。

「不騙你。」我看青山多嫵媚，青山看我應如是。

過了幾天，母親可以出院了。醫生鄭重囑咐，「記得按時服藥。藥吃完了，帶她去康復中心覆診。這是覆診卡，你替她收好了。」

「謝謝醫生。」我正想看看喚我阿龍的人，我只看到一床不可

信的白。前幾天老婦的話，隱約可聞。

　　日子還是過得很快的，雖然我一點預感也沒有。母親的病，時好時壞。原來她討厭吃藥，把藥丸捲進舌底，待我走開了，轉身把藥吐了出來。結果，又進了青山醫院。醫生責備我。我把原委說了出來。

　　醫生說，「既然這樣，我給她試一種針劑新藥，不過後遺症是你母親晚年會患上柏金遜病。」我把心一橫，死馬當作活馬醫。

　　莫的奇萬歲！莫的奇。針劑新藥。一個CC下去，一個月下來，母親常人一個，冇壞。後來知道這種新藥藥房有售，也就私下買它一打半打，到時到候找相熟的私家醫生辦，復康中心也不用去了。

　　母親出傭，給人帶孩子。母親好開心，像帶她的小孫兒。母親還在報社的對面給我租了一間百四呎的梗房，說是方便我日後結婚。母親非常著緊我的婚事，四出託她的舊部介紹，還是我十四、五歲時那樣，先找算命先生夾生辰八字，然後看相片，困得我。

　　次數多了，我有點不耐。「媽，我有對象一定告訴你，別急別急，我才廿九歲哪。」是的，這麼多年都等得了，急甚麼呢？我對自己說。

　　母親無可無不可。

　　千里姻緣一線牽。1969年我三十三歲那一年，一天工作檯上放著一個小包裹，還有一封淺藍色的信。淺藍色的英國奇士牌信封，淺藍色的英國奇士牌信紙。信是這樣寫的——

龍先生，您好。

　　那天我的確以為是阿龍來看我了。事隔三年，我依然確認是。分別是你叫龍玄石，他叫石玄龍而已。阿龍的一隻眼睛有點壞。你說沒事沒事，我安心了。

　　你的專欄「代寫情書」，寫得很好，我每天必然細讀，然後剪存下來。我要它保有我的記憶。天父（你是教徒麼）給了我們兩件

寶貴的禮物，一是記憶，一是遺忘。我寧願選擇前者而拒絕後者。

這一冊日記是我在京都最後一年寫的，給你。

我希望見到你。祝

編安

姬上

信有她的名片。原來是某大外資公司的公關經理。姬是她的姓，雪狐是她的名字。

紅鸞星動了麼？我不知道。我按捺著我的性子。好好地「代寫情書」，好好地做好我的份內工作，討得我的生活。我時刻記著詩人的話：是詩，不需要人；是人，不需要詩。是的，詩很難找著要找的人。

我把姬丟在一邊。報館一長列的電訊機，ZZ、ZZ地給我時人時事。彼勿我試。我免人負。人免負我。

我的賭性不改。過年了，跟大伙兒呼盧喝雉。我學會了十五湖。我學會頂斜。我學會賭狗。我學會賭馬。我學會所有的骰寶。我常常在骰子沙沙聲中看到命運的急湍……

過年了，雙糧輸乾輸淨。我無情無緒攤在板床上。眼光光望著天花板。

「有一位小姐來看你。」母親告訴我說。

我回過頭來，「你可是姬小姐了？」

小妮子一身玄黑，個子不高，簡直是金庸筆下的「高尊者」，因此要抬起脖子才看見我這「矮尊者」。笑語含嫣。點點頭。

「我們喝茶去。」我跟媽媽借了十塊錢。媽媽給了二十。

小妮子細食得很，甚麼蝦餃燒賣都看不上眼。茶博士給我們開茶的時候更妙，她連綠茶也不能喝，說她的胃有事。

我老實不客氣。我開了水仙：「那你只好喝白開水了。」

小妮子給我一個頑皮的笑，把小皮包裹的小包玫瑰花蕾，放了五顆在茶壺裏，不久，隱隱有瀘州大麯醉人的香味。

　　「你很有生活藝術哦。」姬不語。不語含媽。久久，她似乎想起甚麼，低低語我：「你看了日記沒有？」

　　我微微搖頭。同樣低低語地：「我不能看。」

　　「為甚麼？說好是我給你的。」

　　我一時語塞，說了「雞腸」："You know. There is little to appear when one is mut."

　　姬摸摸我的衣袖：「你可以看。」

　　我說：「你是說你要嫁給我麼？」

　　「你是跟我求婚了麼？」甚麼是後現代的顛覆呀，你說！

　　「姬是大姓，雪狐是誰給你起的名字？」

　　「爸爸。」姬說：「爸爸是金庸迷，每天追看金庸的武俠小說，追到《飛狐外傳》胡一刀，那一刀是不是會砍下金面佛，我出生了。」

　　「哦，這樣。」我說：「你的玫瑰花茶好香，可不可以給我喝一口？」

　　雪狐細細把我的杯子弄好，斟上半杯，輕輕跟我碰飲。難得玉人心裏事。

　　當夜，我誠惶誠恐打開姬的日記。

　　你，赫然寓目。每一隻蝴蝶都是花的鬼魂。張愛玲說。

　　姬說，神啊，求你徹徹底底破碎我，然後重新建立我。

　　我全身一震。日記不用看下去了，故事是不重要的，重要的是一個時代早已失落的感性。

　　我拿起電話，搖過去。

　　「阿龍，下班了，累不累？」

　　「雪狐，這麼夜了，怎麼還不睡？」

　　「我放年假，所以又拿起《紅樓夢》來讀了。今回是第六回，

我連回目都可背出來了。」

「《紅樓夢》是本痛苦的奇書，看不得。我只看了前四回，可就不敢看下去了。」我突然省起甚麼：「你的日記我看了，可是我收入微薄，養不起一個家⋯⋯」

「你是說你要我了？」

「唉，我連結婚戒指都買不起呀。」

雪狐哈哈大笑：「你放心。你好好寫作，好好做你喜歡做的事，我養你。我給你生一個孩子。」

「兩個。」我說：「一個孩子太孤獨了，不好。」

我們坐言起行。我們結婚。我們生子。時光靜止的羽翼下，我們的孩子總算走到人前，我的一生還不致太失敗的。

佛說，有情來下種，因地果還生。

詩說，珍重從今去，孤鴻萬里天。

你，也許說得對，錯過了就是一生。

最長的一天總要過去。

原刊《香港文學》2007年2月號

兩串門匙

◎ 蓬草

颼起一陣大風，街道上，灰塵呼呼地捲成一團，直往我這兒襲來。我瞇著眼睛，茫然地問自己：「我去哪兒呢？爸爸的家，還是媽媽的家？」

我把手插進褲袋中，摸到兩串門匙，一串是父親家的，另一串是母親家的。現在是午後四時三十分，不管我上哪兒，一定沒有人。我知道父親要在晚上七時過後才回家，要是交通有問題，會弄至八時，甚至是九時……母親嗎，下了班，她如不和杜先生出外，六時左右她會在家，但我怎麼知道!? 最不願意碰到杜先生，媽媽看看他，看看我，神色尷尬，手足無措，用過分關懷的聲調向我詢問一些她已無法控制的事情，例如我的學業成績，我結交的朋友，我的心情。杜先生站在一旁，用耐心的、寬容的態度聽著母親和我的問答，安慰她：「你看，他比你還高，不是小孩，你可以放心。」他們出外，偶然內疚地邀請我，我主動地說：「我有功課，明天要交。」他們最喜歡聽我說出這一個理由，便心安理得地走出大門。

甚麼功課？我不理會功課已有很久一段日子了。我在重讀中學第二年，今回的成績比去年的更差。爸爸瞪著我的成績表，「你……這是可能的嗎？你每天上學，到底幹些甚麼？你是中學生，難道要我逼著你，才肯念書做功課？」他垂頭喪氣地陷進長沙發中，「你應該明白我的處境，我要上班，還要獨自管理這個家，為甚麼你仍是這樣不懂事？」最後，他還是在成績表上簽了名，「答應我，下一回，要有進步，不能這樣子。」

我不說話，只是點點頭，應酬了他，安慰了他。

半年前，母親搬了家，但她並沒有如她所說的要「走得遠遠」，才一公里的距離，她租了一間小公寓。媽媽拉著我的手，雙眼紅了，「阿典，我永遠是你的媽媽，我怎麼可以跑得遠遠？我要經常見到你，這是我的門匙，你收好。放學後，你如不願意去爸爸那兒，便來這兒休息，做功課……這也是你的家啊！」

　　從此，我有兩個「家」；從此，我再也不知道；我的家到底是哪一處？很快，我的頭腦變得更混亂，生活上，出了許多小問題。一個例子：我已無法記得我把東西放在父親還是母親那兒，我的衣服，我的電腦遊戲，我的書本，我的功課簿子……母親常嘆氣，「你知道嗎？你把功課忘了在我這兒！」有一回她哭了，「為甚麼你仍是這樣不懂事？連書本也忘了帶，這兩天，你在爸爸那兒，有做功課嗎？怎麼做啊！英文書和數學書全留在我這兒！」

　　我不回答，不說話。

　　早上八時，我打電話給阿迪，「今天，是八時半，還是九時半有課？」我找不到上課時間表。到底放在哪一處？

　　阿迪的聲音混雜了咀嚼聲，他正吃著早餐，「八時半！」語音有點不耐煩。我還想問他一些甚麼，他已把電話掛上。我剛從床上爬起來，知道爸爸早已出了門。我走進廚房，打開冰箱，拿出牛奶，看看，還是把它放回原處，我沒有胃口。冰箱裏空蕩蕩的，當然，今天是星期五，爸爸要在明天才有時間駕車到超級市場購物。

　　阿迪的媽媽在半年前曾打電話來，那時，我的父母仍在一起。吃過晚飯，父親剛坐在沙發上，要看電視，電話鈴聲響起，我做夢也沒想過是阿迪的媽媽打電話來投訴，她對我的父親說了整整四十分鐘的話，我看著父親的臉色變了好幾次，從紅轉青，繼而轉白，大部分的時間他只是聆聽，間中唯唯否否，明顯是插不進口，也或許是無言以對!?總之，他好不艱難，才使對方掛上電話。然後，他轉過身子，對著我：「你，你……!?」媽媽早已等得不耐煩，「說啊，到底發生了甚麼事？」

「你有一個同學，名叫阿迪，是不是？你教唆他買了一柄看來像真的玩具手槍，是不是？阿迪說你也買了一柄，藏在他那兒。他的媽媽在他的書包中撿到兩柄手槍，嚇得半死。她說她在銀行做工，對她來說，最可怕的事件便是匪徒打劫銀行，持槍威嚇職員。她說阿迪的功課越來越差，是一個容易受壞影響的孩子，她希望你從此不要和阿迪玩在一起，也不要上他的家。你說，是你慫恿他購買玩具手槍，還把它們帶回學校嗎？」

我不回答，在心中詛咒阿迪，沒用的傢伙！

媽媽搖撼著我的肩，「你瘋了？每天，新聞說的恐怖行動恐怖分子，你沒聽過嗎？你們要槍來幹甚麼？真槍也好，假槍也好，你們要威脅誰？說啊！」

我甚麼也不說，我知道，只要再等一會兒，爸爸和媽媽便會互相指責，大吵大罵，整個晚上把我忘記。果然，他們開始了。媽媽圓睜怒目，瞪著爸爸：「我對你說了多少次，不要給他這麼多的零用錢，他有吃有喝有穿，要錢來幹甚麼？看，他有錢，放學了，不立刻回家，和朋友鬼混，胡亂買東西，他比我還高，拿著槍，給警察看到，不把他當作恐怖分子、歹徒、殺人犯嗎？你是慈父多敗兒！」

「又是我的錯？你是母親，你沒有責任嗎？你說他放學後不立刻回家，你呢，下了班去哪兒？」爸爸的聲音發顫。

如此這般，他們互相指責，我乘機溜進房中，關上門，玩我的電腦遊戲。

父親和母親分居已有半年，他們認真地辦著離婚手續。我想：在不久的將來，母親會和杜先生結婚嗎？他們會生養孩子嗎？他們如有子女，我還可以繼續去找母親嗎？她一定沒有時間理會我的了。至於父親，他極有可能找到新伴侶，他沒有終身不再結婚的理由，他才不過四十歲。父親如再結婚，他和他的妻子，會容納我嗎？我吃驚地問自己：我難道成了一個障礙？或許我的存在已屬多

餘？無論哪一方面，均會覺得我是一個難以解決的「問題」。我是一個問題人物？問題少年？

我不願上爸爸的家，也不願去媽媽那兒。我揹著書包，沿著大路，直往前走，過了兩個街口，便是公園，我走進公園中，看見沙池那兒堆滿了小孩，圍著沙池四周的長椅上坐滿了看管小孩的父母或保母，我轉往偏僻的角落走。這個公園，我認識，園中有些灌木叢，背後藏了石櫈，我曾坐在一張石櫈上呆了半天，不受任何人的騷擾。

拐進一堆灌木叢，我看到那兒已坐著一個人，是一個上了年紀的男子，他聽到我的腳步聲，回頭看我，在我要轉身離開之前他對我發出一個友善的笑容。我有點手足無措，他已開口說話了，「這兒有的是地方，可以坐兩個人，甚至是三個人、四個人，不是嗎？」他拍拍身旁的石櫈，我像受了催眠術的吸引，走過去，在石櫈的另一方坐下來，望著眼前的小池塘發呆了一陣，忍不住偷眼窺望這個男人。

這個男人，雖已禿了一半的頭髮，臉頰仍是紅潤潤的，他的眼睛細小，鼻子顯得有點不對稱的過大，嘴唇肥厚。他繼續向我微笑。我納悶地想：為甚麼我會應他的話走來？是因為我太孤獨嗎？

過了一會兒，他說，「這個公園，我常來散步，你呢？」

「唔」，我無可無不可地在喉間咕噥。

「你知道這個公園的故事嗎？讓我告訴你，在二十多年前，這兒曾是一個製作爆竹火藥的工場，直至有一次，發生爆炸，整間工場給毀掉，還燒死了兩個工人。意外事件之後，這兒荒廢了一段日子，聽說有人在晚上走過，聽到古怪的聲音，傳說開來，鬧鬼甚麼的，嚇得小孩子在日間也要拐路避開。」男人以討好的聲調向我說起故事來。

「是嗎？」我小時，喜歡聽鬼故事。

隨著是一陣沉默，我沒有任何故事可以說給他聽。

男人又開口了，「你叫甚麼名字？」

還想著應否回答他，已聽到自己在說：「羅典。」

「噢，羅典，我這兒有一本書，說的是這個城市的故事，有很多圖片，你要看看公園的前身──爆竹工場的照片嗎？」男人不知從哪兒撿出一本書，不待我回答，他已坐過來，把書打開，他的手指翻動著書頁，停在一張圖片上，「看啊！」

我好奇地探了頭，是的，兩張照片，第一張是當年的爆竹工場，第二張是爆炸事件發生之後留下來的荒地。男人指點著，「我們現在坐的地方，大概是這兒。」

為了要看清楚一點，我把頭靠近了他的書。

「你的頭髮真好看，烏油油的，我很喜歡。」男人突然伸手撫摸我的頭，我嚇得跳起身子，推開他，「你幹甚麼？」

他的眼睛閃著奇異的光，死死地盯住我，呼吸加速，他興奮地說：「我給你錢，好嗎，我只要摸摸你，不用怕，我會給你錢。」他貼過來，要摟抱我。

我漲紅了臉，用書包拍打他，我憤怒地嘶吼，向他爆發出一連串我認識的髒字，有些字髒得連我自己也不懂它們的意思。我痛快地罵完了，拔腳走出灌木叢。

193

想不到這個男人倒有勇氣從我的背後趕上來，他大概想著我只會咒罵他，而不會把他拉往警察局，他憤怒地迎著我的背影叫，「你以為你是甚麼？你如果是正當的人，放學後為甚麼不回家，跑來這兒找誰？鬼混些甚麼？你這個混蛋！」

我一口氣跑出了公園，跑了一條街，兩條街，停了步，發覺自己渾身抖顫。我從沒想過會有這樣的事情發生在我的身上，我要回家，洗一個澡，洗我的頭髮，忘掉那個男人，忘掉他那一張像豬玀一般的臉孔；我要見到一個為我信賴的人，需要一些證明：我並非一個在公眾場所給人勾搭的傢伙。只是，我的手伸進褲袋中，抓著兩串門匙：爸爸的和媽媽的，我該走往哪一處呢？

阿德與史蒂夫　　　◎ 葛亮

　　數年前看過一部電影，記得清楚的，是蛇頭的猙獰面目。然後是些身形模糊的偷渡客。或許是成見，與偷渡相關的，該是人性最低劣處的猥瑣、無望和扭曲。

　　剛到香港的時候，我住在一幢唐樓裏，住在頂樓。在西區這樣老舊的社區裏，樓房被劃分為唐樓與洋樓。而不同之處在於，前者是沒有電梯的。我住在頂樓七樓。換句話說，樓上即是天台，天台有一個潮濕的洗衣房和房東的動植物園。

　　動植物園裏風景獨好，除去鎮守門外的兩條惡狗。房東是個潮州人，很風雅地種上了龜背竹，甚至砌了水池養了兩尾錦鯉，自然也就慈悲地養活了晝伏夜出的蚊子。

　　有了這樣的生態，夜裏萬籟齊鳴就不奇怪了。狗百無聊賴，相互撕咬一下，磨磨牙當作消遣。蚊子嗡嗡營營，時間一長，習慣了也可以忽略不計。房東精明得不含糊，將一套三居室隔了又隔。我這間隔壁，給他隔出了一間儲藏室。一個月後，有天聽到有聲響。出來一個中年人，有多數印度人黧黑的膚色和碩大的眼睛，是醫學院的博士。博士握了我的手，說以後我們就是鄰居了。博士留了地中海的髮型，是個屛弱謙和的樣子，眼睛裏有些怨艾的光芒。當天晚上，儲藏室裏就發出激烈的聲響，我再不諳世事，男歡女愛的動

靜還是懂的。這一夜隔壁打起了持久戰，我也跟著消停不了。安靜下來的時候，已是東方既白。清晨起來博士又是溫柔有禮，目光一如既往的憂愁。而到了當天晚上，又是判若兩人。日復一日，隔壁總是傳來飢渴的做愛的聲音，雄獅一樣的。他總是換不同的女人。這對一個適齡男青年的正常睡眠，是莫大的考驗。

在一個忍無可忍的夜晚，我終於奪門而出，在皇后大道上兜兜轉轉。穿過蚊蟲齊飛的街市。在太平洋酒店，我看到了遠處的燈塔的光芒被軒昂的玻璃幕牆反射了。汽笛也響起來，那裏是海。香港的海與夜，維多利亞港口，有闊大的寧靜，近在咫尺。我想一想，向海的方向走過去。

穿過德輔道，有一座天橋。上面躺著一個流浪漢。後來我才知道，他是長年躺在那裏。他遠遠看見我，眼皮抬一抬，將身體轉過去。像要調整一個舒服的姿勢，又沉沉地睡了。

下了橋，有腥鹹的風吹過來。我知道，已經很近海。再向前走。是一個體育場。我只是一味向海的方向走。也許我是不習慣香港天空的逼狹的。海的闊大是如此吸引我。越過籃球場，走到盡頭，巨大的鐵絲網卻將海阻隔了。我回到籃球場，在長椅上坐下。旁邊的位置上坐著幾個女人，很快人多起來，是些年輕人在夜裏聚會。這裏頓時成了一個熱鬧的所在。一個姑娘快活地唱起來。但是，他們還是走了，一切回復了寧靜。看見遠處的景致，被鐵絲網眼篩成了一些黯淡的碎片。我覺得有些倦，在長椅上仰躺下去。

遠遠走過來一個影子，是一條狗。很大，但是步態蹣跚。後面跟著兩個人，走到光線底下，是個敦實的青年。穿著汗背心。還有個中年人，則是赤著膊，喜劇地腆著肚子。青年沿著塑膠跑道跑上一圈，活動開了，在場上打起籃球。中年人站在籃球架底下，抽起一根煙。抽完了，和青年人一塊打。兩個人的技術都不錯，不過打得有些鬆散。談不上拚搶，象徵性地阻攻，是例行公事的。突然兩個人撞上了。中年人誇張地躺倒在地。拍一下肚子，嘴裏大聲地罵

了句甚麼，青年人一邊笑，一邊將球砸過去，中年人翻一下身，躲開了。兩個人就一起朗聲大笑，我聽不懂他們說甚麼，只能聽出他們是很快樂的。

那條狗很無聊地走來走去，沒留神已經到了我跟前，汪汪地大叫。我並不怕狗。和它對視，我在它眼睛裏看到了怯懦，還有衰老。那裏積聚了一些眼屎。我伸出手摸一下牠碩大的頭，牠後退了一下，不叫了。齜了一下牙，卻又近了些，蹭了蹭我的腿。我將手插進牠頸間的毛。牠並非前倨後恭，而是知道，我對牠是沒有敵意的。

這時候，青年遠遠地跑過來，嘴裏大聲地喊，史蒂夫。聽得出，是呵斥的意思。大狗縮了一下脖子，轉頭看一下他，又看一下我，轉過身去。青年在牠屁股上拍一記，上了狗鏈。然後對我說，對不起。沒事吧？我說，沒事，牠叫史蒂夫？他眼睛亮一下，說，哈，你說普通話的。他的普通話很流利，說，這狗的種是鮑馬龍史蒂夫，我就叫牠史蒂夫。牠太大，常常嚇到人，我看得出，你懂狗的。我說，我養過一頭蘇牧。大狗的膽子，反而小。青年說，我叫阿德，你呢。我說，我叫毛果。

阿德說，毛果，過來和我們打球吧。

這是我與阿德言簡意賅的相識。還有史蒂夫。

阿德的球打得很好。但是有些魯和莽，沒甚麼章法。而我，卻不喜歡和人衝撞。往往看到他要上籃，我就罷手了。阿德就說，毛果，你不要讓我。這樣沒甚麼意思。我就和他一道瘋玩起來。

中年人這時候，坐在地上，斜斜地叼著一根煙，沒有點燃，看著我們打。

打到身上的汗有些發黏的時候，中年人站起身來，大聲說了句甚麼。我算粗通了一些廣東話，聽出說的是「開工」兩個字。阿德停了手，說，毛果，我走先了。

我其實有些奇怪，這樣晚，還開甚麼工。不過我也有些了解香

港人的時間觀念了，一分鐘掰成八瓣使，只爭朝夕。

阿德牽上史蒂夫，說，我夜夜都在這裏打球，你來就看到我了。然後抱一抱拳，說，後會有期。

我笑了。阿德也笑了。笑的時候露出兩顆虎牙。

我回到房間，沖了個涼，隔壁的儲藏室已經沒甚麼聲響了。博士結束了折騰，我躺在床上，閉上眼睛，看到史蒂夫碩大的頭，旁邊一隻手拍了一下牠。然後是阿德的聲音，走吧，史蒂夫。

和阿德再次見面是在一個星期後。仍然是暗沉沉的夜裏。四面的射燈將球場照成了醬色，阿德一個人在打球。角落的長凳上一些菲傭在聊家常。史蒂夫和一頭聖伯納犬互相嗅嗅鼻子。史蒂夫為表示友好，舔了一下聖伯納，聖伯納不領情，警戒地後退一步，狂吠起來。

史蒂夫橫著身體逃開了幾步，看見我，飛快地跑過來，蹭蹭我的腿。衝著阿德的方向叫了一聲。

阿德對我揮揮手，將籃球擲向我。我向前幾步，遠遠地投了個三分。球在籃板上彈了一下，阿德躍起，補籃，進了。我們抬起右手，擊了下掌。遠處有菲律賓姑娘吹起了響亮的口哨，為這一瞬的默契。

我們默不作聲地玩了一會兒，燈光底下，纖長的影在地上縱橫躍動。史蒂夫興奮地跟前跟後，捕捉那些影子。最後徒勞地搖搖尾巴，走開去。

阿德的體力是好過我的。他看出我有些氣喘的時候，停下來，說，抖一下（廣東話，休息的意思）。我去自動售賣機買可樂。回來，看到阿德坐在長凳上，點起一支煙。球場上有些風，阿德轉過身，避過風口，點燃了。眉頭皺一皺，是個凝重的表情。阿德沒有

接我手中的可樂，將手指在煙盒上彈一彈。取出一根，就著自己的煙點燃了，遞給我。

我抽了一口，有些嗆，咳起來。

阿德笑了，看你拿煙的手勢，就知道不慣抽的。我原來也不抽，現在抽了，解乏。

這煙還好，不怎麼傷肺。阿德對我揚一揚煙盒，是「箭」。

毛果，你是來香港讀大學的吧。我點點頭。

阿德抽了一口煙，說，真好。

我說，阿德，你的普通話說得很好。

阿德停一停，說，我也是大陸過來的。

阿德說，我老家是荔浦，廣西荔浦，你知道吧？

我說，我知道，荔浦的芋頭很有名。全國人民都知道。

阿德笑了。對，我阿奶在後山種了很多芋頭，芋頭是個好東西。吃一個就夠飽肚了。

阿德沉默了一會兒，看看錶。說，我該走了，開工了。

他牽起史蒂夫，遠遠地走了，有些外八字，走得搖搖晃晃的。

以後，阿德很少談到自己。事實上，我們的交談很少。見了面，也是打球。打累了，抽支煙，閒聊幾句，也不過是一支煙的工夫。阿德有時會問些我的情況，我答他，他就專注地聽。有時，會感到他的欽羨。因為他會說，真好。眼睛裏會有些光芒。阿德算是個寡言的人，「真好」對於他，是個很重的辭彙了。有時我覺得阿德說了「真好」，就是一個話題的句點。他仍然很少談到他自己。

有一天，阿德看著海，遙遙地指著西北方，說，毛果，我們老家就在那裏。

我說，你很久沒回去了麼？

阿德說，沒甚麼好看的，回去也沒甚麼了。

阿德說這句話的時候，很冷漠。阿德平時是寡言的，但並不冷漠。

阿德抽完一支煙，開工去了。

史蒂夫今天沒有順順當當地跟他走，回頭看一眼，又看一眼。

當我發現掉在地上的皮夾，阿德已經走遠了。

皮夾裏並沒有銀行卡之類的東西，只有一些零錢和一枚鑰匙。

還嵌著一張證件照，已經泛黃了。照片上是個女人，樣子上了年紀，看得出年輕時候是漂亮的。

另外裏面有張硬紙的卡片。上面寫著一個海鮮乾貨店的地址，不遠，在皇后大道上。

我想，沒準在那裏可以找到阿德。

這時候已近午夜，海鮮一條街上的店舖大都關了門，瀰漫著腥鹹與猛烈的保鮮劑的氣味。偶爾有幾間虛掩著，鐵柵底下影影綽綽地透出些燈光。我循著地址一路尋過去。有間門面不大的舖頭，門口停著一輛小貨車。

一個男人從車裏出來，我看著眼熟，想起是那次和阿德一起來的中年男子。男人提了提吊在肚皮上的褲子，看到我，懶怠的眼睛睜大了些。我說，阿叔，我找阿德。男人的目光明顯地戒備了，他問我，甚麼事？

我掏出皮夾，說，我把這個還給阿德。

男人接過皮夾，翻開看了看。說，丟，呢個衰仔咁大頭蝦。

男人說，你給我吧，我交給他。你走吧。

他這個態度，我多少有些不悅，不過也沒多說甚麼，掉頭就走。

這時候我聽見阿德的聲音，毛果。

阿德光著脊樑，肩上扛著一隻麻袋。他的身形雖然壯實，仍然

有些不堪重負的樣子，壓得背駝了些。身上的筋肉繃得緊緊的。

我上前去想幫他一把，他閃了一下，使勁對我擺下手。吃力地走到貨車裏，將麻袋卸下來，安置好。貨車裏已經整齊地碼了一些同樣的麻袋。

阿德揉一揉肩膀。對我說，中途不能換手，力氣要泄了。

我說，阿德，你在這裏開工？

阿德躊躇了一下，聲音很低地回答：嗯。

中年男人遞過來一條髒兮兮的毛巾，阿德接過來抹一抹臉。男人問我：你怎麼找過來的？我說，皮夾裏有地址。

男人沉吟一下，忽地站起來，使勁在阿德頭上鑿了顆毛栗子。這是你給我的「好交代」，給你老母的「好交代」！

阿德也忽地站起身，說，丟，人哪裏都像你想得這樣衰。毛果，信得過的。

男人將煙頭在兩指間夾滅了。上了車，將車門摜得山響，嘴裏罵罵咧咧，你們這些細路仔，知道個屁。

阿德低著頭，輕聲說，毛果。你都看到了，我打的是黑工。有數就好了。我信得過你。

我點點頭。

阿德拍下我的肩膀說，我送貨去了。

小貨車開走了，發動的時候，排氣管噗的一聲，像是打了個噴嚏。開出幾步遠，阿德的頭探出窗外，吹了聲口哨。我看到史蒂夫從店裏奔出來，一溜小跑，蹭地跳到車廂裏去了。

我腦子有些亂，浮現出阿德黝黑的臉龐。這張臉上堆砌出了憂心忡忡的表情。阿德是甚麼人呢？我想到一個詞，倏然有些心驚。

數年前看過一部電影，記得清楚的，是蛇頭的猙獰面目。然後

是些身形模糊的偷渡客。或許是成見，與偷渡相關的，該是人性最低劣處的猥瑣、無望和扭曲。

我說服了自己。阿德很正常，很健康。他不過是個晝伏夜出的正常人。

半個月後，我陪一個朋友去深水埗的電腦城買主板，意外的看到了阿德。阿德坐在賣四仔的小店舖裏。他坐在角落裏，還是很忠厚的樣子，眼睛發著木，心神不定，和這店裏淫猥而熱烈的氣息，有些不搭調。有客進來了，他也用眼光殷切地迎上去，僅此而已。客走了，眼光便又黯淡下去。

阿德沒有看見我。

很久沒有見到阿德。我卻養成了半夜打籃球的習慣。我的生活，太容易被一些既成的東西所左右。癮一樣的，哪怕只是形式，要戒除，並非易事。

不知道為甚麼，投出一個球去，我就會想到虛擲青春這個詞。青春這東西，讓人覺得有些不踏實。

這天夜裏，運動場上空無一人，我在昏黃的燈光裏頭跑跑停停。遠處的海，傳來很響很隆重的汽笛聲，我當是觀眾為我喝彩。不過一瞬，就被闊大的安靜吞沒了。

就是這個時候，我聽見了倉促的狗吠聲。一條黑色的影飛快地向我跑動過來，是史蒂夫。

我四面尋找阿德，並沒有人。

我撫摸了下史蒂夫的背，牠卻有些急躁地將頭偏過去，向遠處張望了一下，嘴裏發出低沉的吼叫。牠使勁扯了扯我的褲腳，然後向前跑了幾步，回頭看著我，眼裏泛著光。我知道，牠要帶我去一個地方。

在靠近石塘咀的一個街角，我看到了阿德的車。阿德躺在貨倉裏，看見我，眼睛亮一下，用一個艱難的動作，要起身來，突然嘴裏發出「絲」的一聲，那是疼痛的聲音。我這才注意到，阿德的手肘在流血。

阿德又掙扎了一下，終於沒起來。我趕緊爬上車去。阿德原來黧黑的臉龐，這時候是青白的顏色。我有些無措，阿德，你怎麼了？阿德苦笑了一下，說：被人打劫了。

我拿出電話就要報警。

阿德倉皇地伸出手，攔住我：不要叫差人。

我立即明白，差人不是阿德想見到的人。

停了停，阿德說，毛果，駕駛室的椅子底下，有個急救箱，幫我拿過來。

急救箱裏有繃帶和碘酒。我蘸了些碘酒，塗在阿德的傷口上。阿德抖動了一下，咬了咬牙，沒出聲。傷口很深，還在不斷地滲出血來。阿德說，毛果，先用繃帶纏上吧。

我幫阿德躺了下來，聽到他輕聲說，還有人打劫我，真是閻王爺不怕鬼瘦。

阿德很後悔，下了車來抽那支煙。那兩個蠱惑仔真是鬼一樣的，悄沒聲地到了阿德背後，就是一悶棍。阿德當時就倒下了，可還有意識，抱住了其中一個人的腿。那人對著阿德的胳膊又是一棍，旁邊那個又在他肘上補了一砍刀。史蒂夫原本在遠處，聽到聲響趕過來，對著兩個人又撕又咬。兩個人慌慌張張地跑了。

阿德說，幸好有史蒂夫，貨沒有丟。

史蒂夫臥在阿德身邊，舔了舔阿德的臉。

我說，牠早些聽見，你也不會成這樣了。

阿德歎了口氣，不怪牠，牠也老了，耳朵不靈光了。

毛果，你會開車麼？阿德問。

我想了想，點點頭。在內地拿了駕照後，我還從來沒開車上過路。並且，從路考算起，我也已經一年多沒摸方向盤了。但是，我點了點頭。

阿德說，好，你幫我開。

我小心翼翼地倒了車。還好，還好。我都還記得，皇后大道上空無一人。幫阿德將車停到了一個加油站附近。

阿德說，毛果，你的手很生。謝謝你。

我們叫了計程車。史蒂夫跑了幾步，這回沒有跟過來，牠回到貨倉裏，朝我們的方向吠了幾聲。

阿德說了一個地址。那個地址是九龍的。

是深夜了，計程車開得很快。車過隧道的時候，有一瞬的黑暗。我聽到阿德粗重的呼吸，知道阿德忍得很辛苦。

阿德的頭上滲出密集的汗，有些顫抖，那是失血發寒的緣故。我脫下了夾克，蓋在他身上。

阿德肘上的繃帶，現出暗紅的顏色。我終於急了，對司機說，師傅，能不能再開快點，我朋友受了傷。

司機朝後視鏡看一眼，聲音粗暴起來，大吉利是，現在才講，受了傷叫我的車，應該叫救護車。現在去醫院嗎？

不，我和阿德異口同聲。我們對望了一眼，心照不宣。

是，公立醫院，阿德也是不能去的。

司機又開快了些，兜起了一些風。他將車窗關了。外面的景物繚亂地飛馳，路燈如同一道昏黃的線滑動過去。這時已是夜半，我有些發睏。

當路漸漸有些窄，兩旁的建築也開始不拘一格地舊起來。我聽見阿德說，到了。

車在一幢灰撲撲的大廈跟前停住，門楣上寫著「旭和閣」。我

攙了阿德下車，他已經虛弱得有些站不住。3823，阿德說。我按了樓下的密碼鍵，大門打開了。前台有個守夜的阿伯，看到我們，抬起頭來，目光如隼，看得我有些不知所措。阿德說，阿伯，我找林醫生。阿伯很不滿地說，後生仔，那麼晚來，攪得醫生沒覺睡。

阿德抱歉地笑了笑。提示我朝電梯的方向走過去。電梯停下的時候，發出刺耳的金屬間摩擦的聲響，震得鼓膜一凜。我們進去，阿德按下7字。電梯鉳當鉳當地運行起來。我知道，這是幢很陳舊的大廈。香港有很多這樣老的大廈，年久失修，成為這座城市走向老齡化的佐證。

電梯門打開了，在青藍色的日光燈裏，我看到7A房門口掛著牌子，「林祥記診所」。

摁了幾下門鈴，出來一個中年男人，頭髮有點凌亂。看到阿德，男人似乎一驚，惺忪的眼睛也醒了，急急地打開門讓我們進來。

我們穿過一條灰黯的走道，進了一個房間。白熾燈光雖然微弱，但看得出與外面的頹敗大相徑庭，是著意佈置過的。

男人檢查了阿德的傷口，你紮的？

我點點頭。

紮得不錯，學過護理？

嗯，大學裏學過。

哦，你說普通話的？

醫生，阿德的傷，嚴重麼？

脫臼了。傷口挺深。先打一針破傷風血清。

阿德睜開了眼睛，說，林醫生，我……林醫生示意他別說話，對我說，後生仔，挺能扛的。他去屋裏搬來一些褥子，蓋在阿德身上。

突然，我看到阿德抽搐了一下，呼吸急促起來。頭上滲出了薄汗，面色和嘴唇幾乎在剎那間灰白了。我嚇壞了，大聲地喊林醫生。

　　林醫生急急地出來，把一下阿德的脈說，休克了。

　　要輸血，管不了了，我們送他去醫院。

　　林醫生說完，自己先躊躇了。我們都很清楚將阿德送去公立醫院意味著甚麼。

　　可是，我沒辦法。這裏沒有血漿，我沒有。

　　林醫生，你有輸血的設備麼。

　　有。

　　那好，輸我的。我O型的，萬能血型。

　　林醫生呆呆地立著了一秒鐘。出去拿了個小針管，我要給你做了血檢。我表現出少有的急躁。還要檢甚麼，我沒有任何疾病，O型血。你看阿德，都這樣了，我們還要等甚麼，他折騰不起了。

　　林醫生一邊給我的手指消毒，一邊說，唉，這個馬虎不得，馬虎不得。我們快一點，快一點。

　　我看著自己的血安靜地流進阿德體內。半個小時過去了，沒有出現任何排異反應。林醫生試過阿德的脈搏，也舒了一口氣。

　　你是阿德的朋友？他問我。

　　我點點頭。

　　他再看我，是很溫暖的眼神了。他說，阿德的朋友很少。

　　我這才打量起這個房間，是非常標準的診所的陳設。然而並非本地風格，因為似曾相識，好像是將內地醫院某個急診室的格局一鍋端到了這裏。處處是簡樸整飭的痕跡。白漆的木椅木桌，桌上是整塊的玻璃，底下壓著處方單、日曆，和一些照片。還有一張畢業證書，廣州醫學院的。畢業時間是1965年，名字寫的是林乃棟。

林醫生也是個不多話的人。我們靜靜地看著阿德。阿德的呼吸很均勻了。

我說，林醫生，你去睡會兒吧。

林醫生搓了搓手說，不睏，不睏。

林醫生又進去拿了床被子，蓋在我身上。說，你先休息，我出去一下。

我蜷在沙發上，迷迷糊糊地睡過去了。

我醒過來的時候，天已經大亮。阿德坐在桌前，在喝一碗湯。林醫生起身在一個黑陶罐裏舀了一碗，遞到我手上：我買豬肝煲了湯，你和阿德都要喝，補血。

林醫生自己不喝，就著茶几在吃一個叉燒包。頭深深地埋下去，稀薄的頭髮有幾縷垂下來了，有些頹唐的樣子。

這時候，門被劇烈地敲響了。

林醫生慌張了一下，叉燒包差點兒掉下來。他擦了擦手，打開了門。一個胖大的中年男人橫了進來。我見過，在海產舖頭門口，罵罵咧咧的那個人。他看到我也有些驚奇，眼睛愣一下，好像在說，怎麼又是你。

男人看到阿德，神情驀然兇狠，走過去揚起手就是一巴掌。嘴裏罵，衰仔。成晚無返屋企，你知唔知你老母幾心急？

他還要打下去，林醫生上前攔住，說，老虎，慢住。孩子受傷了。

男人手在空中一頓，打量一下阿德，又要劈下來，嘴裏罵得更兇，衰仔，你長進了，學人打架。給你老母的好交代。

阿德只有虛弱地護住頭。

我上去一把攥住男人的手，說，你講不講道理，阿德被打劫了。

男人眨了眨眼睛，抬起阿德的胳膊。阿德痛得嘴裏絲的一聲。

男人有些慌亂地放了手，問，真的？

我想這人真是不可理喻，就把原委跟他講了一遍。

他抬起手，搔搔頭，又看著林醫生：真的？

林醫生用力點點頭：真的。這孩子……他指指我，這孩子給阿德輸的血。

這叫老虎的男人手一時也不知往哪裏擺了。他一把握住我的手，突然又放開，在褲子上擦了擦，再握住，鄭重地使了使力氣。我的手被握得有些痛。

他轉身對林醫生說，我昨晚過皇崗，沒返來。丟，個衰仔，第一次自己出車就背時運。

他走過去，胡亂摸了下阿德的頭，說，林醫生，醫返了麼，個衰仔。

林醫生說，無大礙，無大礙了。

他用力點了下頭，好，那我帶佢返屋企了，我搵咗成個上晝，佢阿媽不知幾心急。

他回頭看看我，說，細路，你住西環吧。我一車帶你返去。

我們走到電梯間，林醫生叫住我們，遞上一個保溫瓶：老虎，拿著，我早上熬的豬肝湯，帶回去讓孩子喝。

老虎叔的車兜兜轉轉，快速地穿過一些街巷。阿德坐在副駕駛座上，一言不發。老虎叔看他一眼，聲音平靜地說，莫同你阿媽話打劫，無謂她擔心。只說搬貨傷到就好。阿德點一點頭。

這時車進入了更為陌生的地界。似乎進入了一個居民區。兩側的樓宇比方才更為稠而密，也更為陳舊。街道緊窄，行人車馬，過往不斷。卻有一種奇異的落魄和蕭條，從這熱鬧的景象裏滲漏出來。

老虎叔停了車，同我一起小心地扶了阿德下來。阿德彈開我們的手，腳實實地踩下地，響亮地說，你們這樣才會嚇到阿媽。說完

甩開膀子走到了我們的前面。我們跟他走進一幢大廈。這樓裏地層沒有看門人，任誰也可以長驅直入。電梯間裏有些黑。有個影子彈動了一下，才看見暗處或坐或站了一些人。看到有人進來，這些人發出訕笑的聲音。他們一色的很瘦，可稱得上形銷骨立。然而，卻有雪亮的眼睛，四處逡巡。我好奇地朝他們看過去。老虎叔推我一把，輕輕說，莫睇。都是道友。[1] 我心裏一驚，將眼光收回。這裏看來是他們吸毒聚散的地方。

老實說，當時我心裏有些不砥實。就問阿德說，這地方怪怪的，我們去哪裏。阿德看我一眼，頭慢慢側到一邊去，說，我家。

阿德的家在十樓。阿德掏出鑰匙，在一個單元門口停住。這門上吊著水紅色的紗幔，顏色已經有些污糟了，一處似乎是被香煙頭燎出了一個大洞。門打開了，一股酸腐的氣味撲面而來。老虎叔嘆了口氣。這時候，一個毛茸茸的東西蹭了蹭我的腿。我低頭一看，是史蒂夫。老虎叔抓了牠一把，說，在我鋪頭跟前蹲了整晚，又帶我去尋回貨車。阿德打開燈，燈瓦數很低。但也還辨得出屋裏的陳設。其實也談不上甚麼陳設，眼見的清寒。只是屋角一架大床，竟掛著曳地的紗帳，這紗帳奢華的粉色本與周遭的種種是不襯的，卻因了陳舊不再突兀，落魄進了這房間的黯淡裏去。這時候，床嘎吱響了一聲，我才看到床上有個人。老虎拿來拖把，拖著床跟前一團污物。床上的人慢慢撐起身子，是個形容蒼老的女人。看她的面目，我只是覺得眼熟，卻想不起在哪裏見過。這時候聽到阿德喊道，阿媽。

我想起了，阿德皮夾裏，照片上的人。

女人看見阿德，嘴動一動，終於沒說話。阿德站在一邊，一隻胳膊還搭著繃帶。過了半晌，卻聽見床上傳來嚶嚶的哭聲。老虎叔將拖把一扔，就是一句，丟，哭個屁，孩子不是回來了嗎，搬貨受了傷。莫哭了，你命裏有人送終的。女人抽噎了一回，也就不哭了。

阿德走到一邊，倒了一杯水。然後一隻手在桌上的瓶子裏翻

找。找到了，又要撑開瓶蓋。這於他太艱難。我過去幫他。他將幾瓶藥依次倒出幾粒，放在手心裏，說，阿媽，吃藥了。

女人微微仰起頭，卻突然手一揚。水杯打翻在地上，玻璃碎成一片。老虎叔眼見有些怒，頭上的青筋暴了一下。卻強壓下去，拿個掃帚掃了玻璃，輕聲慢語地說，阿德，給阿媽賠個不是。

阿德愣在那裏，卻沒有開口，是木然的神情。

老虎叔有些無措，終於說，細妹，我先走了。

阿德追上一句，阿叔，我晚上來開工。

老虎叔撓了一下他的頭髮，傻仔，都這樣了。還開甚麼工。

阿德臉上迅速地掠過一絲焦慮的神情。

老虎叔說，你安心養傷，工錢照算你的。

我坐在老虎叔的車裏，卻眼見著他將車沿著剛來的路開回去。停在了林醫生樓下。

我們敲開林醫生的門，見他一身白大褂，穿戴得整整齊齊，臉上的倦容卻在。他眼裏現出驚奇，自然是因為我們回來。

老虎叔笑得有點不自然，突然一句，林醫生生意幾好？

林醫生也一愣，眼神有點散，反應過來，說，還好，全靠街坊，全靠街坊。

老虎叔手插進口袋，放了一下，掏出一卷鈔票。扔在林醫生的桌上，說一句，替阿德給的。轉身就走。

林醫生一把攥住他的手，說，老虎，你這是看不起人。

老虎掙脫他，面紅耳赤地快步走出去，我也趕緊跟出去。

我們是從樓道跑出的。老虎叔跑得氣喘，長舒一口氣，好像個擺脫大人追蹤的孩子。

上了車，老虎叔得勝似的笑了：我就是想幫幫他，又怕他擺臭

架子。

這時候，我聽見老虎叔講起了一口普通話，還挺流利：他也就對我擺擺架子，擺了半輩子了。就因為他是個甚麼，大學生，可那證書不跟廢紙一樣。

老虎叔突然很興奮。說普通話的老虎滔滔不絕的，顯得嘴有些碎。

我才知道，林醫生是個無牌醫生。因為有海外關係，「文革」那幾年膽戰心驚，急急地出來了。原來是取道香港到新加坡去，誤過一班船，就留下來。但是大陸的學歷不被香港政府承認，所以掛不了牌，只能做黑市醫生，好多年了。不過生意還是清淡，全靠街里街坊，維持生計。除非有人來打胎，還能賺到些。

我有些驚奇，說，林醫生還會這個？

老虎叔笑了，林醫生樣樣來得。他還會補牙，你看。他張大嘴巴，指著被煙草熏得焦黃的牙齒給我看。裏面有些黑色的填充物。老虎叔說，林醫生用的材料和政府醫院不一樣，不怎麼好看，但是便宜、經用。

他停一停說，診所生意不好，人又愛面子。所以，錢更不能缺他的。

我說，那，那剛才阿德在的時候為甚麼不給他呢。

老虎叔說，那樣，三個人都難看。

車開到了尖沙咀。老虎叔找個地方停了車。說煙癮犯了，要抽一根。我想，煙對貨車司機真的很重要，阿德抽得也很兇。

老虎叔問我，你叫甚麼名字。

我告訴他。他在嘴裏重複了一下，毛果。

他又問，在哪裏打工。

我說，在大學裏讀書。

老虎低低頭，說，哦。看你的手，就知道不是做工的人啦。跟林醫生的一樣。

他又突然問我，阿德的事情，你知道多少？

我想想說，知道他幫你打工。

哈哈，跟我打黑工。這一笑裏，我知道他對我完全沒戒備了。

老虎叔使勁哂了一口煙。阿德命苦，卻是有骨氣。我看你是個仗義的孩子，不怕你知道。他拿的是雙程證。

我和他爸，是同鄉，老家荔浦的。他爸是個不濟事的人，事事要人照應。當年拉他偷渡的是我，也不知是幫他還是害他，總之當時在鄉下是沒活路了。抵壘[2]那年拿到了身份，也是我幫他介紹，回鄉下和細妹結了婚。哦，就是阿德的阿媽。第二年就生了對雙胞胎。交了一筆錢，給他媽辦了單程證過來，規定只能帶一個小孩。本來阿德大些，要帶他。可是那兩天阿德得了百日咳，就帶上了他兄弟，把他留給了阿奶。

他兄弟來了香港第六年，就死了。作父親的無了牽掛，更不爭氣，染上了酒癮，每天在地盤上收了工就去喝，飲到醉死。有天給人從海裏撈上來，已經泡得不成了人形。骨灰盒送到鄉下去，阿奶嚎哭了一夜，也歿了。唉，白髮人送不得黑髮人。

老虎叔說得出了神，沒留心煙蒂燃到了盡，燒到手，趕緊甩掉。

那時候，阿德已經十一了。他爸是獨子，阿奶一死，他們家鄉下沒人了。我們幾個同鄉想辦法，用雙程證接他來了香港。他才見了阿母第一面。這對父母也夠狠心，也是膽小，十一年沒回鄉下一趟。阿德沒再回去，跟了他阿媽。

我忍不住問，那阿德小時候，他們靠甚麼生活呢。

老虎叔撓一撓頭：你知道他們家在甚麼地方，深水埗。那條街就是福華街。

我仍然不明所以。只好又問，福華街是甚麼地方。老虎叔乾笑了兩聲，低低地說，就是男人消遣的地方。她阿母那時候年輕，是有些女人的本錢的。

我聽到這裏，明白了。有不適的感覺從心裏漾起，老虎叔說得

太輕描淡寫了。

後來我知道，深水埗的元州街與福華街，是香港有名的風化區之一，然而卻不同於油尖旺的燈紅酒綠，不至於五步一馬檻，十步一架步。而是混跡於住戶之中，有著樸素與家常的外表。一幢普通的大廈裏，蜂巢般居住著形形色色的人，包括那些因為法律的約束，不期然出現具有香港特色的一樓鳳。這些女人與住戶相安無事。偶有投訴，也只是因為尋歡客敲錯了門，無意滋擾了尋常人家。

我想起了那灰撲撲的樓房和曳地的粉色紗幔，聽老虎叔接著說下去。

她白天要做生意，就把阿德放在我那裏。阿德來的時候，已經上到小學五年級，沒身份，上不下去了。這孩子從小就倔得很，跟誰也不親。你跟他幾個照面就交上朋友，也是緣份。

也不是沒想過周濟他們。他們倔起來真是像兩母子，一點都不想欠你的。所以，她的客也都是老客，知根知底。我是真想要了她，可家裏有一個，再不好，也是有一個。林醫生跟她般配，卻又嫌她。我知道在她心裏，林醫生比我重得多。可我看不上那男人的窩囊。人是好人，就是窩囊，跟我還擺臭架子。

老虎叔嘆了口氣，滿腹心事似的，在自己胖大的肚皮上拍了一記。

我們這些人，說壞一點，跟他阿母有了這一出，阿德也成了我們的兒子。這個，這個你是不會懂的。

老虎叔作結論似的，使勁揮了揮手。上車了。

深夜時候，我還是會去海邊的運動場打球，一如既往。半個月過去了。

這天遠遠地聽到狗吠。我下意識地停下來，球滾落到一邊。就

看見阿德嘻嘻地笑著，撿起了球，投了個三分。

史蒂夫飛快地跑過來，揚起頸子，蹭了蹭我的腿。

我很欣喜。阿德恢復得很快。他告訴我老虎叔解除警報，又放他出來打球了。

老虎叔之前不了解我的底細，這樣做自然是出於對阿德的保護。這個人，是粗中有細。

我和阿德打起二人賽，揮汗如雨，暢快淋漓。

阿德做了個假動作，閃過我，上籃。他躍起，我抬起胳膊阻擋，正打在他的肘上。這是他的傷處。阿德的身體晃動了一下，球滾到一邊。

我看到他皺一皺眉頭，臉有些發白，慌了。他擺擺手，說，沒事，沒事。走，咱們到那邊歇一歇去。

我們靜默地坐在長凳上。遠處的過往的船，響了一下汽笛。渾厚的聲音過去了，四周圍更覺安靜。阿德突然開了口，毛果，你有兄弟嗎？

我搖了搖頭。

他說，我有個兄弟，聽我阿奶說，是個雙胞的弟弟。不過我沒見過，從小就分開，不記得了。

我說，嗯，聽老虎叔說起過。

阿德抬了抬眼睛，沒說話。

過了一會兒，他突然說，弟弟要還活著，我就不是現在這個樣子了。

他說，我留下來，多半是為了我阿媽。

我跟著我阿奶長大，只當沒有爸媽。後來他們從香港寄來張照片，看見這女人，就覺得親，這就是血濃於水吧。我也沒甚麼可怨的。有個媽，總比做孤兒好。她跟我不親，她跟誰也不親。老虎叔對我親。他人兒，心不壞。她是做那種事養活我的，我也知道。我對

她恨不起來，她也是做那個落下的病。我離不開她，我要給她送終。

阿德說這些的時候，是漠然與落寞的神氣。這在我和許多同齡人的臉上，都是少見的。

是認命後的陰影，沉甸甸的。

阿德將手指頭插進史蒂夫柔軟的毛裏，梳理了幾下，史蒂夫發出舒服的嗚嗚的聲音。阿德說，我也捨不得史蒂夫。

關於史蒂夫的來歷，阿德有著和老虎叔不一樣的版本。老虎叔說，史蒂夫是一個年老的恩客在重病的時候，託付給阿德媽媽的。而阿德說，史蒂夫是他父親留下的。

因為阿德，我認識了鄭曲曲。阿德說，曲曲是他的女朋友。那天阿德打電話給我，要我幫他找一些中學語文課本，給他的女朋友。

在黃昏的時候，我見到了曲曲。曲曲表情凝重地坐在桌子前面。這是在旺角附近很小的單位裏的一間套房，不足百呎。光線啞黯。但是曲曲鹿一樣的眼睛，發出的光芒，讓四周的頹然有了一些生氣。十六歲的曲曲，是個好看的女孩，膚色近乎透明地白。我後來知道，那是長期不見陽光的緣故。

我微笑著和曲曲打了招呼。曲曲亦微笑地答我，但是沒有說話，只是做出一個手勢。我迅速地用一個手勢答了她。這讓阿德有些驚奇，毛果，你懂手語？我點點頭。大學的時候，我曾經在一個殘疾福利院做青年志願者，接受過為期半個月的手語培訓。

曲曲也有驚喜。她是個啞女，一場高燒奪去聲音，卻還有些微的聽力，啞而不聾。她習慣了對這個世界無以回答，沉默在這房間晦暗的背景裏。

這一天是曲曲的生日，阿德為她買了一台收音機。我們打開收音機，在一陣嗞嗞啦啦的聲音之後，響起柔美的女聲，在播送天氣

預報。明天陰，間中有陣雨，空氣污染指數五十七點六。

曲曲專注地辨認其中的細節，難掩興奮。

我拿出課本，遞給她。曲曲眼睛亮一亮，將那些書在胸前緊了緊。

曲曲很久沒有上學了。

曲曲的爸爸在凍肉廠裏做工，一次工傷失去工作能力。父女二人靠綜援生活。媽媽跟一個男人跑了以後，曲曲似乎很難再相信任何人，但是她相信阿德，與阿德的朋友。曲曲似乎很久沒有出過這個單位。阿德說，也許有三年或者是四年了。父親也未替她申請行街紙[3]，似乎家裏是最為安全的地方。儘管家徒四壁，只有一張碌架床，唯一的家用電器是一個電飯煲。但是，仍然是一個家。

曲曲拿十四天的雙程證從番禺來到香港，沒有再回去，也沒離開過這個家。

曲曲用手語對我說，她想要抄寫課文給我看，要我看看寫得對不對。曲曲攤開一張報紙，找出了墨汁與一隻略略禿了頭的毛筆。

我打開課本，翻到朱自清的《荷塘月色》。

曲曲蘸飽了墨，一筆一劃地寫起來。曲曲的認真在我的意料之中。然而，當她抄寫完一段，我發現了其中的出人意表，是曲曲的字。「這幾天心裏頗不寧靜。今晚在院子裏坐著乘涼，忽然想起日日走過的荷塘，在這滿月的光裏，總該另有一番樣子吧。」這些嚴謹整飭的小楷，無法用通常讚賞女子字跡的娟美來形容，甚至以優秀都難盡其意。令人驚奇之處，是其中的勁道與力度，在一個未曾接受過中學教育的女孩子筆下，難以解釋。

我終於問道，曲曲，你練過書法？

曲曲停下筆，愣一愣。低下頭去。

我不知道自己說錯了甚麼。但是，阿德拉了拉我的袖子，示意我不要再說下去。曲曲在這時候抬起眼睛，用手勢告訴我，有東西

給我看。曲曲在碌架床的上層翻找，取出一疊紙。

這是一本散了架的字帖，紙面發黃，頁頁都已經被翻得翹了邊角。封面上寫著《化度寺故僧邕禪師舍利塔銘》。書法課上教過，這是歐陽詢最為得意的作品。

從曲曲的字跡上看，臨摹這本字帖不是一兩天了。

阿德告訴我，字帖是阿平伯留給曲曲的。阿平伯是曲曲的鄰居，也是老虎叔店裏的會計兼文書。老人家寫得一手好歐體。

曲曲的字是阿平伯教的。

阿德對我說，那年冬天，他來送賬簿給阿平伯軋賬，順便帶了兩卷揮春紙。阿平伯不在。他進來的時候，就看見這女孩在報紙上專注地抄寫一段新聞。當時，他並不知道曲曲是啞的。女孩不說話，只是安靜地對他笑，指指他手裏的揮春紙。他有些不信似的，替她鋪在了桌上。曲曲就為他寫下了「日進斗金」、「財源廣進」八個字。他看來看去，竟和阿平伯的手跡，是一模一樣。

後來才知道，海鮮街上的街坊鄰里，慕名請阿平伯寫的揮春，竟有一半是出自曲曲的手筆。

在認識阿德之前，曲曲唯一的朋友，就是阿平伯。老人家當初是憐憫這出不得門的小姑娘。送她筆墨、教她寫字，幫她有個辦法打發時間。他也沒料到曲曲心裏竟有韌力，報答他似地苦練，至今已有三年。

就在四個月前，阿平伯腦血栓突發，去世了。留給曲曲這本《化度寺塔銘》。曲曲撫摸字帖，神情莊重，驀然眼底有些發濕。阿德小心翼翼地看著曲曲。我在他的眼睛裏，看到愛、憐惜，還有一點點崇拜。

給曲曲找語文課本是阿德的主意。阿德說，整天抄寫《蘋果》、《東方》上的八卦新聞，對不起曲曲的一筆好字。阿德對曲曲的好，其實大半是靠直覺，有些盲目，但沒有錯過。

我從未見過曲曲的父親。據說，他總是出去打牌，有時通宵不歸。一星期裏，他會買一些米和成捆的西洋菜，放在家裏。曲曲就靠這些過生活。

　　曲曲對阿德有一種依賴。儘管我們在的時候，彼此也很少交談。我們只是靜靜地看她寫字。

　　我又給曲曲帶來一些書、幾本字帖。《九成宮醴泉銘》、《虞恭公碑》與《皇甫誕碑》，都是歐陽詢的。我想，這是曲曲需要的。

　　當曲曲寫累了，我們打開收音機。嗞嗞啦啦的電波聲中，我們用眼神和手語交流。

　　曲曲用左手環成了一個圈，右掌在上面輕輕磨動。曲曲說，我愛你們。

　　聾啞的孩子表達感情，會比我們更為直接與專注。沒有委婉的遣詞造句，只有簡潔的勇敢。手語如同心言。

　　在這安靜的對話裏，我、阿德、曲曲對生活心存感激。

　　即使面對宿命，片刻的美好與滿足，對阿德、對曲曲，對我與他們之間的友誼，已是珍貴。

　　他們不談未來，偶爾談及過去。因為未來是薄弱的，但是承載了一些希望，似乎談論即是預支了這些希望。

　　像阿德這樣的孩子，香港有很多。他們生活在時光的夾縫裏，艱難地成長，但是依然是在成長。1980年後，特赦取消[4]。居留權問題成為他們生活的重心。阿德出生的時候，他的父母還都未成為香港的永久居民。這使得阿德的身份無所憑藉，成為了很多人中的一個。他們中有一些勇士，在政策的變幻中爭取，斡旋。但是更多的，如我的朋友阿德與他的親朋，在觀望，帶著一些膽怯和處世的機智靜悄悄地生活，成長。

　　在阿德的口中，有一個叫做健哥的人。我從來未見過，但是屢

屢被他提起，用敬畏的口氣。阿德說，如果有天可以幫健哥手，他願意。

在爭取居港權的人們中間，健哥的傳奇口耳相傳。包括組織了幾次大規模的絕食靜坐，冒雨到政府總部請願，甚至上訴至聯合國。

我未想到阿德命運的急轉流年，會與這個人相關。

那件事以後，我沒有再見到阿德。

很久以後，每每想起阿德，我已不再悲傷。只是感到迷惑，為生活的突兀。一切，戛然而止。

那個夏天，我完成了一年的學業，回家探親。臨走與阿德道別，阿德興高采烈地跟我說，請我帶一些雨花石，送給曲曲。

然而，當我回來，再無他的消息。

午夜，我一個人在西區運動場上打籃球。打累了，坐在長椅上，會想起阿德的「箭」。

阿德在這個七月蒸發了。

我終於去找了老虎叔。老虎叔沒有說話，在舖頭裏翻翻找找，取出一盒錄影帶給我。

我將錄影帶拿到了大學的視聽室。帶子放到了頭，我按下倒帶鍵。鏡頭匆促地運轉，不明就裏間，我看到熟悉的臉一閃而過，那是阿德。我耐著心將錄影帶倒到了開始的地方。

這是一則新聞重播。我不在香港的時候，發生了一起震驚香港的事件。我沒有震驚。如果事件牽扯到的人與你切身相關，你會暫時忘記為事件本身而震驚。

事情發生在七月初，一批爭取居留權人士在入境處大樓縱火，火勢失控，造成四十餘人燒傷。一縱火男子重傷不治，一名入境事

務處官員殉職。涉案嫌犯十六人。主犯何子健，二十七歲。在內地
一所大學輟學來港，爭取居留權已逾五年。看著這個倨傲的，在羈
押下仍是目光熱烈的年輕男子。我突然意識到，他就是阿德說過的
「健哥」。鏡頭在嫌犯的面前一一掠過。在一瞬，我按下定格，倒
帶，重放，再按下定格。我看清了。是的，是阿德。

鏡頭中的阿德抬了一下頭，神色木然。阿德的眼神晦暗游離，
不復清朗。這是一個陌生的阿德。

我關上機器，取出錄影帶，手有些發燙。

老虎叔苦守在電視機旁，在新聞重播時錄下了這一段。他只是
不明白，依阿德溫厚的性格，何以成為這激烈的事件中破釜沉舟的
一員。一切也不會再有答案。在參與之前，阿德沒有告訴任何人。
那天中午，他如往常一樣開工，只是在中午吃飯時間不見了蹤影，
再也沒回來。

阿德拘留候審的第四天，阿德媽媽用一條絲襪結束了自己。她
沒忘掙扎著起來，穿上往日做生意時候的一身絲綿旗袍，那是她唯
一體面的衣裳。

三個月後，我在報紙社會版上，看到一則新聞。旺角的一個單
位裏，發現了年輕女孩的屍體。女孩已患抑鬱症經年，中風併發症
而亡。女孩並沒留下甚麼。只是在石灰牆上用毛筆寫下一行字——
「是暗的，不會是明。」配發了照片，記者忍不住在行文中插嘴：
「寥寥幾個字，卻是難得的好書法。」是的，他說得沒有錯，用的
是歐體楷書。

半年後，我搬了家。卻恢復了在午夜去西區運動場打球的習
慣，一個人。

這天，我走過天橋。發現酣睡的流浪漢身邊，多了一條毛色雜亂的狗。我經過的時候，那條狗搖晃了一下，站起來。我低下了頭，向橋的另一端走去。當我轉過身體，牠還站在那裏，眼巴巴地朝這個方向看著。我輕輕地說，再見，史蒂夫。

註釋

1 道友即吸毒者。由於吸毒者的身形通常較瘦，仿如修道之人的身形，故他們被稱為道友。

2 1974年11月，香港仍是英國人的殖民地，當時的政府宣佈，內地非法入境者在偷渡到香港後可抵達市區，便可合法居留。此政策在1980年10月23日取消。

3 行街紙，即臨時身份證明書，是香港入境處發給在香港申請居留權或基於人道理由申請逾期留港的人士。

4 1980年，香港政府取消抵壘政策，採取即捕即解政策，所有偷渡者都會被即時遣返。

原刊《香港文學》2007年10月號

時間總會過下去　　◎ 鄭綺蓮
As time goes by

1.

仰望天空，太陽的強光像利劍，不得不緊閉雙眼，仍感到陽光
照射在臉上的熱暖。

男友問我吃壽司可好，我說好去便去。

有風，飄起髮絲，因為長髮，更感到風的輕柔。髮絲，觸鬚，
感應風的細緻。風是涼涼的，秋天。涼風把體溫吹散，身體彷彿變
輕，夏天的熱熾微汗都給吹走了，又踏進一個秋收冬藏的季節。

輕一點，我想再輕一點。

有一天，有風，我便可以飄往雲上。

「不好意思，要等一會才開始上課，現在聽歌啦。」那時他總
會播「As time goes by」；想起他上課時的樣子，我頓時由天上跌落
地面。

他的聲音，嘹亮、卻帶點孩子氣、似太陽散發熱力。他的聲
音，錄在錄音帶，錄在心上，那時候上課的錄音帶，一直都在，不
用拿來聽，我都記得他說的每一句，在工作時，在火車地鐵上，在
街上走，日與夜，六月十二日，早被埋在年月裏。

錄音帶與我同在，也與我心靈同在。

只要手在按鈕使力一按，戴上耳筒，世界立即與我沒有關係，
這一刻，那時候，重疊起來，遠，近。同一個身體，兩個時間，
2000年和2006年。

2006年的現在潛回2000年那時候，潛入回憶的海洋中。那時候

的他，那時候的同學，錄音帶也把我們上課的片段不經意的錄下，那時不覺得怎樣，現在卻不可多得，日子過得快又過得慢，時間全因他而變慢，有他的每一刻都想好好的記下來。

現在，他在哪裏？我在哪兒？在哪裏？

車子一直向前駛去，車廂有歌聲。男友問我為甚麼那麼喜歡「As time goes by」，我告訴他因為喜歡那套電影。向窗外望，看見海，海面泛著金黃閃光，我想起海底的海豚，很想很想看見真的海豚。

看著車廂的玻璃窗，同時看見外邊的海，玻璃窗反映頸上的水晶鏈咀，透射光芒，高密度又透徹的光，很吸引。從反映中看見自己的臉，目光再移開一點，男友在駕駛，車廂內不斷播那首英文歌。我從玻璃窗的反映中看他，他沒說話，在想甚麼？想著她吧。

那天，我看他他看她。

在咖啡店門口，她剛走，我們剛來。三人閒聊一會，我看他他看她。

我的手，握在他手心中，感到他握得很緊。我的心，彷彿感覺到他的心，她背著我們離去，他看她背影。

只是一瞬。我看他的神情，還有跟她道別的一眼，說不出來，都在言外。

男友，我的男友。

他的心跟著他的眼，他的眼跟著她。

這樣的情況都不是第一次了。

我希望我是她。

擁有了便不存在，承受了抱在手上的體重，心上的重量便消失。

怎麼辦？

若無其事好嗎？

讓他知道我很痛苦，但也可以忍受，只要他不離開，這樣好嗎？

怎麼辦？

2.

「你還記得有次上課前，你播這首歌，我一直都記住它，你為甚麼要播這首歌？」我問他。

「因為喜歡吧，男女主角在餐廳重遇，琴聲響起⋯⋯You must remember this⋯⋯」

他忘了。我曾問過他，那時他說是因為聽見我經常哼這旋律，所以在堂上播。

我一直都記住。

跟男友分手後，我跟他msn交往，這位曾是我老師的人，在文字中見面，往事和現況，看法和感受，生活和工作。

至到msn的一句：「你沒事吧，今天我跟阿肥去釣魚，一個人吃不了那麼多，你有時間嗎？」

有時間，45分鐘後，我們見面。

來了，便不走了。

我回來了，熟悉又陌生。

不用聽錄音帶，真實的聽他的聲音，不像以前，現在的聲線低沉了。

這屋比那時候老了，牆壁有裂痕，書櫃也褪色，單車和吊鐘不見了，又多了一些掛畫模型船，我也不再像那時的我，現在喜歡留在屋裏。

房子的色調仍很暖，紅的，橙的，棕色，黑色。原色，對比鮮明強烈。

裝飾品不太多，在這屋會感染到一份生命力，原始、情感、熱熾。

漸漸，我看到一個人，有另一個人在他心裏面。

他有時恍惚，漸漸，看他時，也看到她。他們不常見面，但她在他心中不輕。

是別人的女友或是太太吧。

我也不太在意，我不難過便可以了。

看來我又輕了。

然後，一天，當他跟阿肥釣魚，我在屋裏消磨。

選了一張CD，封面有深藍海洋和海豚，Silence是CD名。沉靜一如深海。

掃地時發現了一粒紅色波子，在櫃底的暗角，我要俯身才可以用掃把帶它出來，重見天日，我認得它，紅色波子，那時候他跟我一起玩。其他的波子都不見了，只剩下它在暗角，整個人都貼在米白地磚上，涼涼的，索性躺下來。

舉起波子，抹去塵埃，讓它還原原本的透亮，在陽光中看，瞇起眼來看，閃閃明耀，是陽光下的一顆眼淚似的，想起銀河鐵路九九九中那水晶女子最後遺下的眼淚水晶。

抬頭看吊扇，它在轉動，帶動了風，感覺很舒暢，髮絲在飄動，臉上有點癢，吊扇不斷的轉動，一個圈兩個圈，一切都在循環。米白色的瓷地磚，映照書櫃餐桌，似是在淺水中的倒影。音樂很柔和，閉上眼睜開眼閉上眼，有陽光照射著的客廳，看著陽光中的微塵，緩慢地浮游，感覺卻似是在深海裏一直潛下去。不想動了，就停在這裏。陽光照射在身上的和暖，貼在地磚的背部感到冰涼。在鋼琴聲裏，有一種熟悉的感覺，是甚麼？那麼相似？是甚麼？我在腦裏找，在找尋中意識迷糊了。

我似是潛下冰涼的深海一樣，像那一條曾跟我一起游來游去的海豚，在深海睡覺。

我所見的都是牠所見的，我就是牠，牠就是我。

鎖匙聲。是他回來嗎？不是跟阿肥去釣魚？還是不想睜開眼。

淡淡香氣，是甚麼香味？是甚麼？

空氣中傳來一聲嘆息，很輕，音樂染上了憂傷。

微微睜開眼睛，一個女人垂下頭看我，她似是對照著水裏的倒影。

3.

鎖匙聲。一陣海水的氣味。「今晚我下廚！很快。下次你也來吧，我們看見白海豚呀……」廚房熱鬧起來，一陣濃烈香氣熱氣傳來，他大概沒有聞到屋裏還未散去的月光花淡淡香味。

而她的聲音仍在我腦海中。

「你是他以前的學生，我認得你，我來取回東西。」

「那CD是我的，你喜歡，送給你。」

「謝。」

「那時候，你跟他一起，對嗎？」

「沒有，最近才遇上的。」

我沒法忘記她的樣子，她鬆了一口氣似的，那表情有一點愕然，不太相信似的。

希望她可以好起來。

她很美，成熟優雅，曲髮披肩。鬈曲的髮絲似一個一個漩渦，她比那時還要吸引，她的幽怨，不用說話也感覺到她的痛苦。彷彿她的痛苦已化為她本身。

空氣中承受了她的嘆息。

執著，放下。

各人的因果都不同，她哀怨，很深，彷彿不知何時開始。

深化了痛苦，是積累，愈積愈重愈深，深得連她自己都被吸進去，她為自己造了一個漩渦，深陷其中，無法自拔。

愈痛苦愈吸引，愈無法離開。

看她，彷彿看見一滴眼淚。

他把我抱起來。

「你似是重了一點，好吃好住吧。」

不，我輕了，在我心上，沒有任何東西，佔有重量。

無端夜半醒來，想起她的眼淚，他的汗水。

汗水和淚水，男和女，慾望和傷感。

那麼把汗水淚水都混在一起，重疊成一顆水晶。

透明、閃亮、晶瑩剔透，沒有隱藏的水晶，一切都看得明明白白，然後狠狠摔在地上，粉碎同時叮的一聲清脆悅耳。

碎片的閃光向周圍四散，如閃星，一朵盛開的花，光亮得無法直視。

最美是毀滅的時候。

有一天我們會知道都被騙了，愛情原來不如水晶美麗。

只是慾念，只是因為想。

當中還有條件價值利益計算比較傷害佔有貪心妒嫉欺瞞。

不值得流眼淚。

開始是慾望，最後是眼淚。

承受了肉體的重量，在心上的重量便消失。

浴室的水種紅掌，玻璃瓶的水已很混濁，便換水。

流水，在手上流動那一刻，水在手上流過，涼冰冰的，時間就這樣的流過去。

4.

然後，一天，我看見一個人。「可否借這本來看？」他的聲音懶懶的，似是在自言自語，溫和。我把手上那本《海洋之心》遞給他。

然後他跟我一人一邊的對坐，各自垂頭看書，桌上那一大堆散亂擺放的書，跟書架上軍隊似的整齊直立的書本，它們明顯很頑皮。

　　圖書館寧靜，寫筆記時鉛筆拖在紙上的聲音也聽到，時間這樣流逝。

　　直到有一刻，鉛筆聲停下來。

　　「做功課？」他問我。

　　他的瞳孔比一般人的大，像晚上的貓咪，冷氣機吹來涼風，髮絲飄飄的，我的跟他的頭髮，都給緩緩吹起。

　　他的頭髮很柔軟，很少見。我們的髮絲在冷風中蠢蠢欲動，如動物警覺的觸鬚。

　　「不，只是因為喜歡海豚，為了到海裏跟牠們一起，我曾經去學潛水，那時剛跟男友分手，有點傷心，但在海裏甚麼煩惱都消失了，在海裏跟牠一起，我所見的都是牠所見的，真真實實的觸摸牠，在牠身邊，跟牠一起，牠也看見我，我看見牠。想起那一齣談海豚和潛水的電影，最後男主角跟海豚游走了。」

　　「那套戲名是甚麼？我都想去看看。」

　　「*The Big Blue*，中文戲名是《夜海傾情》，你呢，要做功課？」

　　「不，只是興趣。我喜歡音樂，音樂跟大海給我的感覺都很相似。」

　　「我記得有一次我在男友屋裏午睡，當時聽著音樂，是鋼琴。那一刻，我有一種很相似的感覺，是甚麼呢？我在想，一直在想那似曾相識的感覺，後來有一刻突然之間我知道了，那是愛情的感覺，音樂和愛情，其實是很相似，都很柔軟。」

　　跟他說這話的同時，我想起那次潛在海底的時候，所見到的光線，陽光透射海裏，光線四射，柔和光亮，身處其中的我，彷彿也化為了光線本身。

　　「我不開心時，一聽歌，心就像牛油化開一樣，音樂真的不可

思議。我跟朋友開了一個網頁，你有興趣的話，歡迎來看。」他也很坦白，感覺很纖細，我想跟他談下去。

然後幾天，沒有約定，在那張書桌，那些上午，他看我，我看他。

然後有一刻開始，在工作時，在火車地鐵上，在街上走，日與夜，都看見他的樣子。

這樣的感覺不陌生，現在，我只想停在這裏。

只是看，其他的都不想了。

不想。

抬頭，直接看太陽，強光刺眼。直接看，只有無限的光，眼睛有點痛，可以承受多少，直到閉起雙眼的一刻，不看，便沒事了。

原刊《滄浪》2007年第24期

編者簡介

潘步釗

裘錦秋中學校長。香港大學中文系博士及碩士，中山大學碩士。現任課程發展議會中國語文教育委員會主席，亦為語文教育及研究常務委員會委員。在文學考核及評審方面，曾任課程發展議會中六中國文學課程專責委員會主席、考評局預科中國文學科目委員會主席、香港藝術發展局藝術顧問、藝術家年獎（文學）評審、康文署中文文學獎評審等。

著有《今夜巴黎看不見日落》、《方寸之間》、《邯鄲記》、《不老的叮嚀》、《如此星辰如此良夜何》、《給中學生的45封鼓勵信》（合著）、《脂粉與顏色——散文寫作技巧談》、《跟名家學寫作》、《明十大家詞選》（合著）、《五十年欄杆拍遍——唐滌生粵劇劇本文學探微》、《唐詩100首創作談》（合著）、《描寫文選讀》及《美哉少年》等。

作者簡介

辛其氏

原籍廣東順德，香港出生。香港文學團體素葉出版社成員。1969年開始投稿《中國學生週報》，著作有散文集《每逢佳節》（1985年）、短篇小說集《青色的月牙》（1986年）、長篇小說《紅格子酒舖》（1994年，第三屆［1995年］香港中文文學雙年獎小說組優異獎）、散文劇談《閒筆戲寫》（1998年，第五屆［1999年］香港中文文學雙年獎散文組優異獎）及短中篇小說《漂移的崖岸》（2012年）。

鍾國強

香港出生和成長。香港大學文學院畢業。寫詩，寫散文，寫像散文的小說，寫詩話，譯詩。過去進行式是《圈定》、《路上風景》、《門窗風雨》、《城市浮游》、《生長的房子》和《兩個城市》。將來完成式是《只道尋常》和《記憶有樹》。

惟得

散文及小說作者，亦從事翻譯，現居溫哥華，近年創作多發表於《香港文學》、《香港電影資料館通訊》、《信報》和《蘋果日報》，小說〈聞說那間草藥店〉收錄於《香港文學小說選——西遊補》（2012年）。

陳慧

在香港出生、長大、受教育。多年來從事電影、電台、電視台、舞台劇的創作工作，現於香港演藝學院電影電視學院擔任講師（電影電視編劇）。小說著作包括《拾香紀》、《味道／聲音》、《四季歌》、《人間少年遊》、《看過去》、《好味道》、《愛情戲》、《愛情街道圖》、《小事情》、《他和她的二三事》、《女人戲》等。最新作品為《心如鐵》。

陶然

本名涂乃賢，原籍廣東蕉嶺，出生於印尼萬隆，畢業於北京師範大學中國語言文學系，1973年秋天移居香港。現任《香港文學》總編輯兼香港中國旅遊出版社及其轄下之《中國旅遊》畫報副總編輯。

已出版的作品主要有長篇小說《與你同行》、《一樣的天空》，中短篇小說集《天外歌聲哼出的淚滴》、《陶然中短篇小說選》，小說集《歲月如歌》，微型小說集《表錯情》、《美人關》；散文集《回音壁》、《街角咖啡館》，散文詩集《生命流程》等近四十本，分別在香港、中國大陸、台灣出版。

胡燕青

原籍廣東中山，1954年在廣州出生，在八歲時遷居香港。1978年畢業於香港大學英文系，其後再取得中文系哲學碩士學位，現任職於香港浸會大學語文中心。

胡燕青於高中時開始寫作，曾獲得市政局中文文學獎詩組第一名、市政局中文文學創作獎散文組冠軍等獎項，著有詩集《驚蟄》、《日出行》、《我把禱告留在窗台上》；散文集《彩店》、《心頁開敞》等。

黎翠華

香港出生。法國國立東方語言文化學院碩士。1979年獲第六屆青年文學獎新詩組優異獎。1987年獲市政局中文文學創作獎小說組第一名。1988年獲台灣中央日報短篇小說佳作獎。2003年獲市政局文學雙年獎散文推薦獎。已出版短篇小說集《靡室靡家》，散文集《紫荊箋》、《山水遙遙》、《在諾曼第的日子》及其他合集。近年作品多發表於《香港文學》。

麥樹堅

香港出生，畢業於香港浸會大學中國語言文學系，現職大學講師。著有新詩集《石沉舊海》、散文集《對話無多》、《目白》、小說集《未了》，另有少年小說、人物傳記及電影改編小說。曾獲多個本地及國際文學創作獎；於2003年獲藝術發展局的藝術新進獎；本地文學雜誌《月台》（已停刊）總編輯。

余非

香港出生。香港中文大學畢業，主修中國語言及文學，副修中國音樂（演奏：古箏），1988年於同校取得碩士學位。1991至92年間赴英國修讀出版課程，並取得碩士學位。在港長期擔任編輯工作，曾主編高錕唯一一本中文自傳《潮平岸闊——高錕自述》；業餘從事文藝寫作。2003年開始轉為全職作家。

短篇小說集有《天不再空》（台灣，印刻出版社）。得獎作品《514童黨殺人事件——給閱讀報告另一種選擇》在香港中學引來迴響（此書在香港得「1999-2000年好書龍虎榜」十大好書獎）。近年專注中學讀物寫作，30多本著作中有20多本為中學讀物。

李維怡

　　李維怡，北京出生，香港長大。近年主要在香港從事紀錄片創作、錄影藝術教育及各種基層平權運動。現為影像藝術團體〔影行者〕的藝術總監，認為藝術創作應該屬於所有人，一直努力學習如何將藝術從殿堂想像拉回人民生活的空間。

　　2000年獲得聯合文學小說新人獎首獎，散文、小說與詩歌散見於《字花》、《文學世紀》、《明報》等。這幾年與不同的市民一起共同創作一系列人文關懷的紀錄片，包括有關灣仔利東街人民規劃運動的《黃幡翻飛處》、有關都市貧民反迫遷抗爭的《順寧道‧走下去》等等，最新是2012年紀錄十年關注舊區重建與人文關懷反思的《街‧道——給「我們」的情書》。 小說結集有2009年的《行路難》（第十一屆中文文學雙年獎小說組推薦獎）、2010年與友人結集的《走著瞧》及2011年的《沉香》（入選亞洲週刊2011年十大小說 ）。

陳志華

　　曾獲2006年度中文文學創作獎小說組季軍、第32屆青年文學獎小說高級組亞軍，著有小說集《失蹤的象》。現為《字花》編輯委員會成員、香港電影評論學會會長。

倪瑪麗

　　畢業於香港浸會大學人文學系，熱愛小說閱讀。承蒙大學教授的鼓勵，開始創作小說。小說作品見於《字花》。

韓麗珠

香港出生，曾出版小說集《縫身》、《灰花》、《風箏家族》、《寧靜的獸》及《輸水管森林》。曾獲2008中國時報開卷十大好書中文創作類、2008及2009亞洲週刊中文十大小說、香港中文文學雙年獎小說組推薦獎、第20屆聯合文學小說新人獎中篇小說首獎。長篇小說《灰花》獲第三屆紅樓夢文學獎推薦獎。2012年與謝曉虹合作出版《雙城辭典》（1、2兩冊）。

王璞

生於香港，1951年隨父母回到中國，於1988年取得比較文學碩士學位，翌年定居香港，2004年獲華東師範大學文學博士學位。定居香港後，她曾擔任《東方日報》和《星島日報》的編輯，後任職嶺南學院（嶺南大學前身）中文系講師。

筆名多多、嚴曉等，她在1980年於《芙蓉》雜誌發表了第一篇小說，其後發表及出版了大量小說、散文及譯作。1993年出版第一本小說《女人的故事》，後來出版散文集《呢喃細語》、《整理抽屜》、《別人的窗口》、《香港女人》、《圖書館怪獸》、《小屋大夢》等。長篇小說《么舅傳奇》獲第六屆香港中文文學雙年獎小說獎。

黃茂林

黃茂林，早年零點詩社社員，現職書店店員，詩集《魚化石》獲第九屆香港中文文學雙年獎新詩組推薦獎。詩、小說、散文俱佳。

陳汗

原名陳錦昌。廣東南海人，畢業於香港中文大學中文系，副修藝術。曾任教師、編輯、記者等職。歷任第一屆青年作者協會主

席、工人文學獎評判等。從事電影工作多年，任電影導演、編劇，1990年以《飛越黃昏》獲香港電影金像獎最佳編劇，1999年以《愛情Best Before 7.97》獲台灣新聞局十大優良劇本獎，作品《劊子手張霸》則獲得香港編劇家協會第一屆全港電影劇本大賽冠軍。

1994年開始執導，包括短片《達賴活佛之母》、16mm電視電影《破碎中國》、35mm劇情片《告別有情天》、《陽性反應》及電視廣告。詩集《佛釘十字》獲第六屆中文文學雙年獎詩獎，曾為吳宇森執導的《赤壁》及周潤發主演的《孔子》擔任編劇。

鄒文律

畢業於香港中文大學語文教育學士課程，同校中國語言及文學系哲學博士。2006年碩士畢業後曾任沙田恒生商學書院預科及大專部中文科講師，2012年開始出任香港高等科技教育學院通識教育學系助理教授。曾獲多個本地文學創作獎，且於2010年獲藝術發展局頒發藝術新秀獎（文學藝術）。著有小說集《N地之旅》、《尋找消失的花園》、《鳥是樹的花兒》；詩集《刺繡鳥》等共八本。

關麗珊

香港出生，曾任報刊編輯和創作顧問，現全職寫作。多篇作品選入中學教科書和不同選集，多部作品由讀者投票選入香港書展心愛的書、十本好讀和十大書叢榜等。1996年成立普普工作坊，出版本地文學創作。個人作品數十種如小說、散文和評論等，近作有《再見A班》和《天空教室》。

蔡炎培

廣州人，二戰前移居香港。《明報》離休副刊編輯（1966-1994）。歷任青年文學獎、中文文學獎、中文文學雙年

獎、《詩網絡》詩作獎全國公開組詩組評審。詩集有《小詩三卷》、《變種的紅豆》。《藍田日暖》、《中國時間》、《十項全能》、《真假詩鈔》、《水調歌頭》等，近作有《離鳩譜》、《無語錄》。

1993年為英國劍橋傳記文學中心第十屆名人，2003年為諾貝爾文學獎候選人，2005年獲北京民協授予中華優秀文藝家紅木獎，2007年獲北京教協授予「人民作家」金質獎章。2008年獲北京文學評審中心授予終身成就獎。

蓬草

原名馮淑燕，在香港出生，香港柏立基教育學院英文系畢業後曾任教職，後負笈法國，先後畢業於巴黎新索邦大學及法國國立高等翻譯學院。出版著作有長篇小說《婚禮》，散文集及短篇小說集《親愛的蘇珊娜》、《櫻桃時節》、《北飛的人》、《還山秋夢長》、《頂樓上的黑貓》、《出走的妻子》、《森林》、《老實人的假期》、《蓬草小說自選集》多本，編譯有《蕭邦傳》和《不聽話孩子的故事》，並曾編寫電影劇本《花城》和《傾城之戀》。

葛亮

作家，畢業於香港大學中文系，哲學博士。文字發表於兩岸三地。曾獲2008年香港藝術發展獎、首屆香港書獎、台灣聯合文學小說獎首獎、台灣梁實秋文學獎等獎項。作品入選「當代小說家書系」、「二十一世紀中國文學大系」、「2008-2009中國小說排行榜」及台灣「2006年度誠品選書」。著有小說集《七聲》、《謎鴉》、《相忘江湖的魚》，文化隨筆《繪色》等。長篇小說《朱雀》獲選「亞洲週刊2009年度華文十大小說」。

鄭綺蓮

    網上電台節目〈寫意空間〉主持之一，於香港青年寫作協會協助出版免費文學雜誌《滄浪》，出版短篇故事集《生命中33個感人故事》，亦曾獲中文文學獎小說組（公開組）優異獎。